Daniel Petersen
Die Schande von Bern

Daniel Petersen

Die Schande von Bern

oder

Ein Spiel dauert 1000 Jahre

Roman

"Some people think football is a matter of life and death.
I don't like that attitude.
I can assure them it is much more serious than that."

Bill Shankly, 1959 - 74 Trainer des FC Liverpool

Über den Autor

Daniel Petersen wurde 1968 geboren. Er studierte Film an der New York University sowie Philosophie und Filmwissenschaft in Hamburg und Lüneburg. Nebenher vertrieb er sich die Zeit als Cinephiler, Drehbuchlektor, Übersetzer, Drehbuchautor, Filmkritiker, Filmmacher, Synchronschreiber und überhaupt freier Autor. Selbstredend weitgehend erfolglos. Er lebt in Hamburg und auf dem Saturn.

Dieses Buch basiert auf dem Kurzfilm "Die Schande von München" desselben Autors, zu sehen auf seiner Vimeo-Seite.

© 2024 Daniel Petersen

Verlag:

BoD · Books on Demand GmbH, In de Tarpen 42,

22848 Norderstedt, bod@bod.de

Druck:

Libri Plureos GmbH, Friedensallee 273, 22763 Hamburg

ISBN: 978-3-7597-3148-7

Indikativ Präsens

Eine Brise streichelt sanft seinen linken Nasenflügel, kühlt angenehm die Schweißperlen am Kopfhaaransatz. Seine Finger greifen in den kühlen Wüstensand, und ein schwellender Geschmack von verbrannter Wurst und Gorgonzola breitet sich in seinem trockenen Mund aus, als der Eisenhammer erneut auf seinen Stirnlappen niederfährt und einen sich pochend aufblähenden Wumms hinterlässt. Gerade als der riesenhafte Zwerg den schweren Hammer über seinen Kopf hievt, um ein weiteres Mal zuzuschlagen, dreht er seinen Kopf zur Seite. Mit einem abgemummten Wump schlägt der Hammer knapp neben seinem Ohr in den Sand. Aufsprengende Körner prasseln auf sein Haar, das Erzittern des Bodens durchweckt seinen Körper. Jan schlägt die Augen auf.

Ungelenk setzt er sich auf, sieht sich träge fokussierend um. Ein unbestimmt gekleideter, lässiger junger Mann, in seinen Dreißigern. "Alter Schwede!" entfährt es ihm. Ein Strand, ein See. Eine Feuerstelle. Seine Füße in einem Schlafsack. Drei Kästen Bier. Leere Flaschen. Eine abgegriffene Boombox liegt halb versunken im Sand, daneben eine Gitarre. Zwei dunkle Raupen liegen neben ihm. Eine grunzt. Der pochende Druck in seiner Stirn hält an.

Die grunzende Raupe rappelt sich auf, reibt sich die Augen, stöhnt markerschütternd, "Mannmannmann." Jan dreht sich um. Es ist Jörg, in seinem Schlafsack sitzend und verblasen dreinschauend. Ein lässiger junger Mann im Totenkopfpulli, unbestimmt in seinen Dreißigern.

"Dir kommen ja Blasen ausm Kopf," bemerkt Jan verblasen.

Jörg kuckt nach oben, sieht nichts. "Ich seh nix".

"Na, jetzt sind sie ja auch hinten."

Der See dümpelt stumm. In sich stöhnend blicken die beiden darüber hinweg.

Jan rührt sich. "Ich hatte grade einen echt schrägen Traum mit einem Zwerg."

Jörg zweifelt. "Ach komm. Erzähl keine Soße. Niemand hat jemals von einem Zwerg geträumt. Noch nicht mal Zwerge träumen von Zwergen."

"Woher weißt du das denn?"

"Hat ein Zwerg gesagt. In sonem Film. Hab vergessen wie der heißt."

"Der Zwerg?"

"Der Film. Das war dieser Film über Dreharbeiten, und der sollte in einer Traumsequenz einen Zwerg spielen und hat sich beschwert, dass im Film in Träumen immer Zwerge auftauchen, obwohl eigentlich nie jemand von Zwergen träumt. Noch nicht mal Zwerge."

Jan kann seine Aufmerksamkeit nicht vom See abwenden. "Ein echter Zwerg?"

"Ja. Naja, ein Schauspieler halt. Ein kleiner. Der musste das sagen."

"Und wie hieß der?"

Jörg, dessen Stirnhöhle schon jetzt von der Unterhaltung überfordert ist, stöhnt. "Keine Ahnung."

Jan untersucht seine Taschen, durchwühlt den Sand um sich herum. "Mein Handy ist weg." Neben ihm wühlt sich die dritte Raupe knarzend herum. "Frag ihn doch."

Jörg dreht sich zur Seite, stupst die Raupe sanft mit seiner Faust an. "Öööy. Wach ma auf." Die Raupe beginnt zu röcheln, zu knurren und sich zu winden.

Und zu sprechen. "Das war dieser Film mit Steve Buscemi. Aus den Neunzigern," brummt es noch ungestalt herauf. "Und der Zwerg war Tyrion Lannister." Ein kräftiger großer Körper hebt sich in die Senkrechte, verwuschelte dunkle Haare, zuppeliger Bart. Giovanni. Ein unbestimmt gekleideter, lässiger junger Mann, weitläufig in seinen Dreißigern. Er zieht die Gitarre über den Sand schleifend zu sich hin, greift in seine Jackentasche, holt eine Zigarette heraus, zündet sie an, nimmt einen Zug, atmet einmal tief durch. "Peter Dinklage."

"Ach," sagt Jan. "Ich dachte immer der heißt Peter Dinklage."

"Nee," stöhnt Jörg. "Das wird nämlich *Dinklage* ausgesprochen."

"Quatsch," sagt Giovanni. "Bei der Grammy-Verleihung haben die *Dinklage* gesagt."

"Die wussten das vielleicht nicht und haben das einfach so abgelesen wie sie das sagen würden. Er selber nennt sich jedenfalls *Dinklage*."

Jan überlegt. "Hat der dann auch den, äh, Kleinwüchsigen in dem einen Video von der *Bloodhound Gang* gespielt?"

"Ja," sagt Jörg wissend.

"Nee," sagt Giovanni wissend.

"Doch."

"Nö. Das dachten auch viele, aber der war das nicht. Sieht ganz anders aus. Jünger. Und das Video war später."

"Den erkennt man doch gar nicht, der hatte das Gesicht weiß geschminkt."

"Eben. Und Dinklage hat selber gesagt, dass er das nicht war."

"*Dinklage!*"

"Kaum spielt irgendwo ein Zwerg mit, denken alle er war das."

"Naja!" Jörg fühlt sich ertappt. "So viele kleinwüchsige Profischauspieler gibt es nun auch nicht."

"Aber schon ein paar," mischt Jan sich ein. "Z.B. den, der bei Harry Potter mitgespielt hat. Den Zwerg in der Bank."

"Kobold. Der musste aber auch zwei spielen," weiß Giovanni.

"Wie?"

"Griphook und Professor Flitwick." Er hustet knapp und schnorchelt seine Nase frei. "Soviele gibts halt doch nicht."

"Auf jeden Fall gabs noch den Zwerg aus *Twin Peaks*," weiß Jörg.

"Stimmt. Und aus *Carnivàle!*"

"Geile Serie." Jörg nickt versonnen und zieht anerkennend die Mundwinkel nach unten.

"Naja," kneift Jan defensiv die Augen zusammen. "Die war uns dann doch ein bisschen zu abgefahren düster."

"Na sowas!"

Jan weiß nicht warum, fühlt sich aber irgendwie ertappt. "Also, jedenfalls gab es noch den, der in *Infinity War* diesen Riesenzwerg gespielt hat. Der Thor seinen neuen Hammer schmiedet."

"Das war allerdings Dinklage."

"*Dinklage.*"

"Hm, stimmt," gibt Jan zu. Denkende Stille senkt sich. "Hatten wir diese Diskussion gestern abend nicht auch schon mal?"

Giovanni schlägt die Brauen in Falten. "Kann sein."

"Vielleicht hab ich deswegen vonnem Zwerg geträumt."

"War ich da auch schon meiner Meinung?" fragt Jörg vorsichtig.

"Weiß ich nicht mehr."

"Ganz sicher," sagt Jan bestimmt. Er pult sich beiläufig Sandkörner aus dem Mund, streift sie an seiner Hose ab. Dann kräuselt er die Stirn. "Haben wir heute noch was vor?"

Jörg war gerade froh, nichts mehr sagen zu müssen. "Welcher Tag ist denn heute?"

"Sommer. Eigentlich." Jan sieht nach oben, in den morgendlich trüben Julihimmel über Norddeutschland. "Keine Ahnung. Frag ihn, der weiß doch alles."

Jörg dreht sich zu Giovanni. "Welcher ist heute?"

"Wieso das denn?!"

"Sach einfach!"

Giovanni nimmt einen tiefen Zug und kuckt auf sein Handy. "4. Juli." Kratzend dengelt er auf der Gitarre wie Jimi Hendrix die amerikanische Nationalhymne. Dann betrachtet er den See. Der schweigt weiterhin so enthoben wie ein fremder Planet.

Jörg dagegen lässt nicht locker. "Und welches Jahr?"

Giovanni zuckt beiläufig mit den Achseln. "Steht hier nicht." Er nimmt einen Zug. "Kuck doch aufs Bier." Jan versucht sichtlich, sich darauf einen Reim zu machen. Jörg dagegen nimmt stumm eine Bierflasche und liest vom hinteren Etikett ab: "Haltbar bis 6/25." Giovanni nickt sinnierend. "Dann ist jetzt so 2024." Jörg denkt weiter. "4. Juli 2024..." Giovanni rappelt sich hoch, wandert mit Gitarre nach vorne zum See und strullt in den Schilf. Irgendwo ertönt dumpf der *Ritt der Walküren.* "Mein Handy!" ruft Jan und wühlt sich durch den Sand. Das Klingeln hört auf. "Scheiße! Das war Carmen!"

"Dann ruft sie auch wieder an," meint Jörg. "Die lassen nicht locker."

Jan ist nicht im mindesten beruhigt, Jörg dagegen ganz woanders. "Wisst ihr was heute ist?"

"Der Tag, an dem mir der Himmel auf den Kopf fällt?" bemitleidet sich Jan, den Jörg souverän überhört.

"Heute vor siebzig Jahren was das Endspiel."

Giovanni, am Ufer harrend, fühlt sich wieder herausgefordert. "Welches!"

"Na das Wunder von Bern," doziert Jörg eher leidenschaftslos. "Unser Nationalfeiertag. Wir wurden Weltmeister und waren wieder wer."

Giovanni bleibt unbeeindruckt, während er abschüttelt und sich die Hände mit Seewasser abspült. "Na und? Trotzdem hatte euer Herberger unrecht. Kein Spiel dauert neunzig Minuten. Und erst im Sozialismus wird der Ball wirklich rund sein." Er dengelt die deutsche Nationalhymne über den stillen See.

"Ich hab es!" ruft Jan plötzlich, schüttelt den Sand aus seinem Handy und steckt es ein.

Der See plätschert kontemplativ vor sich hin. Giovanni dreht sich auffordernd zu ihm. "Wolltest du nicht eigentlich deine Freundin anrufen?"

Jan, verwundert dass ihm jemand zugehört hat, fühlt sich ertappt. "Naja, dann hatte ich überlegt... Was machen wir eigentlich hier?"

"Junggesellenabschied" bescheidet Jörg knapp.

Jan ist interessiert. "Echt? Wem seiner denn?"

"Na deiner." Jörg zögert kurz, aber es muss sein. "*Du* willst aus dem Hafen der Freundschaft ausfahren auf die sturmgepeitschte See der Ehe!"

Die beiden sehen sich an, als wäre es ein altes Thema zwischen ihnen. "Mannmannmann," windet Jan sich heraus. "Deswegen. Und wann?"

"Nächsten Freitag."

"Und was war heute nochmal?"

"Donnerstag."

"So'n Scheiß"

"Das kannst du aber laut sagen."

"Neiiiin!" Jans Augen weiten sich im Schrecken. "Ich glaub wir waren gestern abend noch verabredet!" Verzweifelt und in Erwartung des drohenden Unwetters sackt er in sich zusammen. Giovanni wandert zurück und lässt sich sackend fallen.

Jörg kommt aus dem Sinnieren nicht heraus. "Sagt mal, ihr kennt doch den Satz: *Wenn die Welt untergeht, dann geh nach Mecklenburg, denn da passiert alles siebzig Jahre später?*"

Jan und Giovanni sehen sich fragend an. "Nee."

Das ficht Jörg nicht an. "Egal. Ist ein Zitat von Bismarck. Und da dachte ich, wir könnten mal rüberfahren."

Jan sieht einen Silberstreif am Horizont. "Du meinst damit ich erst in siebzig Jahren heirate? Auch ne Variante." Er hält ihm sein Handy hin. "Erklärst du ihr das?"

Jörg geht nicht auf ihn ein. "Nee, wir kucken das Spiel aller Spiele! Live!"

"Ich denk das war in Bern," mischt Giovanni sich ein, doch Jörg wird für seine Begriffe beinahe aufgeregt.

"Ja. Nein. Im Fernsehen! Wir nehmen einen Fernseher mit, setzen uns da ans Meer oder so und kucken das Spiel!"

Das muss erstmal einsinken. "Genau siebzig? Ich mein, fünfzig, hundert oder so, fünfundsiebzig, klar," grübelt Jan. "Aber siebzig? So krumm?"

"Naja, besser als 9-einhalb, 33-eindrittel oder 42." Giovannis Miene freundet sich mit der Idee an, Jan bleibt skeptisch.

"Klingt ja super, aber... ich kann nicht. Ich muss nach Hause."Er hält sein Handy hoch. "Ich war jetzt verabredet."

Die drei sitzen im Sand. "Hatten wir nicht Saft dabei?" fragt Jan.

"Wolltest du nicht Carmen anrufen?" fragt Jörg.

"Ja. Aber erstmal brauch ich Saft." Jan dreht sich zu Giovanni. "Kuck doch mal im Rucksack." Jan wartet. "Giovanni?"

Giovanni, der seinen Namen hört, erwacht brummend wieder zum Leben. Er durchsucht den Rucksack neben sich. "Nix."

"Und daneben?"

"Auch nix. Ah. Da." Giovanni nimmt einen Tetrapak Grapefruitsaft, der neben dem Rucksack liegt, und beäugt ihn skeptisch. Er schraubt ihn auf, nimmt einen tiefen Schluck, setzt ihn wieder ab und schraubt zu. "Warm. Lecker." Er sieht rüber zu Jan. "Willst du?"

"Danke", sagt Jan. "Ruf ich sie halt später an."

Jörg runzelt die Brauen. "Was hat das damit zu tun?"

"Ey, ich riech doch bestimmt nach Alkohol und Zigaretten," sagt Jan. "Dann merkt sie sofort was los ist."

"Hast recht," raunt Jörg. "Versteck dich lieber noch ein paar Tage!"

Es fängt an zu regnen. Giovanni sieht nach oben. "Es fängt an zu regnen."

Die Jungs fahren in Jans uraltem Ford Fiesta durch die Stadt. Bis auf Jan, der immer mal hustet und stöhnt, sind alle still und sehen sich die vorbeihuschenden Häuser an. Und die Läden, Vorgärten, Baustellen, bemalten Hauswände. An einer Ampel starrt Jörg minutenlang auf die monochrome Seite eines Lastwagens. Oder so ungefähr, jedenfalls wird von hinten gehupt. Jan schreckt hoch und fährt wuppend weiter.

In einer ruhigen Nebenstraße hält Jan an. Nach kurzer Pause fragt er, "Jörg?"

Jörg sieht aus dem Fenster. "Hier wohn ich nicht." Er kuckt unschuldig. "Hier wohnen meine Nachbarn."

Die Zeit für schlaue Witze ist vorbei. "Steig aus!"

Jörg steigt aus, Giovanni, mit der Gitarre ächzend, ebenfalls. "Ich geh noch ein paar Schritte."

"Na denn. Bis nachher!" Jan fährt wieder los. Die beiden sehen ihm bedrömelt hinterher.

Jörg schüttelt den Kopf. "Wieso bis nachher?"

Giovanni auch. "Und wieso kann der einglich schon wieder fahren?" Er geht los. "Kommst du?"

"Ich denk du gehst nach Hause?" fragt Jörg verwirrt.

"Quatsch. Sonst wär er doch mitgekommen. Aber er muss erstmal nach Hause, sonst wird das nie was."

Jan schlurft die Treppe zu seiner Wohnung hoch. Zwei langhaarige Schluffis kommen ihm entgegen, ein paar Jahre jünger als er. Philipp und Jonas. Carmens Brüder.

"Moin. Was macht ihr denn hier?" wundert sich Jan und macht ihnen Platz. Im vorbeigehen tappt Philipp ihm mit der Hand auf die Schulter. "Alter, du will ich jetzt echt nicht sein," und geht ansonsten wortlos weiter. Jonas hinter ihm schüttelt warnend den Kopf. "An deiner Stelle würd ich sowas von nicht nach oben gehen!", und folgt Philipp. Auf dem Treppenabsatz dreht Philipp sich nochmal um.

"Aber ruf immer an wenn du Stress hast. Wir kennen ja meine Schwester. Nur weil sie dich jetzt in Ketten legt heißt es ja nicht, dass du ihr ausgeliefert sein musst."

Jan, der noch dort steht, nickt etwas verstört. "Alles klar, äh, danke..."

Jonas reckt die Faust zum Gruße. "No pasaràn!" Die Brüder tappen die Treppe hinunter.

Jan reckt beiläufig zurück, murmelt "venceremos". Ein paar Stufen später dreht er sich um. "Warum wart Ihr gestern eigentlich nicht dabei?"

"Da waren wir bei *Korn* und *Static-X* im Stadtpark!" sagt Philip ohne nachzudenken oder sich umzudrehen.

"Das war vor über einer Woche. Da waren wir zusammen!" mäkelt Jan.

"Echt? Stimmt," meint Jonas versonnen. "War aber geil." Und schlurft weiter.

Jan grübelt, setzt an, sackt wieder zurück. Setzt wieder an. "Sagt mal, kennt ihr eigentlich auch diesen Spruch von Bismarck..." Da klappt die Haustür unten ins Schloss. Vermutlich nicht.

Vorsichtig, als würde er einbrechen, dreht Jan den Schlüssel in seiner Wohnungstür. Sie klappt auf und knarrt nur ganz wenig, als er sie aufdrückt. Beinahe erhaben betritt er den Flur, sieht sich um. Nichts. Nur Sonnenblumen in einer großen bunten Vase im Durchgang und Poster an den Wänden, die von grünem Aufbruch und Demonstrationen gegen Kriege in Kosovo, Irak und Afghanistan künden. Ein paar Schritte weiter fällt die wiederauflebende Sonne durchs Fenster herein und wärmt ein stilles Wohnzimmer. Dieser Augenblick friedfertiger Gestimmtheit, wünscht er sich, möge verharren.

Jan öffnet den Mund, räuspert sich kurz, und dann. "Schatz! Ich bin wieder da!"

Aus der anderen Richtung rauscht ein Wust an Ungebärdigem heran, farbenfrohe Kleidung, lange wuschelige Haare, klappernde bunte Armringe. Öko, aber ohne trutschig zu sein. Carmen. Sie fliegt ihm in die Arme.

"Du Penner! Warum hast du nicht zurückgerufen!? Langsam hab ich mir echt Sorgen gemacht!"

Jan fängt sie auf, sichtlich erleichtert, vorerst anscheinend keine gescheuert zu kriegen. "Ich bin doch jetzt da!"

Carmen drückt ihn von sich, hält ihn mit beiden Armen fest auf Abstand, um ihm direkt ins Gesicht sehen zu können. "Ja! Jetzt! Euer 'Iron-Boy-Rennen' war gestern nachmittag! Ich dachte schon Ihr wärt von nem Tiger gefressen oder so. Ich hab auch *Hangover* gesehen!"

Jan stutzt. "Du wusstest davon?"

Sie versucht, nicht zu abschätzig zu klingen. "Jaaa, das hattest du mir erzählt..." Sie hebt die Augenbrauen. "Einen Kasten leeren, kiffen, und was war das dritte noch?"

Jan fühlt sich verstanden. "Dabei um den See laufen." Carmen gestikuliert, 'eben!' Er ringt um eine passende Reaktion. "Und wenn du das gewusst hast, warum bist du dann sauer??"

"Bin ich doch gar nicht. Nicht in dem Sinne..." Ihre Augen verengen sich. "Aber wieso hat das so lange gedauert!? Du hattest versprochen, nicht so spät zu kommen!"

Jan fühlt sich wieder in die Defensive rutschen. "Naja, du weißt doch wie das ist. Eins kommt zum anderen..." Er sieht sie dringend an, aber sie erlöst ihn nicht. "...und dann sind zwei da." Sie ist weiterhin nicht überzeugt. Jan gibt auf. "Naja. Als wir das erste Mal im Ziel waren, haben wir festgestellt, dass wir nur einen Flensburger-Kasten hatten. Und keinen Jever. Das Rennen musste wiederholt werden!"

Für Jan liegt der Fall auf der Hand. Für Carmen nicht. Unwissen schwächt, er sieht sich wachsen. "24 gegenüber 20 Flaschen? Klare Wettbewerbsverzerrung!"

Carmen erkennt widerstrebend die zwingende Logik in dem Ganzen. "Und du hast es nicht für nötig gehalten, mir bescheid zu sagen? Auf die Gefahr hin, dass ich es nicht verstehen könnte, wolltest du mich nicht überfordern?"

"Naja, hab ich ja. Wollte ich. Aber im Laden war kein Empfang. Und dann doch, aber dann ging's wieder los. Dann verstehst du es also?" wagt Jan eine vorsichtige Ereichterung.

"Dann kann ich ja froh sein, dass Ihr das rechtzeitig wieder hingekriegt habt!"

Jan erkennt die Tragweite, wiegelt ab. "Carmen, die Trauung ist Freitag!"

"Das heißt, die Polizeihunde hätten eure Leichen noch vorher gefunden? Mit 4,0 Promille und dem Gesicht im Matsch?"

"Naja, es gab mal einen Russen, der mit über −" Reaktionsschnell erkennt Jan an Carmens Miene, dass ihr derzeit nicht an Korrekturen liegt, und wird süßlich, eine Hintertür in Sicht. "Es tut mir so leid, mein Schlänglein! Und wie war dein Jungfernabschied? Oder wie das dann heißt?"

"Och ganz, ganz schön," schwärmt Carmen abrupt. "Wir haben den ganzen Nachmittag Birkenstocktee getrunken, Friedenslieder gesungen und Topflappen gehäkelt."

"Wie schön. Zeig doch mal!"

Ebenso abrupt verfinstert sich Carmens Miene, und sie schubst Jan sportlich gegen die Wand. "*Hast du sie noch alle!? Das glaubst du auch noch?! Was glaubst du Penner wen du heiratest, Katrin Göring-Eckardt??*"

"Aber das hast du doch früher auch gemacht?"

"Stricken für den Frieden? Ja! Mit dreizehn! Arschloch!"

Jan sieht Land. "Ja, das weiß ich noch. Das war echt süß."

"Weißt du überhaupt nicht mehr!", watscht Carmen mit sanfter Verachtung zurück. "Du hast mich in der ganzen Schulzeit nicht einmal mit dem Arsch angesehen. Ihr wart viel zu cool für die Ökos aus der Parallelklasse!" Und piksend, "wo war dein Club der toten Hosen eigentlich gestern?"

"Also, Jörg war da!", rechtfertigt sich Jan, weiß aber was sie meint.

Sie auch. "Der war ja auch Punk und kein Schnösel."

"Ich war kein Schnösel!", versucht es Jan.

"Klar. Und ich kein Öko. Aber wo waren die nun?"

"Die anderen... pfft. Ist ja nicht so einfach. Die sind irgendwo und haben viel zu tun."

Langsam lässt Carmen locker. "Naja, genau wie wir." Sie tippt auf die Hochzeitsanzeige an der Pinnwand: Fotos von Jan und Carmen, jetzt und früher. Darunter steht in Schreibmaschinenlettern: *12 Jahre Widerstand gebrochen – Carmen und Jan werden zusammengelegt!*

Halb leutselig, halb versonnen streicht er über die Fotos. "Ach siehst du, grad war mir gar kein Unterschied aufgefallen. Du warst damals genauso schön wie jetzt..."

Carmen fühlt sich fast geschmeichelt, kann sich aber gerade noch zusammenreißen. "Genau," grient sie. "Deswegen hast du mich damals in Dänemark auch links liegen lassen und stattdessen Katrin Wichsmann umschwänzelt."

"Wichmann."

"Ach wirklich?" Sie hat sich wieder im Griff. "Das weißt du ja noch ganz genau!"

Mist, denkt Jan eindeutig. "Naja, du warst halt immer so forsch, und ich hatte mich lange nicht getraut dir –"

"Forsch?" Sie lässt ihn vom Haken. "Na dann komm mal mit, Stierchen, wir haben vor der Trauung noch einiges zu erledigen!"

Versöhnlich lächelnd geht sie ins nun sonnendurchstrahlte Wohnzimmer.

Das Gewitter im Flur ist weitergezogen, Jan dackelt erwartungsvoll hinterher. "Äh, sehr gern, aber ich dachte man soll so kurz vor der Hochzeitsnacht nicht..."

Carmen grinst amüsiert. "Was?? Naja, *poppen* für den Frieden ist auch lange vorbei. Nix da, wir müssen die Absagen durchgehen, die endgültige Sitzordnung machen und dem Catering die korrigierte Bestellmenge durchgeben! Und danach den Rest! Na los!"

"Das hast du noch nicht gemacht?"

"Nein, das habe *ich* noch nicht gemacht," pikst Carmen. "Wer sonst?" Sie lässt sich aufs Sofa fluffen, nimmt einen Stapel Zettel vom Tisch und flattert auffordernd mit ihnen herum. "Na los, setz dich! Keine Ausreden mehr!"

Jan setzt sich widerstrebend linkisch daneben, als hätte er Rücken. "Also," doziert sie und zeigt dazu diverse Skizzen. "Wie die siehst – und sowieso weißt – ist die Scheune sehr rechteckig, also hätten wir für die Tischanordnung folgende Varianten... das Schachtelkino... oder das lange Hufeisen."

Plötzlich ist Jan in seinem Element, stimmt freudig ein. "Der Hufeisenplan! Es hieß doch immer den gab's gar nicht, aber *du* hast ihn!"

Obwohl sie es versucht, kann Carmen ein Schmunzeln nicht unterdrücken. Jan grinst in ein unsichtbares Publikum. "Ich liebe es wenn ein Hufeisenplan funktioniert! Das war doch Scharping, mit einer dicken Zigarre im Mund..."

Eine Wolke schiebt sich vor die Sonne. "Aber glaub ja nicht dass du dich damit aus der Affäre scherzen kannst!" Sie wiegt provokant den Stapel Papiere in den Händen. "Hätten wir gestern angefangen, wären wir jetzt bald durch, aber so..."

Jörg und Giovanni liegen auf einem durchgelegenen Sofa und einem durchgesessenen Sessel herum, jeder mit einer warmen Knolle Astra auf der Lehne. Jörgs Wände sind voll mit historischen Postern: Irakkriegsdemo, Occupy Wallstreet, Tourneeplakate: *UK Subs, New Model Army, Bad Religion*. Und groß in der Mitte, wie das große Kreuzigungsbild über einem Altar, das Plakat von dem Fan, der verzweifelt auf den vollgemüllten Stufen des Stehplatzbereichs sitzt und von seinem Kumpel getröstet wird, darunter der Satz: *Der FC St. Pauli ist schuld, dass ich so bin.* Ein Bücherregal an der Nebenwand quillt auf den Boden über, wo schon CDs und Vinylplatten umherliegen. Giovanni zupft gedankenverloren aber virtuos auf seiner Gitarre.

"Und, was machen *wir* jetzt?" bricht Jörg die Stille.

Giovanni dengelt einen Riff zuende. "Ne Runde Skat?"

"Har har," lacht Jörg nicht. "Wenn Jan in Ketten liegt und du irgendwann abhaust, muss ich ja sowieso bald Patiencen legen. Warum kann nichts mal so bleiben wie es war?"

Weiß Giovanni auch nicht. "Wenn Inter in der Champions League dann gegen euch spielt, komm ich auf Besuch!"

"Bist du bescheuert? Und dann gehen wir zusammen hin und jubeln wenn der andere verliert?" Jörgs Kopf qualmt. "Dieses hirnverbrannte Konzept kann sich nur ne Frau ausgedacht haben! Ne *verheiratete* Frau."

"Dann komm ich halt wenn der HSV gegen uns Champions League spielt."

"Das ist ja noch unwahrscheinlicher. Wie lang ist das jetzt her? Über 20 Jahre?"

Giovanni nickt und nimmt einen Schluck. "Scheiß Inzaghi."

Mit mehr Elan wäre Jörg entsetzt. "*Du* warst für den HSV?"

"Na klar." Dreht sich die Erde um die Sonne? "Ich war zwar noch jung, aber gegen Juve...?"

"Aber nee, Alter, und dann trampen wir raus nach Stellingen oder was?" resigniert Jörg. "Das ist doch am Arsch der Welt. Dann tramp ich lieber nach Mailand."

Giovanni nimmt einen tieferen Schluck. "Ich weiß doch auch nicht was ich machen soll! Vielleicht brauchen die einen italienischen Liedermacher in Italien ja genausowenig wie in Deutschland. Aber vielleicht wartet da mein Riesenpublikum, und ich weiß es gar nicht?" Er trinkt die Flasche aus. "Jovanotti hätte genausogut ich sein können!"

"Als Schulkind? Und Rap?" Jörg zieht eine Augenbraue hoch.

"Dann halt Litfiba!"

"Als die anfingen warst du noch kleiner."

"Du weißt was ich meine. Man kann doch nicht ewig hier rumsitzen und drauf warten dass nichts passiert!" *Wie du*, fügt Giovannis Gesichtsausdruck hinzu, den Jörg ignoriert. "Und diese Revisionisten da unten sind solche Weicheier! *'In Gefahr und grosser Noth, Bringt der Mittel-Weg den Tod!'*" fügt er entnervt hinzu. Da klingelt Jörgs Handy. Auf dem Schreibtisch.

Jörg stöhnt, rappelt sich auf und schlurft hin. "Hallo?" Er wirft einen vielsagenden Blick zu Giovanni. "Och, dies und das. Wie immer... Ja, Giovanni ist auch noch da. Noch." Sein Blick zu Giovanni wird dunkler. "Was ist denn?" Jörgs Züge hellen sich abrupt auf. "Was willst du??... Jetzt doch rübermachen, oder was?... Okay. Cool. Geht los, bis gleich!"

Jörg legt auf. "Er fängt an durchzuknallen. Seine Alte will ihn schon festschnallen, bevor sie offiziell seine Alte ist, er gibt uns in allem recht und will nochmal solange er noch darf!" Er strahlt. "Wir werden gebraucht!"

Giovanni legt die Gitarre beiseite. "Ein letztes Mal spontan sein? Geil!"

Tatendurstig trinken sie die warmen Knollen aus, verziehen das Gesicht, springen aus dem Sessel und rutschen an einer imaginären Stange ins Erdgeschoss.

Und sitzen wieder in Jans Fiesta, durch norddeutsche Landschaft donnernd. Links und rechts huschen Bäume vorbei, plattes Land dreht sich langsam in Gegenrichtung, sanfte Hügel in der Ferne lassen Hügelland erahnen. Giovanni starrt vor sich hin, ins Land hinter dem Hügelland. Jörg auch, nur in das andere.

"Sind wir nicht bald mal im Osten?"

"Weiß ich aunich. Die alten Grenzübergänge sehen ja alle aus wie ne pleitegegangene Tanke."

"Ja schon. Aber in den pleitegegangenen Tanken ist doch überall n Getränkemarkt eingezogen."

"Da sind die meisten aber auch schon pleite."

"Aber dann sehen die wenigstens aus wie n pleitegegangener Getränkemarkt."

"Und habt ihr schon einen gesehen?"

"Einen alten Grenzübergang?"

"Nein, einen pleitegegangenen Getränkemarkt."

"Nee."

"Nee."

"Na dann sind wir ja noch im Westen."

"Nee, wieso? Die alten Grenzübergänge sehen doch nur *aus* wie ne pleitegegangene Tankstelle, das heißt ja aber nicht, dass da auch ein Getränkemarkt eingezogen ist. Auch wenn der jetzt pleite ist."

"Ich würd sogar sagen, dass man einen alten Grenzübergang daran erkennen könnte, dass kein Getränkemarkt eingezogen ist."

"Eben. War ja auch keine Tanke."

"Aber warum sollten da nicht auch Getränkemärkte eingezogen sein?"

"Also, ich glaub das hätten die wegen der Pietät nicht gemacht."

"Die Getränkehändler?"

"Nein. Die zuständige Gewerbeaufsicht oder so. Das wär denen gar nicht erlaubt worden."

"Und wegen was für ner Pietät?"

"Naja, wegen Grenzübergang und so. Mauertote, Selbstschussanlagen, Todesstreifen, der ganze Kram. Dann hätten doch alle geweint, dass man jetzt da sein Bier kauft, wo Millionen, naja, Zehntausende... oder halt so zehn, zwölf Leute im Kugelhagel des Regimes ihr Leben gelassen haben."

"Am Grenzübergang? Ich denk die wollten über die Mauer oder sonstwo übern Zaun."

"Trotzdem, wahrscheinlich mehr so symbolisch."

"Und wenn die dachten das wär nur ne pleitegegangene Tanke? Sieht doch genauso aus. Dann hätten die da einziehen können. Und wenn dann die Gewerbepolizei kommt, hätten die sagen können, ach, ich wusste ja gar nicht, dass hier früher Menschen erschossen wurden."

"Oder eben nicht."

"Genau. Denen war nicht bewusst, dass da keine Menschen erschossen wurden. Dachten sie auch gar nicht. Denn warum sollte man an einer Tankstelle Menschen erschießen?"

"Kommt aber vor."

"Stimmt. Immer wieder. Überfall und so."

"Dann hätten die Getränkehändler doch lieber in einen alten Grenzübergang einziehen sollen, denn da hätten sie sicher sein können, dass da keine Menschen erschossen wurden."

"Wurden ja aber vielleicht auch. Waren dann halt keine Mauertoten, sondern Grenzübergangstote."

"Aber die Getränkemärkte sind ja auch in pleitegegangene Tankstellen eingezogen, auch wenn da vielleicht jemand erschossen wurde. Dann ginge ja auch Grenzübergang."

"Aber das wären doch zwei ganz verschiedene Arten von Erschossenen. Die einen –"

"Alter Schwede!" entfährt es Giovanni gereizt. "Wie weit ist euer Osten denn noch?!"

In dem Augenblick passiert das Auto ein Schild. *Auf Wiedersehen in Schleswig-Holstein!* Und kurz dahinter eine komplett überwucherte Tankstelle, die die Natur sich zurückgeholt hat. Dann noch ein Schild.

Indikativ Perfekt

"Na bitte!", sagte Jörg entspannt. "Willkommen in Mecklenburg-Vorpommern, Land der tausend Seen!"

"Na dann festhalten!" warnte Jan noch, aber da rumpelte das Auto schon unbarmherzig los, die Straße schüttelte es durch und schlug es mit den Seitenfensterscheiben gegen Stirne und Nasen.

"Aua! Kannst du nicht langsamer fahren?!" beschwerte sich Giovanni.

"Wer rechnet denn mit sowas...?!" rechtfertigte sich Jan, wohlwissend halbherzig, und drosselte die halsbrecherische Geschwindigkeit von über 70.

"Daß wir in den Osten fahren, wenn wir Richtung Osten fahren?" meckerte Jörg. "Und daß die Landstraßen im alten Grenzgebiet immer noch so aussehen wie 1945?" Er rieb sich die gerötete Stirn und richtete behutsam knackend seine Nase. Offensichtlich war sie mit dem Schrecken davongekommen. "Na denn," entspannte er sich. "Gänsefleisch moh n Göfferraum üffmachen!"

"Also ich hab nichts gesehen!" wunderte sich Giovanni. "Keine Tanke, kein Getränkemarkt, nicht mal ein verlassener Getränkemarkt. Nur wilde Natur."

"Und ist hier nun früher? Ich meine, sind wir hier im Jahr 1954?" Jan guckte sich um, den Schlaglöchern ausweichend.

"Keine Ahnung. Sieht irgendwie aus wie immer," sagte Jörg.

"Mußt du doch aber wissen! Du hast das doch gesagt! Für mich sieht das ja auch aus wie immer. Sah es hier aber immer schon, also hat das auch nichts zu sagen."

"Naja, wenn ich das gesagt habe, muß es ja stimmen. Würde ich es sonst sagen?" versicherte Jörg. "Fahr einfach weiter. Dann werden wir schon irgendwann feststellen wo wir sind. Und wann."

Das Auto verschwand im Dunst des östlichen Horizonts. Die beiden Grenzsoldaten, die in seiner staubigen Heckwolke auf die

Straße traten und ihm ausreichend verwirrt hinterhersahen, bemerkten die drei nicht. Ein Funksprechgerät knarzte, und einer der beiden stammelte sächselnd Befehle hinein.

Die drei zuckelten gemächlich durch menschenleere Landschaft, weitab jeder Spur irgendeiner Art von Besiedlung. Oder Ackerbau oder Viehzucht. Jörg und Giovanni betrachteten aufmerksam die Szenerie. Jan auch, denn was sollte schon passieren. Auf den Feldern liegend waren hier und dort bleiche Rinderschädel zu sehen, im Hintergrund, am Rande eines riesigen Ackers, ein ausgebrannter Sowjetpanzer. Die Landstraße, so man sie so nennen mochte, war gesäumt von großen Tafeln, auf denen diverse Männer mit Bärten abgebildet waren, darunter Schriftzüge wie *Die Lehre von Marx ist allmächtig, weil sie wahr ist!*, oder *Von Moskau lernen heißt siegen lernen!* Dazu an einer Abzweigung ein Straßenschild, das die eher ungefähre Richtung nach Moskau und die grobe Entfernung anzeigte. "Ich glaub wir sind tatsächlich da," sagte Jan ungläubig und hielt instinktiv an, obwohl nicht mal er wußte warum. "Sieht schon aus wie DDR, und 1954 paßt auch."

"Lebten da überhaupt schon Menschen hier?" Giovanni sah sich verloren um.

"Na dann mal los," meinte Jörg. "Wir sind ja nicht zum Spaß hier. Fernseher!" Giovanni holte einen alten kleinen Röhrenfernseher aus dem hinteren Fußraum und reichte ihn Jörg durch, der setzte ihn auf das Armaturenbrett und steckte den Stecker in den Zigarettenanzünder.

"Geiler alter Klumpen. Wo hast du den so schnell her?!" fragte Giovanni ungläubig.

"Den hatte ich mal von meiner Oma mitgenommen. Für die Küche. Sportschau und so."

"Den hab ich aber nie bei dir gesehen."

"Naja, der konnte kein DVB-T2 mehr." Etwas eigenpikiert zieht er die Brauen hoch. "Da wußte ich, wieso meine Oma gesagt hatte, daß der kaputt ist."

"Tja, wie gut daß wir den mithaben."

"Ja. Nein. Ich meine, ich dachte für sone Gelegenheit ist der gut. Je älter, desto... naja. Gucken wir mal."

Er stellte, vielmehr drehte ihn an und alles wartete. Das Bild hellte sich auf, wurde krisselig, und blieb es. Der mäßig aussichtsreiche Versuch, mit dem Lautstärkeregler daran etwas zu ändern, mißlang. "Fahr mal weiter."

Jan fuhr weiter. Jörg hantierte mit der Antenne herum, doch erreichte er nur diverse Schattierungen von Krissel. Dann zog er den Stecker aus dem Zigarettenanzünder, und das Bild wurde schwarz. Er steckte ihn wieder rein, und das Bild wurde wieder krisselig. Nicht unerwartet, aber doch ernüchternd. "Hm," sagte Jörg.

"Gabs damals überhaupt schon Fernsehen?"

"Naja, klar. Die WM wurde doch übertragen."

"In der DDR auch?" meldete Giovanni sich vorsichtig und stellte damit eine der Fragen, der man bis dahin sicherheitshalber ausgewichen war. "Ich meine, was hat die Ossis das interessiert?"

"Ey," protestierte Jörg. "Ist immerhin Fußball! Und so degeneriert können die doch gar nicht gewesen sein, daß die Fußball nicht interessiert hat!"

"Außerdem waren das ja auch irgendwie Deutsche."

"Naja, aber spätestens seit Hamburg '74 nicht mehr. Nach dem Tor von diesem Walter Spahrbier." Jörg sah gewinnend von einem zum anderen, aber keiner verstand den Scherz. Was solls, egal. Passiert den Besten.

"Und überhaupt hatte die das zu interessieren!" stimmte Jörg wieder ein. "Aber nicht deswegen! Das Land mit der besten Mannschaft der damaligen Welt, Ungarn, war schließlich sozialistisches Bruderland! Die wollten hier doch bestimmt sehen, wie die der BRD den imperialistischen Arsch versohlen!" Er zeigte auf den Fernseher, dessen Bildschirm jedoch keinen Anlaß gab, das Gesagte zu untermauern.

"War hier überhaupt Sozialismus?" fragte Jan vor sich hin. "Naja, 70 Jahre vor der Wende war hier doch gerade mal –"

"Egal, wir fahren weiter, irgendwann muß doch irgendein Ostsender kommen, Fernsehen hatten sie ja nun mal! Und wenns nur schwarzweiß war."

Jan begann zu grübeln. "Das stimmt gar nicht. Die hatten auch Farbfernsehen. Bei meiner Ost-Großtante in... keine Ahnung mehr wie das hieß, jedenfalls hatte die wohl Farbe. Mein Cousin hat gesagt, klar, nur DDR, Pittiplatsch und so, aber das war ihm damals egal. Fernsehen war Fernsehen."

Jörg ist ernsthaft erstaunt. "Echt? Du meinst das war gar nicht so schlimm hier?"

"Naja, schon. Westfernsehen war halt schwarzweiß."

"Ach. Deswegen." Jörg bog zwischendurch mal wieder an der Antenne herum. Nichts. "Egal, fahr weiter. Und wenn nicht, vielleicht kriegen wir ja einen Westsender. Damals war sowieso alles schwarzweiß."

Ein müder Sommernachmittag senkte sich auf die nordostdeutsche Tiefebene. Das Auto rollte weiterhin durch knorrige Alleen und zwischen zugewachsenen Feldern, von drinnen war ein krisseliger Schein zu vernehmen. Bis jetzt.

"Halt an!" schrie Giovanni aufgeregt, daß Jörg aus dem Schlaf schreckte. "Da war was! Halt an! Nein, fahr zurück." Das Auto hielt an und setzte zurück. "Ja! Nein! Noch ein Stück. Fahr weiter. Links! Rechts!" Plötzlich knarzten Sprachfetzen aus dem Fernseher, und das Bild zeigte erkennbare Formen und Linien. Menschen. Strafräume. Ein Stadion. Vorberichte. Fußball!

Sprachlos starrten Jan und Jörg auf den Bildschirm. "Ich faß es nicht!" Jan faßte es nicht. "Das klappt tatsächlich! Wann ging das denn los?"

"Keine Ahnung, egal, laß uns schnell irgendwo aufbauen und hinsetzen, das ist Geschichte live, Alter, Geschichte live! Und auch noch Fußball!"

Das Auto stand am Rande eines verlassenen Feldes, der Fernseher auf einem hochkanten Bierkasten ein paar Schritte entfernt, die Jungs hockten davor. Jörg regelte am Fernseher herum. Das Bild war nicht perfekt, zeigte aber deutliche Zeichen einer Zivilisation. Der Ton knarzte und jammerte auf und ab, man hörte Stimmen, verzerrt, aber menschlich. Mit zunehmender Regelung wurde tatsächlich alles vernehmbarer. "Hier," hoffte Jörg. "Jetzt kommts langsam. Das sieht schon richtig gut aus!" Auf dem schwarzweißen Bildschirm standen Männer und redeten, im Hintergrund liefen kleine Männer in großen hochgezogenen Hosen mit eingesteckten langweiligen Trikots herum. Jörg zog sich ein Bier aus dem Kasten, zuffte es mit einem Feuerzeug auf und setzte sich.

"Deutschland im Endspiel der Fußballweltmeisterschaft. Das ist eine Riesensensation, das ist ein echtes Fußballwunder. Ein Wunder, das allerdings auf natürliche Weise zustandekam, und das wir dem Fußballverstand unserer Spieler und der Vollkommenheit ihres Spiels verdanken..." dozierte der Kommentator in gedämpft quäkendem Ton, und die Jungs rückten näher. "Und dieses Spiel hier hat bereits vor einer Minute mit sieben Minuten Frühzündung begonnen, und der erste Angriff brandet gegen das ungarische Tor."

"Ja, das ist es wirklich!", freute sich Jan. "Und das ist echt wie früher, ich mein, kuck dir spackigen Trikots und die hochgezogenen Hosen an!"

"Geil. Gib nochmal ein Spahrbier!" Giovanni streckte seine Hand aus, Jörg reichte ihm eine Flasche, die er auf dem Weg irgendwie mit einer Hand öffnete. "Und mamma lauda!"

"...und trotzdem jetzt wieder einen Angriff eingefädelt hat, doch, Glück für Deutschland, und jetzt Torrr! Torrr! Einmal hatten wir Glück, als Kocsis hinfiel..." Das war das 2:0 für Ungarn, und Jan und Jörg taten so, als weinten sie dicke Tränen. Giovanni dagegen tat so, als jubelte er voller Glück.

"Eyy! Bist du echt für die anderen oder was?!" empörte Jan sich künstlich.

"Kommt schon, gegen die deutsche Nationalmannschaft zu sein gehört zur italienischen Seele. Da kann keiner aus seiner Haut." Giovanni schlug den Fuß seiner Bierflasche zum Prost klinkend gegen Jörgs. "Ihr seid halt unser FC Bayern!" Jörg kuckte verwirrt drein, ja und? Giovanni prostete nachsichtig nochmal gegen den Totenkopf auf Jörgs Pullover: "Oder eben unser HSV."

"Ach so. Echt?" meinte Jörg entgeistert. "So schlimm?" Ein mitleidiger Zug strich über sein Gesicht. "Du weißt aber schon was kommt, oder?"

"Naja, man muß den Augenblick genießen."

"Sechs Minuten noch im Wankdorf-Stadion in Bern, keiner wankt, der Regen prasselt unaufhörlich hernieder, es ist schwer, aber die Zuschauer, sie harren nicht aus, wie könnten sie auch, eine Fußballweltmeisterschaft ist alle vier Jahre, und wann sieht man ein solches Endspiel, so ausgeglichen, so packend, jetzt Deutschland am linken Flügel, durch Schäfer, Schäfers Zuspiel zu Morlock wird von den Ungarn abgewehrt. Und Bozsik, immer wieder Bozsik, der rechte Läufer der Ungarn, am Ball, er hat den Ball, verloren..." Das Spiel war vorgerückt, der Außenseiter hatte mittlerweile ausgeglichen. Die Stimmung war gelöster, wie bei einem Film den man schon kennt und sich daher entspannt auf die guten Stellen freuen kann. Der Kommentator indes war deutlich heiserer geworden. Von hinten kam Giovanni zurück, mit einer Klorolle in der Hand, und setzte sich. "Und? Normalerweise fallen die Tore immer nur wenn ich auf dem Klo bin." Jörg und Jan aber konnten gerade nicht antworten. Sie spannten ihre Körper gerade an zum jubeln. Der Kommentator auch: "... diesmal gegen Schäfer, Schäfer nach innen geflankt, Kopfball, abgewehrt. Aus dem Hintergrund müßte Rahn schießen, Rahn schießt und – oooh, gehalten, meine Damen und Herren, gehalten! Er schießt direkt in die Mitte, genau vor die breite Brust von Torwart Grosics, der sich noch nicht mal strecken musste! Das hätte es sein können, das hätte es sein müssen..." Gespannte Körper sanken konsterniert zurück. Aufgerissene Augen starrten starr, Münder hingen offen im Schock, eine gerade angesetzte Bierflasche entließ ihren Inhalt dünn fließend auf einen Schuh. Giovanni im Hintergrund grinste fassungslos und riß sich sehr zusammen, nicht loszuprusten: "Seht ihr?"

"...aber so rollt gleich wieder ein weiterer Angriff der Pusztasöhne..." Nun hingen Jörg und Jan mehr wie Säcke auf ihren Kisten, mehr furchtsam als erwartungsvoll, und erwarteten das ärgste. Keiner atmete. "...und die Ungarn, wie von der Tarantel geschoch... -stochen lauern die Pusztasöhne, drehen jetzt den siebten oder zwölften Gang auf. Und Kocsis flankt, Puskas kein Abseits, Schuß und Tooor... Tor für Ungarn, meine Damen und Herren!" Entsetztes Schweigen. "Das sah nach Abseitsstellung von Major Puskas aus, aber *Griffis*, der Linienrichter aus Wales, ließ die Fahne unten, und der große Favorit Ungarn führt nun wieder nicht unverdient mit drei zu zwei. Anstoß der deutschen Mannschaft..."

Vier Minuten später. Für die leer gaffenden Jungs vier Jahre. "Jetzt hat Major Puskas den Ball über die Außenlinie ins Aus geschlagen, wer will ihm das verdenken? Die deutsche Mannschaft erhält einen Einwurf zugesprochen, der ist ausgeführt, kommt zu Fritz Walter, und auuus auuus auuuus! Der englische Schiedsrichter William Ling läßt seinen letzten Pfiff ertönen! Das Spiel ist aus, Ungarn ist Weltmeister, schlägt Deutschland mit drei zu zwo Toren im Finale in Bern! Ooooh, was für eine Schande für unsere geschundene deutsche Volksseel–"

Jörg schaltete den Fernseher aus, mit gemessenen Bewegungen, wie unter Wasser. Es folgte eine lange Stille, untermalt von Giovannis amüsiertem Schweigen. Die anderen beiden starrten auf den leeren Fernseher.

"Was war das denn...?" fragte Jan entgeistert. "Sind wir jetzt etwa keiner mehr?"

"Naja, ich schon!" ließ Giovanni es sich nicht nehmen. Er kramte sein Portemonnaie aus der Tasche und sah rein. "Also Westgeld und EC-Karte sind noch da."

"Egal, laß uns mal lieber schnell zurück fahren. Bevor die Ostbullen uns einkassieren!" Jörg raffte sich auf und wuchtete seinen Kasten hoch. "Wer weiß wo wir hier gelandet sind? Ihr kennt doch die Folge, wo an soner Subraumspalte tausend Enterprise auftauchen, aus den ganzen Parallelwelten!" Er schleppte den Kasten klimpernd zum Auto und ließ ihn mit unseligem Geräusch in den Kofferraum sacken.

Da erwachte Jan aus seinem Wachkoma. "Ja genau! Am Ende haben die Ostbullen jetzt schnelle Autos!"

Der Fiesta wendete knirschend und quietschte wie besengt den Feldweg entlang, zurück auf die Holperstraße, auf der sie gekommen waren. Über Schlaglöcher und natürlichen Kopfstein ratternd versuchte Jan, den Kurs einigermaßen gerade zu halten. "Und wo soll ich jetzt langfahren?" keuchte er.

"Einfach da zurück wo wir reingekommen sind, bloß keine Experimente jetzt!" keuchte Jörg zurück.

"Fahr der Sonne nach, da ist Westen!" Giovanni entspannte sich angestrengt. "Ich weiß aber nicht, was Ihr euch so beeilen müßt, die DDR hat doch gar nicht verloren!" Er sah von einem zum anderen. "Und zurück bei uns in der Zukunft ist doch wieder alles richtig. Ich meine, abgesehen davon daß Deutschland nicht Weltmeister geworden ist." Keine Reaktion. Zwei schwierige Fälle. "Selbst wenn nicht, kommt schon, drei Weltmeistertitel reichen doch. Exportweltmeister seid Ihr auch noch. Und bestimmt irgendwas beim Wintersport."

Jan guckte ihn gequält an. "Dein Wort in Nagelmanns Ohr." Das Auto rumpelte durch ein besonders tiefes Schlagloch, die Jungs hüpften teilnahmslos hoch und runter. "Sind wir damals echt so weit reingefahren?"

"Damals?"

"Ja, nein, vorhin halt."

"Alles gut. Da hinten um die Kurve noch, dann sind wir drüben," versuchte Jan sich und andere zu beruhigen. "Also, nicht 'drüben', im Sinne von hier drüben... drüben bei uns halt. Wieder zuhause. Im Westen. Und in der Zukunft. Also, in der Zukunft von hier halt. In unserer Gegenwart. Hier sind wir–"

"Halt die Klappe!" befahl Giovanni. Jan hielt dankbar die Klappe.

"Und woran merken wir daß wir zurück sind? Ich mein, ist ja nicht so daß hier alles schwarzweiß ist und bei uns in Farbe. Habt ihr Braunkohle gerochen?"

"Keine Sowjetpanzer und bleichen Rinderschädel mehr," mutmaßte Giovanni. Das Auto fuhr um die ersehnte Kurve und er hielt inne. "Um das rauszufinden haben wir aber ein Problem."

"Was?!" keuchte Jan und ging vom Gas.

"Das."

Der Fiesta rumpelte nun langsamer auf einen provisorisch befestigten Grenzübergang zu. Ein Häuschen stand, eine Schranke versperrte die leicht überwachsene Durchfahrt. Die alarmierten Grenzer wuselten hektisch hin und her, als sie das Westauto kommen sahen, und brachten ihre Flinten in Stellung. Ferne sächselnde und berlinernde Befehle wurden gebellt, deren Inhalt nicht vernehmlich, aber eindeutig war. Jan brachte das Auto zum stehen. "Ich denk da war keine Tanke!" stöhnte er. "Und jetzt?"

"Weg hier!"

"Und Action!"

"Okay!" Jan hieb ungesund schleifend den Rückwärtsgang rein, wirbelte das Ruder rum, ließ den armen Fiesta rauchend aufjammern, setzte das Heck krachend über eine Bodenwelle, wirbelte in die andere Richtung und knatterte davon. "Alter!", schüttelte er sich. "Das war knapp!"

"Naja, knapp ist anders," sagte Jörg. "Aber es war noch nicht!" Schweißperlend rasten die drei die Straße ein drittes Mal entlang. Hinter ihnen wurden Autotüren zugeschlagen und laute Motoren gestartet. "Scheiße Alter, das ist alles echt!" Jan wurde panisch und hielt das ratternde Steuerrad so fest, daß er kaum noch zu verstehen war. "Die kommen hinter uns her!"

"Sabbel nich und fahr!" drang Giovanni. "Natürlich kommen die, aber die kriegen uns nicht!" Jan wurde instinktiv langsamer. Das Röhren der Grenzerautos dagegen lauter. "Alter, du mußt aber auch Stoff geben!" gab der Italiener seine angeborene Tiefenentspanntheit auf. "Die sind nicht zum Spaß hier!"

Die drei rasten durch einen Wald und bogen Steinchen spritzend rechts ab, auf einen kleinen Waldweg. Er rumpelte noch ein paar Meter weiter, dann setzte Jan den Wagen ins Gebüsch, löschte die Lichter und schrie gedämpft "runter!" Alle drei bogen sich so gut es ging zur Seite und hielten den Atem an. Jörgs Kopf kam auf Jans Knie zum liegen, mit dem Steuerknüppel in der Brust.

"Meint ihr das nützt was?" flüsterte Jörg vorsichtig und blinzelte nach oben.

"Egal," sagte Jan. "Solange sie uns nicht sehen kann es nicht schaden."

"Häh?" entfuhr es Giovanni von hinten, gerade als vorne auf der Straße zwei Autos vorüberröhrten, ohne verdächtig anzuhalten.

Dann war es still. Vögel zwitscherten. Die erstarrten Jungs lösten sich wie unter einer Eiskruste. "Boah!" Jan nickte anerkennend. "Da sage noch einer, mit nem Fiesta kann man kein Auto mehr versägen!"

Jörg renkte sich stöhnend wieder ein. "Vor Bullen abhauen ist ja Routine, aber DDR-Grenzer? Das ist echt ne andere Nummer." Er rieb sich den Kopf, ohne genau zu wissen wovon.

Jan setzte sich auf und starrte in den Wald. "Und was machen wir jetzt?"

"Nochmal versuchen?"

"Was denn?"

"Naja, über die Grenze? Euer Endspiel ist jedenfalls vorbei. Und die Schergen sind erstmal woanders unterwegs."

"Das waren doch wohl nicht die einzigen an der Grenze...? Nee, das muß ich mir nicht nochmal geben."

"Dann verstecken wir uns erstmal irgendwo in einer verlassenen Scheune in einem verlassenen Dorf und überlegen weiter," meinte Jörg. Jan nickte erschöpft und startete den Wagen.

"Wir sind aber an keinem Dorf vorbeigekommen," merkte Giovanni an.

"Dann fahr den Waldweg weiter, die Hauptstraße lassen wir sowieso lieber. Irgendwo müssen die Leute doch gewohnt haben."

Keine ganze Stunde später tuckerte der Fiesta durch ein verlassenes Dorf wie in einen Hafen nach stürmischer See. Kein Grenzerauto war in Sicht, und auch sonst wenig. Reihen von kleinen abgewetzten Häusern und verhangene Fenster dämmerten grau in grau vor sich hin. Normale Utensilien des täglichen Lebens wie Autos oder Schaukeln waren entweder in Garagen versteckt oder wurden nicht gebraucht. Entwurzelte Büsche rollten durch die Straßen, leere Fensterläden schlugen träge im Wind. Ein *Geschlossen*-Schild in abgenutzter Fraktur baumelte quietschend an einer Ladentür. Als läge auch das Jahr 1954 noch in ferner Zukunft.

Das Auto rollte langsam aus und kam vor einem verwaisten Haus mit einer verrammelten Scheune zum stehen. Im Hintergrund lag ein ausgeschlachtetes Autowrack. Die drei Jungs stiegen aus, reckten sich und ließen zerknirscht den Blick schweifen. Dabei bemerkten sie jedoch nicht, wie im Haus nebenan eine rauchfarbene Gardine einen Spalt zur Seite geschoben wurde.

"Und jetzt?"

"Na, wie Jörg gesagt hat." Jan tat zuversichtlich. "Wir verstecken das Auto und überlegen weiter."

"Eben. Und besser schnell. Ich meine, du heiratest in einer Woche. Und wir sitzen hier gottweiß wo. Und gottweiß wann!" Giovanni schien das Offensichtliche noch einmal betonen zu müssen.

"Na und? Wessen bescheuerte Idee war das denn wohl?" grantelte Jörg in Richtung Jan.

"Zu heiraten...?" Jan zog die Augenbrauen hoch. "Ernsthaft? Fängst du schon wieder an?"

"Nein. Diesen dämlichen Ausflug zu machen!"

"Na deine!"

Jörg kräuselte die Stirn. Wo er recht hat, hat er recht. Doch das besänftigte ihn nicht. "Aber *du* wolltest dann dringend losfahren!"

"Und wer ist begeistert mitgekommen?"

Giovanni überlegte. "Wir könnten uns den Weg freischießen."

"Und du doch nur weil du plötzlich Schiß gekriegt hast, zum Spießer zu werden! Ich hab dir gesagt, lass das, das macht nur Panik!"

"Im Ruderboot über die Ostsee?"

"Aber du hast zugesagt!"

"Natürlich. Weil ich dachte, daß ich dich gerade als dein Trauzeuge am ehesten von dem Unsinn abbringen kann!"

"Ich hab mir einfach gesagt, manchmal muß man den, äh, Sprung ins Unbekannte wagen!"

"Und jetzt siehst du was dabei herauskommt! Nur zwei Schritte ins Blaue, und schon fällt man die Klippe runter! Wie der Koyote!"

"Komm, du redest doch ständig von Aufstieg! Dann gibt's eine Saison auf die Backen, es geht wieder runter nach Hause und du sitzt weinend in der Südkurve. Und wenn es irgendwann wieder hochgeht feierst du doch wieder!" Jan mußte nach Luft schnappen. "Das ist genau das gleiche, und du hast recht! Man muß auch was wagen! Es könnte ja mal was klappen!"

"Eben. Jedem Aufstieg wohnt ein Abstieg inne. Und Abstieg makes the heart grow fonder! Das ist eine Prüfung, ein Treuebekenntnis! Aber von sowas wie Treue und Hingabe hast du ja keine Ahnung! Kaum kommt ne Frau vorbei, bist du verschwunden! Du wehst von hier nach da wie so ein entwurzelter Busch!" Jörg zeigte auf einen vorbeiwehenden entwurzelten Busch. "Und wo bleiben wir?!"

"Und die Ehe ist kein Treuebekenntnis oder was?!"

"Naja, schon irgendwie." Beinahe geriet Jörg ins Stammeln. Jörg. "Aber... ein anderes! Nur *einem* Menschen gegenüber! Nicht deinen Freunden! Nicht der Menschheit!"

"Heißluftballon! Wie in dem Film!" Das hörte sich für Giovanni bisher am besten an.

"Oder mit ner Cessna! Wie dieser Trottel damals." Jan lenkte das Gespräch gerne in eine andere Richtung.

35

"Einen hätten wir ja schon." Jörg sah grummelnd zu Giovanni. "Hattest du nicht was gesagt von Weg freischießen? Da hätt ich jetzt am meisten Bock drauf."

"Gute Idee..." Jan konnte wieder atmen. "Und mit welcher Knarre?" Giovanni wurde zuversichtlich. "Mit seiner?"

Die beiden starrten Giovanni an, er nickte in die Richtung hinter ihnen. Folgsam drehten sie sich um. Dort stand ein älterer Mann, Heinz, der keuchend ein rostiges Weltkrieg I-Gewehr auf sie richtete. Hinter ihm stand ängstlich händeringend Elfriede, eine ältere Frau. Heinz nahm seine ganze Puste zusammen. "Stehenbleiben. Keine Bewegung! Hände hoch! Wer seid Ihr? Werwölfe? Stalinisten?" Ruckartig zeigte er mit dem Gewehr auf Jörgs Pullover und brachte es sofort wieder in Stellung. "Division Totenkopf? Elendes Pack!" Er stellte sich etwas breitbeiniger hin, um seinen Punkt zu unterstreichen.

So starrte man sich, schwer atmend, einige Momente in die Augen. Der Wind strich über die staubige Straße. Nur die Sonne blinzelte kurz hinter einer vorbeiziehenden Wolke hervor.

Da zerschnitt eine helle Stimme von der Eingangstür die schwere Luft. "Laß sie nur Opa! Sieh doch in sie rein! Das sind genau solche Zwischenwesen wie wir!" Ein filigraner Ästhet um die zwanzig mit dünn flatterndem Haar wehte vom Hause heran. Es war Karl, der heranwachsende Enkel des Hauses. Er senkte den Gewehrlauf seines Großvaters mit der entschiedenen Behutsamkeit als verbiege er einen Löffel. "Wer seid Ihr denn? Wo wollt ihr hin?"

"Na in'n Westen," wunderte sich Giovanni über die Frage. Wohin sonst.

"Hahaa. Wer will das nicht." Heinz' Verteidigungsstellung schmolz unter der Zutraulichkeit seines Enkels dahin. "Dann stellt euch mal hinten an."

"Und wo kommt Ihr her?" Karl blieb so interessiert, als wären die Fremden mit einem Ufo gelandet, und ahnte nicht, wie nah an der Wahrheit er lag.

Die drei sahen sich betreten an. Wer versucht's? Jan blinzelte zuerst. "Äh, das ist, wie es so schön heißt, eine längere Geschichte. Dürften wir vielleicht vorher das Auto in die Scheune fahren und mit reinkommen? Wir machen auch nichts schmutzig."

"Sicher. Was gibt es Verheißenderes als Fremde mit einer längeren Geschichte?" Mit höflicher Geste bat Karl sie herein. Heinz und Elfriede blieb nur noch, die Nachhut zu bilden.

Kurz darauf saßen Giovanni, Jörg und Jan nebeneinander auf einem zeitversehrten Sofa in einem beschaulichen Wohnzimmer, das zwei Weltkriege hinter sich hatte. Es strahlte eine teichartige Ruhe aus, als sträubten sich seine Bewohner, im Äther Wellen zu schlagen, die nur Freßfeinde aufmerksam machen. Auf allem lag Staub wie frischgefallener Schnee, die Gardinen waren so grau wie die Wände, wodurch die Farbe nicht auffiel, wie im Lebenden Bild einer frühen Schwarzweißphotographie.

Auf einem niedrigen Sofatisch standen graue Tassen mit kargem Kaffee und ein grauer Teller mit Keksen. Daneben der kleine Fernseher von Jörg. Die drei beugten sich halb eingeschüchtert, halb neugierig vornüber, als wären sie bei etwas erwischt worden und erwarteten nun das Verdikt. Den dreien gegenüber, auf unsicher quietschenden Sesseln, saßen Heinz und Elfriede mit offenem Mund und starrten sie ungläubig an. Karl stand mit wie vor der Bescherung glänzenden Augen in Hintergrund. "Ihr... kommt aus der Zukunft?" rang Heinz aus sich heraus.

"Also, naja, aus Ihrer schon, ja," betrat Jörg als erster den Mond. "Aber nicht aus unserer. Sozusagen. Wir kommen aus der Gegenwart, und sind jetzt in der Vergangenheit." Die Mienen seiner Zuhörer zeigten keine Regung. "Nur rein technisch, oder grammatikalisch, das soll keine Wertung sein! Wie auf einer Zeitleiste, in der Mathematik oder so, wo alle Stellen gleichwertig sind, und einfach das gilt, wo man gerade gelandet ist, auch wenn alle anderen Stellen genauso bedeutend sind, nur ist man halt hier und nicht da, kann aber mit der nächsten Rechnung gleich wieder woanders sein. Und wir sind halt gerade im Minusbereich gelandet." Heinz und Elfriede starrten weiter geradeaus, als wäre ihr Hirn abgestürzt. Karl konnte sein Glück kaum fassen. Jörg biss sich nervös auf die Lippe. "Das hat sich jetzt etwas ungünstig angehört... Aber damit meine ich nicht, daß wir irgendwie besser sind. Wir sind ganz normal. Für uns eben."

"Die einen sagen so," mischte Giovanni sich ein und fing sich einen Blick, der sagte, er solle jetzt bloß nichts verkomplizieren.

"Und wir wollen nicht zurück in die Zukunft... Also, in Ihre schon, aber in unsere Gegenwart. Wir wollen nur nach Hause. In den Westen."

"Und dafür kommt ihr zu uns?" fragte Elfriede im Brustton des Zweifels.

"Ja, naja, nein." Jan fand, Jörg drohte, sich in seinen Konstruktionen zu versteigen. "Wir waren nur gerade auf der Durchreise. Wir hatten uns hier versteckt, weil die Vopos uns auf den Fersen..."

Da hielt es Elfriede nicht mehr auf dem Sessel. "Was?! Die Volkspolizei sucht euch, und Ihr verkriecht euch ausgerechnet bei uns?! Haut bloß wieder ab! Geht rüber zu den Schulzes, denen geschieht das recht, die waren seit '21 in der NSDAP!"

"Omaaa! Laß sie in Geistes Namen hierbleiben! Die Schulzes sind jetzt offiziell Freiwillige Helfer der Volkspolizei! Die liefern die sofort aus!"

Elfriede sah verächtlich zu ihrem Enkel hoch. "Aus der Zukunft! Pfff! Die wissen schon womit sie dich kriegen!" Sie machte eine wischende Bewegung, als wollte sie Fliegen verscheuchen. "Das sind doch bestimmt nur Westagenten, die sich umsehen, wen sie hier von uns umdrehen können!"

Doch Karl wußte, wann es sich in den Weltenlauf einzugreifen lohnte. "Sieh dir doch ihr futuristisches Auto an! Wär dir lieber, der Westen wäre wahrlich so viel glänzender und unserer Technik weit voraus? Wenn du sie ohne weitere Anhörung ziehen läßt, wirst du dir dein Leben lang resignierend sagen, daß wir den Vorsprung nie werden aufholen können!"

Da hatte er einen Punkt. Elfriede grummelte. Jan schüttelte leise den Kopf. "Ford Fiesta futuristisch? Hier geht die Welt echt später unter."

Heinz dagegen hielt inne und sammelte sich. Könnte das denn sein...? Vorsichtig erwartungsvoll erhob er eine stimmlose Stimme.

"Und, haben wir bei euch denn schon, äh, naja, haben wir die BRD in ihrer Entwicklung schon so weit überflügelt, wie die hier uns das versprechen?"

"Also, ähm, gewissermaßen..." stammelte Jan. "Jedenfalls ist die DDR für uns schon lange außer Sichtweite..."

"Sagen wir so," sagte Jörg. "Das was Ihr bei uns schon längst vollbracht habt, das werden wir noch lange nicht schaffen ...!"

"Genau!" Giovanni geriet nahezu ins schwärmen. "Mit dem, was das Volk der DDR errungen hat, ist es für die deutsche und auch meine Nation, ja quasi für alle Völker der Welt ein leuchtendes Vorbild!"

Bei diesen Worten sackte Heinz befriedigt und mit leuchtenden, fast dankbaren Augen zusammen. Auch Elfriedes Schutzpanzer zeigte Risse.

Jörg, wie um einen Heiligenschein abzuschütteln, widmete sich plötzlich emsig seinem Fernseher, schaltete ihn ein und drehte am Rädchen. Interessiert beugte Heinz sich zu ihm. "Und da ist auch Westfernsehen drin?"

"Jo. Sportschau ist heute aber doof."

"Wegen der Weltmeisterschaft?" fragte Heinz schnippisch. Jörg nickte nur mürrisch. "Hehe. Habt Ihr Dummis wirklich geglaubt, daß Ihr die großen Ungarn schlagen könnt? Nachdem die euch das erste Mal so versohlt haben?" Jan schwitzte hörbar. "Hey! Können wir mal Fußball Fußball sein lassen? Wir haben jetzt echt drängendere Probleme!"

"Ja! Hier!" rief Jörg plötzlich aufgeregt.

Jörg hatte in dem knarzenden Wust tatsächlich ein Bild mit vernehmbarem Ton gefunden. Westnachrichten. Der ganze Raum rückte näher. Doch das anfängliche brennende Interesse wich kalter Ernüchterung. Auf dem Bildschirm waren Tumulte zu sehen, Schlägereien, Rudelbildung. Wer gegen wen war nicht zu erkennen, nur die schweizer Polizei gegen alle. "Da magst du recht haben," bestätigte Giovanni unwillig.

"...im Berner Wankdorfstadion. Unsere mutigen Landsmänner griffen beherzt ein und konnten den englischen Schiedsrichter überwältigen, bevor er Gelegenheit hatte, dieses Schandspiel abzupfeifen und damit das alliierte Komplott gegen unsere ganze Nation zu besiegeln..." Der Nachrichtensprecher überschlug sich noch, da drehte Jörg schnell weiter. Nach Sekunden mit entspannendem Geknarze fand er Ostnachrichten. Dort waren dieselben Bilder zu sehen, mit einem ähnlich aufgeregten Sprecher. "...wurde der Schiedsrichter William Ling durch eine Horde von auf dem Mutterboden der BRD erstarkten Werwölfen verschleppt. Die Machthaber der BRD haben bereits eine impertinente Protestnote an die ungarische Regierung..."

Jörg schaltete wieder aus. Das reichte wohl, um ein ungefähres Bild zu bekommen. Betretenes Schweigen blieb zurück. "Tja, dumm gelaufen," faßte Giovanni den Tag zusammen. "Aber so ist Fußball."

Jörg sah nicht hoch. "Sei bloß ruhig."

Blieb er nicht. "Also, *wir* waren *jetzt* ja schon zweimal Weltmeister..."

"Genau. Mussolini-Fascho-Weltmeister!"

Karl dagegen witterte etwas nach seinem Geschmack. "Lief das Spiel bei euch etwa anders...?"

"Worauf du einen lassen kannst!"

Jan starrte derweil die ganze Zeit auf den ruhenden Fernseher. "Ich glaub wir müssen echt ganz schnell verschwinden!"

"Super Idee. Bestimmt stehen die Grenzen gerade jetzt sperrangelweit offen!"

"So eine Scheiße. Wie offen ist denn die Grenze nach Polen? Oder nach Westberlin?"

"Für ein Westauto?" Karl machte einen wägenden Gesichtsausdruck und zeigte mit Daumen und Zeigefinger eine Breite von etwa fünf Zentimetern. Die drei sahen sich an. So eine Scheiße! "Aber naja..." wog Karl weiter.

"Was!" Jörg wog er nicht schnell genug.

Karl ließ sich nicht hetzen, verfertigte den Gedanken allmählich beim reden. "Nach eurem Theorem, das Ihr euch natürlich nicht ausgedacht, nichtsdestotrotz in die Welt getragen habt und es daher doch gewissermaßen verantwortet, müßtet Ihr doch nicht unbedingt die Deutsche Demokratische Republik verlassen, sondern nur das alte Mecklenburg."

Jeder für sich bedachten die Jungs ihr Theorem, das nicht ihrs war, aber irgendwie schon. Jan am sichtbarsten. "Echt? Du meinst wir fahren einfach auf der Landstraße, und wenn wir die Landesgrenze nach Brandenburg überqueren macht es flupp und wir sind zuhause?"

Karl zuckte mit den Achseln. "Ihr seid hier die Temponauten. Ich denke nur für euch."

"Was sind wir?" Jan wurde abrupt aus seinem Denken gerissen. "Selber!"

"Dann laß uns mal losfahren!" Jörg war prompt wieder agil.

"Jo, gleich morgen früh." Giovanni gähnte und machte es sich schon mal auf dem Sofa bequem.

"Bist du bescheuert? Jetzt sofort!"

"Ach, wenn das klappt, klappt es auch noch morgen." Plötzlich zuckte Giovanni wie wild mit den Schultern, wedelte diffus mit den Händen und grinste anheischig. "Du weiße dok, isse binne Italienerrr... Die Lage isse hoffenungslos, aber nikt ernste!" Dann entspannte er sich wieder und guckte gewohnt düster.

"Dein Scheiß-Pfannikoch kann gern hier bleiben!" Jan ließ sich durch Giovannis Lieblingsnummer nicht erweichen. "Die suchen uns doch bestimmt noch, schon vergessen? Und jetzt denken die sicher wir hätten mit der Scheiße da was zu tun!" Er zeigte auf den Fernseher. Und seufzte. "Gewissermaßen haben wir das ja auch."

"So oder so. Die sollen erstmal runterkommen, nach Schichtwechsel ist alles wieder ruhig, unser Delikt ist verjährt und wir zuckeln entspannt über die Seenplatte." Giovanni erntete fragende Blicke. "So sind Bananenrepubliken! Wie damals bei Berlusconi, nur ohne Bananen."

"Die DDR ne Bananenrepublik?" Jörg ermaß im Geiste die Konsequenzen. "Was wäre denen erspart geblieben, wenn die das vorher gewußt hätten!"

"Und was sollen wir solange machen?" Jan war hibbelig.

Da nahm sich Elfriede ein Herz. "Och, Ihr könntet doch mal gucken ob da noch was anderes in eurem Kasten ist! Wir machen euch auch was zu essen!"

Es ist früher Morgen. Am leise schwappenden See. Jan rappelt sich verkatert auf, reibt sich die Augen. Die Vögel piepen, ein Geschmack von verbrannter Wurst und Gorgonzola breitet sich in seinem Mund aus. "Alter Schwede, hab ich eine Scheiße geträumt!" Er reckt sich und schlägt die Augen auf.

Und saß in einem grauen Wohnzimmer. Jörg und Giovanni lagen neben ihm auf dem Boden, bedeckt von verwarzten Decken. Jörg drehte sich eindringlich zu ihm. "Dann träum bloß weiter. Nichts ist scheißer als das hier!" Er nahm sich einen der krümeligen Kaffeekekse des gestrigen Tages und biß mißmutig darauf herum.

Giovanni, Jan und Jörg standen im Hauseingang und verabschiedeten sich von Heinz und Elfriede. Sie bedankten sich höflich für die Bewirtung, die beiden bedankten sich für den ersten Fernsehabend ihres Lebens. "Also, ich muß ja sagen, ein echtes Wundergerät habt ihr da!" Elfriedes Augen leuchteten immer noch. "Erst eine komische Oper, dann ein Film über Pferde, und am Ende noch das Derby! Daß das alles da drin ist! Der Apparat muß wirklich aus der Zukunft sein!"

"Was ist denn mit Karl?" fragte Jan. "Schläft der noch?"

"Ich bin hier!" rief er von hinten. Die drei drehten sich um, und dort neben dem Auto stand Karl, mit gepackter Reisetasche. Sie gingen auf ihn zu, blieben stehen und musterten ihn ungläubig, wie in einer menschenleeren Westernstadt. Eine leichte Brise wirbelte einsamen Staub auf, nebenan quietschte eine verrostete Kinderschaukel.

"Meinst du das geht?" fragte Giovanni.

"Das werden wir sehen." Die Abenteuerlust hatte Karl fest im Griff.

Jörg kratzte sich an der Nase. "Dir ist schon klar, daß du vielleicht nicht mehr zurück nach Hause kannst?"

"Der Gedanke hat mich gestreift." Karl wankte kurz, griff sich dann wieder. "Aber selbst wenn, zuhause war ich schon. Alles ist besser als heute. Zumindest hier." Und defensiv lächelnd sagte er, mehr zu sich selbst, "und vielleicht sind meine Eltern ja bei *euch*." Egal! "Los, ich zeig euch die Strecke mit den wenigsten Schlaglöchern!" Kurz winkte er nochmal seinen Großeltern, stieg ein, schlug die Tür zu. Er war dann also bereit. Die drei stiegen, beinahe ehrfürchtig, ihm hinterher.

Jan strich mit den Händen ums Lenkrad, atmete tief durch, traute dem Braten noch immer nicht. "Und du meinst, mit einem Westauto kommen wir da einfach so durch?"

"Einfach so?" Karl grinste. "Ganz sicher nicht!"

Der Wagen ratterte im Affentempo die Landstraße runter, rumpelte über ein Schlagloch. Auf dem Gries knirschend legte er sich in die Kurve und röhrte keuchend wieder auf. Er gab alles. Von hinten kamen Sirenen, eher flachbrüstig jaulend als volltönend, doch ihre Absicht war eindeutig. Drei Vopo-Autos, ebenfalls am Rande ihrer Motorleistung, hechelten hinterher.

Gebannt wie beim Fußball starrten Jörg und Giovanni aus dem Rückfenster. "Hah! Jetzt sinds nur noch drei!" freute Giovanni sich vorsichtig. Jörg wollte etwas Relativierendes entgegnen, wurde aber von einem weiteren Schlagloch aus der Bahn geworfen.

Karl saß derweil bequem auf seinem Beifahrersitz und ließ seine Aufmerksamkeit schlendern. Jan blieb das nicht verborgen. "Alter, du hast die Ruhe weg, was?! Passiert dir denn gar nichts wenn die uns schnappen?" rief er im ratternden Tremolo der Straße.

"Weiß ich nicht, das ist ja das Schöne. Was passiert, passiert. Den Rest zeigt die Zukunft."

Jörg hob die Brauen. "Sagt Konfuzius?"

"Wer ist denn das?"

"Jedenfalls kein Fußballfan."

Jan griff das Steuerrad fester. "Festhalten!"

Das Auto bog schlitternd auf eine geradere Straße durch den Wald, Jan gab Stoff. Der Abstand wurde größer, Giovanni rückte näher. "Jaa! Sie haben keine Puste mehr! Wir führen!" Jan wurde instinktiv langsamer.

Jörg rappelte sich wieder hoch. "Warten wir mal bis sie auf dieser Straße sind." Die Vopos bogen einer nach dem anderen ab, heulten wie auf Kommando auf und machten Boden gut. "Nicht einschlafen! Die sind noch lange nicht platt!" Jan biß die Zähne zusammen und strengte sich nochmal an, als würde er selber treten. Der Wagen zog an. Die Straße machte eine Biegung, und die Vopos waren hinter den Bäumen kurzzeitig außer Sicht. Atemlos ratternd rief Jan nach hinten, "sind wir denn nicht bald in

Brandenbuuurg!?" Er hält inne und japst in die Stille. Das Rattern ist weg, der Wagen schnurrt wie ein Kätzchen über die frisch renovierte Landstraße mit leuchtend weißen Mittel- und Begrenzungsstreifen sowie Flüsterasphalt. Die Jungs sehen sich baff an, verstehen langsam, und verfallen in Jubelgeheul.

"Jahaaaa! Das Spiel ist aus!"

"Die Scheiß-Ostbullen können uns mal!"

"Die haben wir naßgemacht, hahahaaa!"

Als der Rauch der ersten Freude verflogen ist und die Jungs langsam wieder in ihre Sitze sinken, fällt ihnen auf wer nicht jubelt. Karl. Der Beifahrersitz ist leer.

Erstaunlich katzenhaft rollte Karl sich auf der Straße ab und blieb am Straßenrand liegen, ein paar Schritte von seiner Reisetasche und deren verstreutem Inhalt entfernt. Kurz keuchte er noch, als schon ein Polizeiwagen quietschend neben ihm zum stehen kam; ein zweiter röhrte nach Leibeskräften an ihm vorbei, obwohl auf der langen geraden Straße weit und breit kein Fiesta mehr zu sehen war. Lädiert rappelte Karl sich hoch und sah erleichtert und wehmütig die Straße hinunter, in eine unerreichbare Zukunft. Dann wäre die Frage wohl geklärt. "Fahrt wohl, meine Freunde."

Aus dem Wagen stiegen zwei Vopos aus, zogen klickend ihre Waffen und näherten sich vorsichtig. Karl stand wackelig auf, klopfte sich ab und stakste auf die Polizisten zu. Die blieben abrupt stehen und richteten, als hätten sie es noch nicht getan, ihre Waffen nochmal neu auf ihn. "Stehenbleibm!" bellte der eine mit verkrampft selbstsicherer Stimme.

Karl hob die Arme, kniete nieder und rang die Hände voller Dank. "Ein Glück daß Ihr gekommen seid, Genossen! Die korrupten Westmächte wollten mich entführen und pseudowissenschaftliche Versuche mit mir anstellen, und nur in der Verwirrung dank eurer so beherzten wie verlustreichen Verfolgungsjagd gelang es mir, rechtzeitig herauszuspringen und meiner geliebten sozialistischen Heimat treu zu bleiben, bevor die Imperialisten in ihrem Wagen mit mir abheben konnten!" Er reckte die Faust. "Freundschaft!"

"Wie apphebm?" glotzte der Vopo in lokalem Zungenschlag.

"Ja, einmal außer Sichtweite sind sie mit ihrem Auto in die Wolken geflogen! Zurück in ihr Schreckensreich im Westen!"

Wissend nickte der Vopo zu seinem Kollegen. "Kiekste, ejal wat unsere uns erzähln, ick hab dir doch jesacht dat die im Westen fliejende Autos ham!" Er wandte sich mit gütiger Miene zu Karl. "Na, is ja nochma jutjejang. Kommse junger Mann, wir fahrn Se nach Hause."

Konjunktiv Präsens

Wieder zuhause! Die Sonne strahlt auf ein wunderschönes gegenwärtiges Deutschland. Entspannt und geschmeidig rollen die drei Jungs über eine makellose Autobahn. Um sie herum nur moderne Fahrzeuge. Die Erleichterung ist fast hörbar. Die lange Panzerkolonne, die sie gemächlich überholen, stößt niemandem wirklich auf.

"Aach, wie ist das schön." Jan guckt sich um. "Mercedes. Toyota. VW. Ferrari. Wer hätte gedacht, daß ich mich darüber mal so freuen würde?"

"Und wer hätte gedacht daß die im Osten so dicke Autos fahren? Da kommt man sich in sonem Fiesta fast schon verboten vor." Jörg bemerkt Jans leicht beleidigten Ausdruck. "Ach komm, der ist trotzdem viel cooler! Wer will schon so ein Protzauto fahren?"

Ein dicker BMW-SUV überholt den Fiesta. Überhaupt sind viele SUVs unterwegs. Und wenn man genauer hinsähe, würde einem auffallen, daß der neudeutsche Fuhrpark sich tatsächlich auf deutsche, japanische und italienische Fabrikate beschränkt.

"Ich wußte gar nicht, daß Ferrari auch SUVs herstellt," wundert sich Giovanni.

Während links und rechts SUVs an ihm vorbeisausen, sieht Jan wieder in die Ferne. "Wo er wohl jetzt ist?"

"Naja, in Brandenburg. Aber in seinem. Damals."

"Hat er irgendwie nicht verdient. Der war seiner Zeit ja schon mehr als siebzig Jahre voraus."

"Also kann außerhalb von Mecklenburg wohl jeder nur in seiner eigenen Zeit sein," sinniert Jörg. "Irgendwie logisch." Er kräuselt die Stirn. "Aber wir machen trotzdem lieber einen großen Bogen um Mecklenburg!"

"Auf jeden Fall! Einmal Time-Warp hat echt gereicht."

"Ich hab Empfang! Zwei Balken! Und LTE!" Giovanni fällt ein Stein vom Herzen. "Was meint Ihr, habt Ihr immer noch verloren?" Jörg und Jan winden sich vor der Wahrheit, wollen wir das wirklich wissen? "Ach, ich guck mal nach!" Die anderen tauschen unsichere Blicke aus.

Giovanni tippt gerade "Wunder von Bern" in seine Google-App, da werden sie von einem Polizeiwagen geschnitten und aufgefordert, ihm zu folgen. "Und die Jungs gibt's auch noch. Dann ist ja alles wieder gut," seufzt Jörg.

Die drei sitzen vor einem imposanten Schreibtisch in einer kleinen Provinzwache. Dahinter thront ein schlurfiger Provinzpolizist und tippt mit zwei Fingern auf einem für eine Provinzwache erstaunlich modernen Computer. Zwischendurch sieht er immer mal wieder hoch, tippt dann ungelenk weiter. Auf Giovanni läßt er sein Augenmerk besonders lange ruhen.

Jörg zeigt auf einen Kalender an der Wand. Von diesem Jahr! Eine Karikatur zeigt einen rustikal interpretierten Schwarzen in einer mißlichen Situation, daneben grinsende Polizisten. Die Bildunterschrift ist nicht lesbar. Giovanni hebt einen Daumen, der Kalender steht auf dem 5. Juli. Alles richtig gemacht!

"Also, nochmal fürs Protokoll," unterrichtet der Polizist sie sachlich gelangweilt. "Sie wurden vorläufig festgenommen wegen Mitführens eines Kraftfahrzeugs eines amerikanischen und damit feindländischen Fabrikats."

Die Jungs erstarren mit großen Augen, damit hätte trotz Polizei niemand gerechnet. Jörgs offener Mund bewegt sich zuerst. "Ford Fiesta?! Seit wann das denn? Meine Oma hatte so einen, und der war auch schon alt!"

"Wegen *Mitführens*? Der gehört uns! Naja ihm! Schon ewig!" Konfrontiert mit Polizeideutsch stößt selbst Giovanni an die Grenzen seiner Deutschkenntnisse.

"Und der ist ordnungsmäßig auf meinen Namen zugelassen! Das steht da!" stammelt Jan. "Und mitgeführt haben wir auch nichts! Können Sie gern Ihren Hund reinschicken!"

Ein weiterer Polizist, der währenddessen hinter ihnen auf- und abschreitet und die Papiere der drei untersucht, sagt herausfordernd, "außerdem finde ich auf dem Ausweis Ihres dunkelhaarigen Freundes" – er nickt zu Giovanni – "keinen Vermerk einer Aufenthaltsgenehmigung."

Giovanni kommt in Stimmung, spricht den sitzenden Polizisten an. "In dem Dämmerlicht hat Ihr Kollege trotz seines scharfen Auges vermutlich übersehen, daß ich Italiener bin und mich daher in der gesamten EU frei bewegen darf."

"Wo bitteschön?"

"Italiener?" Der sitzende Polizist wird gleich freundlicher. "Ach, dann dürfen Sie sich in Deutschland natürlich frei bewegen. Mein Kollege ist nun mal etwas wachsam, was Juden und so betrifft, und bei Ihrer Nase..." Er zieht eine respektierliche Miene.

Jörg und Jan tauschen irritierte Blicke aus. "Ich hatte gehofft wir wären schon im Westen..." raunt Jörg.

Im Kaffeezimmer nebenan läuft derweil ein kleiner Fernseher, gerade beginnt die Mittagsausgabe der *Tagesschau*. Es kommt das bekannte Intro, allerdings mit Liszts *Les Préludes* als neuer Fanfare. Jan bemerkt es, weist Jörg darauf hin und grimassiert, *was ist das jetzt für ein Scheiß*?!

Gleichzeitig winkt der sitzende Polizist den stehenden zu sich heran, die beiden betrachten noch einmal Giovannis Ausweis, gucken verstohlen zu ihm hinüber und tuscheln. Giovannis Gesichtsausdruck verdüstert sich zusehends, im Gegenzug erhellen sich ihre Mienen leutselig. Der stehende Polizist nimmt sich anscheinend ein Herz. "Sagen Sie, Sie sind nicht zufällig Umberto Ravioli?"

Giovanni faßt es nicht. "Wie bitte?! Sie haben gerade fünf Minuten lang meinen Ausweis gelesen, da müßte Ihnen doch aufgefallen sein, daß da nichts von..." Er ringt mit der Mühe, den Namen auszusprechen.

"Ja, schon, aber Leute wie Sie benutzen doch immer Künstlernamen oder sowas," sagt der andere. Deutsche Polizisten sind manchmal schwer von einer Sache abzubringen.

Giovanni setzt gerade an, da fällt Jan ihm wohlweislich über den Mund. "Ja, da haben Sie natürlich recht, aber Leute wie er sind immer gern inkognito unterwegs." Er unterstreicht seine Worte mit großen Augen. "Ich meine unerkannt."

Die Polizisten entspannen sich, nicken sich wissend zu. Haben wir's doch gewußt! Giovanni dagegen bleibt spröde. "Wären Sie dann vielleicht so freundlich, uns für unsere Frauen ein Autogramm zu geben?"

"Das tut er natürlich sehr gerne!" zeigt Jörg seine Qualitäten als Künstleragent. "Und den Wagen haben wir auch nur verlassen an der Straße gefunden und wollten ihn direkt zum Schrottplatz fahren. Unsere Straßen müssen sauber bleiben."

"Das haben wir uns sowieso schon gedacht." Der sitzende Polizist zuckt entschuldigend mit den Schultern. "Aber Sie wissen ja, fürs Protokoll..." Er schiebt Giovanni zwei Faltblätter und einen Kugelschreiber hin. "Für Waltraud und für Hiltrud, vielen Dank."

Giovanni beugt sich über die Faltblätter. Darauf grinst ihn ein Polizist mit kurzgeschorenen blonden Haaren an, darunter steht: *Wir sind die Garanten der Reinerhaltung des* – da dreht Jan die Flyer – bzw. Flieger – hektisch auf die Rückseite zum Platz für eigene Notizen und befiehlt halblaut, "schreib!"

"Und dann können wir weiterfahren?" will Giovanni letzte Unwägbarkeiten ausräumen.

"Aber natürlich, Herr Ravioli..." Der Polizist schielt nochmal in den Ausweis und zwinkert verschwörerisch mit den Augen. "Herr, äh, Montesanto." Giovanni klickt offensiv den Kugelschreiber an, kritzelt kratzend irgendeinen Schnörkel auf die Zettel und drückt den Stift klackend auf die Tischplatte. Sensibleren Gemütern als den Polizisten würde dämmern, daß ihm die Aktion nicht gefallen hat und er die beiden für erbärmlich hält. Doch der stehende Polizist entläßt die drei dankbar lächelnd mit einer einladenden Geste. "Besten Dank, und weiterhin viel Erfolg!" Sie stehen schnell auf und wenden sich zum gehen.

"Ja, Ihnen ebenfalls vielen Dank, auch im Namen unseres Klienten... unseres Mündels," grient Jörg. "Und tschüß dann!"

Die Polizisten nehmen Haltung an und recken die rechte Faust hoch, mit ausgestrecktem Zeige- und kleinem Finger. "Grüß Höcke!" bellen sie unisono, bzw. im Einklang.

Die drei registrieren verwirrt diese Abschiedsformel und stolpern dem Ausgang entgegen. "Äh, ja!" kriegt Jan noch heraus.

"Du bist doch selbst ein Mündel!" grummelt Giovanni mißtrauisch, doch Jörg zieht ihn einfach mit raus.

Die drei Jungs sitzen wieder im Auto und fahren stumm auf der Autobahn. Mit ebenso stummen Gesichtern. Ein Mercedes überholt sie, mit einer im Fahrtwind knatternden kleinen Reichsflagge am Fenster.

Jan dreht sich zu den anderen. "Hat noch jemand ein ganz dummes Gefühl...?"

Der Fiesta fährt im milden Abendlicht über die Elbbrücken in die Stadt, wie alle brav mit Tempo 60. Endlich wieder zuhause! Doch der Stein will nicht vom Herzen fallen. Die drei fahren eine zeitlang stumm durch die Straßen. Die sind alle noch dort und sehen aus wie immer, aber irgendwie auch nicht. Eigentliche Brachflächen sind schneidig glitzernd bebaut. Alles wirkt aufgeräumter, gesitteter, einförmiger, strenger. Hochaufragender und protziger. "Die Graffiti sind alle weg," bemerkt Giovanni. "Das ging aber schnell..." Er erhält gequälte Zustimmung.

Jan setzt Jörg und Giovanni ab, fährt weiter. Die beiden bleiben wie hingestellt am Bordstein stehen, sehen sich unschlüssig um. Irgendwas stimmt nicht. "Irgendwas stimmt nicht," stellt Jörg fest. "Die Adresse stimmt aber."

"Wie lange waren wir denn weg...?" Giovanni guckt nochmal auf sein Handy. Das Datum stimmt. "Hm. Oder spinnt mein Handy auch?"

Jörg zeigt stumm auf die Anzeige einer Apotheke an der Ecke. Das Datum stimmt tatsächlich. "Dann gucken wir mal ob mein Schlüssel paßt."

Jan betrachtet skeptisch seinen Schlüssel, steckt ihn ins Schloß, dreht um. Geht. Er öffnet die Wohnungstür, sieht vorsichtig nach links und rechts. "Hallo...? Ich bin's!"

Von hinten hört er Carmens glockenhell flötende Stimme. "Na endlich! Ich hatte schon so auf dich gewartet!" Gerade versucht Jan noch angestrengt, Nuancen von Ironie oder Säuerlichkeit herauszuhören, da kommt sie schon angerauscht und fliegt ihm in die Arme.

Jan umarmt sie erleichtert und hält sie gleichzeitig auf prüfender Distanz. Gesicht und Stimme sind eindeutig Carmen, alles andere aber ist gelinde ungewöhnlich: eine durch und durch angeschickte Frau von strenger Eleganz und mit gekordelt zusammengehäkelten Haaren. Business-Biest meets Sissis Gouvernante.

Und der Rest der Wohnung ist nicht besser, wie Jan nach panischer Prüfung feststellen muß. Keine Plakate, keine bunten Wände, keine selbstbemalten Blumenvasen. Dafür stählernes Silber und gelacktes Schwarz vor nackten weißen Wänden. Jan reißt sich zusammen und stellt sich entgeistert den Tatsachen. "Carmen?!"

Sie hält ihn belustigt von sich weg. "Na na na, wer ist das nun wieder?! Habt Ihr etwa völlig betrunken mit fremden Frauen rumgeknutscht?"

"Wie siehst du denn aus?!"

Sowas hört keine Frau gern. "Ich?? Was fällt dir denn ein!" Mit grimmigem Blick nagelt sie in an die Wand, daß ihm schon das Herz in den Magen rutscht. Und lächelt sofort wieder treusorgend. "Das wollte ich dich gerade fragen!" Gespielt empört wuschelt sie ihm durchs höchstens halblange Haar. "Wie läufst du überhaupt rum! Bis zur Trauung mußt du aber nochmal zum Haarestutzer. Bei der ganzen Pomade hab ich gar nicht gemerkt, wie lang deine Haare geworden sind. Du siehst ja aus wie ein Gammler!"

Jan spürt wie der Boden unter ihm den molekularen Zusammenhalt verliert, schwimmend sucht er im schwankend unvertrauten Intérieur einen Angelpunkt, woran er sein Hiersein vertäuen könnte. Sein irrlichterndes Augenmerk bleibt an einer Pinnwand hinter Carmen hängen. An einer Hochzeitsanzeige in geschwungenem Zartgrau. *Wir trauen uns! Hildegard & Jan.* Darüber je zwei Fotos der beiden, jetzt und früher. Genauer: von einem geschniegelten Typen, der aussieht wie Jan, und dem Geschöpf, das ihm gerade gespielt aufmüpfig in die Augen schmachtet. Entsetzt stellt er sich. "Hildegard?!"

Die persönliche Anrede erweicht unmittelbar ihre matronenhafte Körperhaltung. "Jaaa...?"

"Genau, die Pomade!" stottert Jan hilfesuchend. "Die hab ich bei Jörg vergessen! Ich geh sie nochmal schnell holen!" Er streicht über ihre Schultern, als würde er sie abstellen, und gleitet an ihr vorbei durch die Tür. Hildegard bleibt baff stehen und sieht ihm nur abschätzig-amüsiert hinterher. Immer diese Männer!

Keuchend vor Panik läuft Jan eine Straße entlang, rennt an der Ecke einen älteren Herren mit ausrasiertem Nacken und zackigem

Seitenscheitel um. Der pöbelt ihm ein paar Anwürfe aus dem Bereich Generationenhierarchie und Soldatenehre hinterher, doch dafür hat Jan gerade keinen Nerv.

Giovanni hängt paralysiert auf Jörgs Sofa herum. Jan stürzt ins Zimmer und wirft sich erschöpft neben ihn, als sei er dort vor irgendwem in Sicherheit. Jörg schlurft aus dem Flur herein, registriert Jans Panik. "Schräg ist ja immer, aber hier ist irgendwie anders schräg als normal, oder?"

Jan nickt hektisch. "Alter Schwede, hier ist sowas von der Wurm drin! Wißt Ihr wie das bei mir zuhause aussieht?! Alles ist dermaßen stilvoll durchgestylt, daß man schon bei den ersten paar Schritten im Flur gefriert. Und Carmen heißt jetzt Hildegard und sieht aus wie sone teutonische Zuchtmeister-Puffmutter ausm italienischen KZ-Porno."

"Was du alles kennst," quittiert Jörg und lässt sich wie ein Sack auf den Sessel fallen.

"Kann mir mal einer sagen wo wir hier gelandet sind?!"

"Na bei Jörg," informiert Giovanni nüchtern und präsentiert ihm die Wohnung. Und die sieht auch anders aus. Furchtbar anders. Genauso verwühlt, aber fiese Einrichtung, fiese Bücher. Fanschals mit *Eisern HSV* an der Wand. Und ein Riesenposter, das die Amputation der deutschen Ostgebiete beklagt. "Der ist übrigens zum HSV konvertiert."

"Bin ich gar nicht!" grätzt Jörg, der sich mit diesem Detail anscheinend bereits auseinandergesetzt hat.

Giovanni präsentiert süffisant die Exponate. "Und wer dann?"

"Ist mir scheißegal. Aber hier kann ich nicht bleiben!"

"Stell dir einfach vor du wärst dein Mitbewohner."

"Mit so einem Typen würd ich nie zusammenziehen! Guck dir mal die CDs an!"

Gute Idee. "Wenigstens hat er noch welche!" Giovanni kniet vor einem überquellenden Regal und wühlt sich durch einen Haufen CDs auf dem Boden. "Aber die heißen hier... *Kompaktplatten.* Okay, hier hätten wir... *Skrewdriver... Böse Onkels... Freiwild... Stahlgewitter...*"

"Xavier Naidoo?" fragt Jörg vorsichtig.

"Hmm... sieht nicht so aus."

"Naja," grummelt Jörg. "Wenigstens bin ich kein Schlagerfuzzi."

Jan faßt es nicht. "Sacht mal, seid ihr noch ganz da?! Wir sitzen hier bis zum Hals in irgendsonem hirngefickten Riesenquark von Fascho-Parallelwelt, und Ihr diskutiert euren Musikgeschmack?!"

"Naja." Giovanni zuckt mit den Achseln. "Wenn in Italien der Laden mal nicht läuft, sagen die Politiker, die Leute sollen lieber alle ans Meer fahren. Dann muss man sich erst im Herbst wieder über Sachen Gedanken machen, die man nicht ändern kann."

Jörg stöhnt ausgiebig. "Aber du hast ja recht, hier will echt niemand sein," sagt er zu Jan. "Wir haben uns das auch schon alles genau überlegt. Morgen fahren wir zurück nach Mecklenburg, dann sind wir wieder in 1954 und fahren da wieder raus wo wir reingekommen sind."

"Da ist doch der Grenzübergang."

"Egal, wir brettern da einfach durch bevor die Grenzkasper überhaupt wissen wo der Pfeffer wächst. Letztes Mal haben wir da so lange gestanden, bis die in Ruhe ihre Knarren geladen und Autos bestiegen haben. Jetzt wissen wir was kommt und halten gar nicht erst an. Wenn wir einmal durch sind, ist sowieso alles gut." Er seufzt. "Und bis dahin nehmen wir es als Studienreise in das schrägste Land der Welt."

Jan läßt es sacken. "Und dann sind wir wieder zuhause? Ich meine, richtig...?"

Jörg verzieht sein Gesicht, *naja, denk ich mal...*

Jan überlegt, *na wenn das so ist...* und fügt sich der Stimmung ernüchterter Gelassenheit.

Giovanni grabbelt nach der Fernbedienung. "Mal gucken ob das Fernsehen besser geworden ist."

Einige Zeit später hängen die Jungs noch genauso im Zimmer herum, nur mit leererem Blick auf den Fernseher. Draußen ist es dunkel geworden. Giovanni schaltet unschlüssig herum, bleibt bei einer bunten Unterhaltungsschau hängen, in der ein recht alter Moderator mit brüchiger Stimme ein paar kulenkampffeske Sprüchlein klopft.

"Wenigstens gibt's hier noch *Wetten, daß*." Trotzdem klingt Jan nicht sonderlich erfreut.

"Mein Gott. Ist das da Frank Elstner?" stöhnt Jörg.

"Alter!"

"Oder?!"

"Sei froh, du hast es doch so gern, wenn sich nie was ändert," schnippt Jan.

Jörg hört schon nicht mehr zu, denn inzwischen radebricht ein südländischer Wettpate — Opernsänger oder Sternekoch — unsicher und knöchern vom Blatt: "Ich wette, daß der 99jährige Günther Knork alle Dörfer von Stalingrad bis Gütersloh in der richtigen Reihenfolge aufsagen kann." Publikumsbeifall brandet auf. Frank Elstner zieht sein Gesicht in anerkennende Falten und zeigt die Wertung von TED.

Jan seufzt. "Oh Mann. Kann ich erstmal bei dir pennen?"

Jörg bewegt sich nicht. "Klar." Er überlegt. "Erstmal? Meinst du es wird besser?"

Ein neuer, sonniger Tag bricht an, als könne er niemandem etwas zuleide tun. Giovanni und Jörg erwachen auf einem wühligen Deckenlager im Wohnzimmer. Ein Lager ist leer.

Giovanni stützt sich auf und stößt dabei einige leere Flaschen an, die penetrant über den Boden rollen. Als es wieder ruhig ist, lässt er einen verblasenen Blick durchs Wohnzimmer schweifen. Er bleibt bei Jörg hängen. "Hast du eigentlich kein Bett?" Jörg richtet sich schlaftrunken auf. "Lieber nicht. Wer weiß, wer sich da nachts dazulegt!"

"Tja, Jan zum Beispiel. Der ist jedenfalls nicht hier."

Da krakelt ein Schlüssel im Schloß der Wohnungstür. Jan kommt zurück ins Wohnzimmer, vollbepackt mit Einkaufstüten. "Frühstück!" verkündet er verzweifelt fröhlich. "Und ich habe eine gute Nachricht!"

"Und wieviele schlechte?" Jörg wird am frühen Morgen nicht gerne überrumpelt.

"Also, mit den Euros in unseren *Geldbörsen* kriegen wir hier zwar nichts, aber mit unserer EC-Karte kann man problemlos Deutsche Mark ziehen. Sogar die Geheimzahl ist die gleiche!"

Giovanni zieht die Brauen zusammen. "Und die gute?"

Stöhnend stellt er seine Beute auf den wackeligen Tisch. "Außerdem kriegt man in dem *Übermarkt* an der Ecke echt alles. Da, für dich. Und für dich." Er wirft Dinge in die Runde wie Seehunden Fische zu. "Lag unten im Altapier."

Giovanni fällt eine CD in den Schoß, Jörg flattert eine Zeitung an den Kopf. Der schüttelt sich kurz und faltet sie glatt. *Deutsche Allgemeine – Zeitung für die ganze Welt.* "Kurz DAZ," zwinkert Jan.

Jörg guckt ungläubig über die Titelseite, die noch mehr Fraktur aufweist als die Verbotsschilder unten im Treppenhaus. In einer Seitenspalte eine Überschrift, *Sport: Derbysieg in Hamburg.* Dunkelheit umwölkt sein Antlitz, mißtrauisch blättert er die Zeitung auf.

Giovanni starrt derweil mit unverhohlenem Abscheu auf die Kompaktplatte. Von der Hüllenvorderseite grinst *er*, als Umberto Ravioli. Italienisch ländlich gekleidet, mit Strohhut, Schafwollweste und einer Mandoline in der Hand. Fassungslos liest er den Titel des Albums: "*L'amore è come gelato nel sole*... Hunderttausend heulende und jaulende Höllenhunde!"

"Siehst du? Ist doch nicht alles schlecht hier!" Jan grinst. "*Der Gold-Schlager*, ganz neu erschienen, und verkauft sich anscheinend wie Bier am Vatertag. Freu dich doch, ich denk du wolltest immer berühmt werden! Können wir gleich mal auflegen."

"Nur über deine Leiche!" brummelt Giovanni.

Jörg derweil blättert immer verstörter durch die Zeitung. Dann gefriert er, seine Pupillen rasen über einen Artikel. Wie in Trance liest er vor. "Im Halbfinale des Nationalpokals bezwang der Meisterliga-Teilnehmer FC Germania St. Pauli in der heimischen Astra-Arena den bislang als Pokalschreck gehandelten ewigen Drittligisten Hamburger SV nur knapp mit eins zu null. Lange stemmte sich der krasse Außenseiter gegen die Übermacht des Titelverteidigers, bis in der Nachspielzeit die Millionentruppe ihres Präsidenten Ronald Schill dem sympathischen Underdog vom Stadtrand den Todesstoß gab."

"Wie immer. Der berühmte St. Pauli-Dusel," grinst Giovanni.

"Und? Soll ich mich jetzt freuen, oder was?!"

"Nee, wieso auch," kann Jan nicht an sich halten und zeigt an die Wand. "Du bist ja Fan des sympathischen Stadtrandvereins!"

Jörg grummelt, zeigt ihm hilflos den Mittelfinger. "Grüß Höcke!"

"Heyy, entspannt euch!" entspannt Giovanni. "Morgen fahren wir nach Hause, und dann spielen alle wieder in ihrer eigenen Liga!"

Jörg betrachtet seine Hand und formt den Höcke-Gruß mit erhobenem kleinen und Zeigefinger. Jan greift sich solange die Zeitung und blättert sie von vorne durch.

"Was soll das eigentlich sein? Ein Mix aus erhobener Faust und Hitlergruß?" Jörg fährt seine äußeren Finger ein und aus.

"Also, in Italien ist das eine Art Fuckfinger," belehrt Giovanni. "Und deutet an, daß dem Betroffenen Hörner aufgesetzt wurden.

Allerdings andersrum." Er dreht Jörgs Hand mit dem Handrücken nach vorne.

Jans Miene wird mit jedem umblättern düsterer, er schüttelt den Kopf. "Also Fußi ist das eine..."

"Das reicht mir aber schon!" ereifert sich Jörg plötzlich. "Habt Ihr das gehört? Astra-Arena? Ronald Schill?!"

Jan geht nicht weiter darauf ein. "Aber zieht euch das bitte mal rein, das wird immer fieser... Reichsbundeskanzler Bernd Höcke! Reichsinnenminister Sarrazin! Reichsaußenministerin Steinbach!" Atemlos blättert er kreuz und quer durch die Zeitung. "Reichskulturminister Claus Strunz! Reichsgleichstellungsbeauftragter Wolfgang Kubicki! Reichsjustizministerin Sahra Wagenknecht! Regierungssprecher Julian Reichelt!... Altkanzler Alexander Gauland!!" Seine Hände mit der Zeitung sinken auf den Schoß, als würde ihm die Luft abgelassen. "Alter Schwede, was ist das denn für ein Gruselkabinett!"

Er wirft die Zeitung in eine Ecke. Dabei fällt neben Jörg ein Stapel Bildplatten um. Sie ähneln unseren roten *Spiegel*-Geschichts-DVDs, Hitler, Preußen, Sowjets, Weltkrieg. Das Übliche, dem äußeren Anschein nach nur noch reißerischer. Oder auch lobhudelnder, je nach Thema.

Die oberste Bildplatte erweckt Jörgs besonderes Interesse. Er hält sie hoch. *70 Jahre Schande von Bern.* "Der Fernsehabend wär schon mal gerettet." Er liest vor. "Die ganze Wahrheit über die ungarischen Fußballverbrecher und ihre britischen Büttel... Oh Mann, hoffentlich hab ich genug Schnaps im Haus."

Die BP wird in das BP-Abspielgerät eingesogen. Die drei sitzen, liegen und hängen mit bangem Gesichtsausdruck vor dem Fernseher. Jörg drückt auf die Fernbedienung. Die *Spiegel*-Fanfare ertönt, über den Bildschirm flackern historische Aufnahmen, der Kommentator rekonstruiert aufgeregt das ganze Drama, das die Jungs live und in schwarzweiß mitbekommen haben. Und alles, was danach geschah... Von der Situation zunehmend überfordert, nehmen sie hier und da nur Kommentarfetzen wahr.

"...Verschwörung des von den bolschewistischen Puszta-söhnen bezahlten britischen Schiedsrichtergespanns. Nach der erzwungenen Unterbrechung des Spiels durch unsere beherzten Landsmänner forderte unser geliebter Kanzler Konrad Adenauer vom ungarischen Fußballverband die Anerkennung einer ungarischen Niederlage, aber zumindest die Aberkennung des zwischenzeitlichen vermeintlichen Siegtores zum 3:2 wegen eindeutiger Abseitsstellung des Major Puskas und eine zügige Fortsetzung des Endspiels..."

"...ließ unser geliebter Kanzler Konrad Adenauer einen Tag nach der Wiederbewaffnung mit dem ersten Flugzeug der neuen Luftwaffe einen Luftschlag auf das Gebäude des ungarischen Fußballverbands in Budapest fliegen, um einen leistungsentsprechenden Ausgang des unterbrochenen Fußballspiels..."

"...reagierte der Osten sofort mit einer Generalmobilmachung entlang der Zonengrenze..."

"...verweigerte Unterstützung der NATO-Staaten..."

"...wurde im Waffenstillstandsabkommen mit dem Warschauer Pakt eine Wiedervereinigung und staatliche Neugründung unseres Vaterlandes unter dem Vorbehalt der Neutralität ausgehandelt..."

"... blieben die von unserem geliebten Reichskanzler Franz-Josef Strauß höchstselbst geführten Verhandlungen mit der jüdisch dominierten Fifa weiterhin ergebnislos..."

"...unternahm zum anstehenden 70. Jahrestag dieser unserer nationalen Demütigung unser geliebter Reichskanzler Bernd Höcke gemeinsam mit unserem Innenminister Thilo Sarrazin und DFB-Generalsekretär Werner Lorant den erneuten Versuch einer gütlichen Einigung mit dem ungarischen Fußballverband über eine gerechte Fortsetzung des Spiels..."

Jörg schaltet erschöpft den Fernseher aus. Kurze Stille. "Holla die Waldfee!" stöhnt er.

"Das heißt das Spiel läuft noch?" Giovanni überlegt. "Wow. Tausend Jahre Nachspielzeit. Da geht noch was!"

Jan starrt ins Leere. "Wir müssen wieder nach Hause. Dringend!"

"Das heißt das waren wir?! Das hier ist alles unsere Schuld?! Bloß weil wir rübergefahren sind und Rahn nochmal haben schießen lassen?! Und wieso hat der Trottel dann vorbeigeschossen?!" sortiert Jörg die neuen Informationen. "Aber wenn die sagen, daß die DDR sofort an der Grenze hochgerüstet hat..."

"Dann kommt jetzt keiner mehr raus!" stellt Jan das Offensichtliche fest.

Das muß erstmal sacken. Was an ironischer Gelassenheit übrig war, weicht bleierner Panik. Jan tigert auf und ab. "Und was machen wir jetzt?!"

"Als erstes bleiben wir eine Zeitlang im Untergrund," raunt Giovanni mit der Routine des Gejagten. "Damit wir nicht wieder Autogramme geben müssen."

"Ey, wenn das dein einziges Problem ist, kannst du es dir ganz tief in den Arsch stecken!" Jan tigert weiter.

Giovanni richtet sich auf eine Zeitlang im Untergrund ein und untersucht schon mal ein Regalbrett mit Bildplatten. "Hast du denn hier auch Traumhochzeit?" fragt er beiläufig.

"Jup. Hab die Anzeige gesehen. Ganz schrecklich. Zu der Frau geh ich nicht zurück!"

Jörg verfolgt ihn mit den Augen. "Quatsch, du heiratest erstmal, dann lassen wir uns was einfallen!"

Jan bleibt stehen. "Das sagst ausgerechnet du?! Zuhause nervst du ewig rum, daß ich mich nicht einsperren lassen soll, und hier schickst du mich zurück zur bösen Hexe aus dem Norden!"

"Dein Pech! Du wolltest doch dringend heiraten, dann mußt du das jetzt auch durchziehen! Vor allem dürfen wir nämlich nicht auffallen!"

"Und wieso nicht?"

"Wenn die merken, daß wir nicht von hier sind, gibt's Ärger. 100 Pro. Wenn ich hier nur halb so polizeibekannt bin wie zuhause, will ich da nichts anbrennen lassen. Die beiden Bullen an der Autobahn haben mir jedenfalls schon gereicht."

"Du denkst wieder nur an dich!"

"Genau. Statt wie du an dich." Jörg zuckt ernsthaft ratlos mit den Schultern. "Ich kann nun mal grad nichts machen. Für uns. Du aber!"

Es grummelt in Jan. Am Ende beugt er sich. Der Vernunft, möglicherweise. "Tja, dann werd ich wohl mal nach Hause fahren – in die Höhle der Löwin! *Erstmal.*"

"Naja, morgen reicht ja vielleicht auch noch," gibt Giovanni sich versöhnlich.

Jan schüttelt den Kopf. "Nee. Wenn nicht heute, dann brauch ich mich auch gar nicht zurückzutrauen, egal in welchem Deutschland!" Geschlagen reckt er die Faust zum Gruße. Die anderen beiden recken zurück. "Kommt Ihr denn zur Hochzeit?"

Jörg zuckt mit den Schultern, Giovanni hebt die Augenbrauen: *Was bleibt uns schon übrig?* "You'll never walk alone!"

Das beruhigt Jan. Er schlurft raus.

Jörg sieht sich verloren im Zimmer um. "Und wir? Skat?"

"Nö!" Giovanni schüttelt den Kopf und hält eine BP hoch. "*Zehn Kugeln bis Kabul!* Von Til Schweiger! Mit ihm, seinen Töchtern und Sky Dumont!" Mit zusammengekniffenen Augen liest er das Kleingedruckte auf der Rückseite. "Ich hätt ja gedacht daß Elyas M'Barek mitspielt, aber scheint nicht so."

Jörg ist mäßig begeistert. "Egal, auf den Schirm!" Er sackt im Sessel zusammen. "Alter fickender Schwede!"

Im Versuch, so wenig Luftbewegungen wie möglich hervorzurufen, ergießt sich Jan in den Flur der gemeinsamen Wohnung. Und erstarrt doch sofort. Als hätte sie schon Stunden vor der Küche gestanden, steht eindeutig Hildegard noch davor, mit einer Schürze umgeschwungen, einem Nudelholz in der Hand und einem floralen Lächeln im Gesicht. "Da bist du ja endlich, Schatz!"

Jan argwöhnt, daß die biedermännische Pose nur eine groteske Fassade sei und sie sofort ein Stilett aus dem harmlosen Nudelholz ziehen und geifernd auf ihn losstürzen werde. Er ist sich seiner Vergehen bewusst und bereit, alles zu gestehen. "Hallo Täublein," stammelt er. "Ich bin zu spät, ich weiß."

"Ach, Männe!" Hildegard legt den Kopf kokett schief. "Ich weiß doch bescheid. Du hast ja angerufen." Gemessen marschiert sie auf ihn zu und gibt ihm einen Kuss auf die Wange, den er baff geschehen läßt. "Ihr Männer müßt doch auch euren Spaß haben." Sie dreht sich um, entschwindet in die Küche und macht Geräusche, als würde sie summend Teig rollen.

Jan stakst hinterher und bewundert eine Küche, staubfrei, lückenlos ausgestattet und rechtwinklig ausgerichtet wie aus dem Möbelhaus. Und tatsächlich steht Hildegard an einem Küchentresen, summt ein Lied über einen Lindenbaum und rollt einen Fladen Teig aus. "Was machst du denn da?" fragt er, immer noch in Habacht, als würde gleich ihre Haut aufreißen und der außerirdische Symbiont aus ihr hervorbrechen.

"Ich backe Kekse für das Kinderfest der örtlichen GfbV," brüstet sie sich strahlend. "Das findet zwar erst nächstes Wochenende statt, aber dann können sie über die Woche noch aushärten."

"Für was?"

Hildegard schüttelt schmunzelnd den Kopf, als habe Jan gerade gefragt, welche Blätter an Lindenbäumen wachsen. "Für die *Gesellschaft für das bedrohte Volk*!"

"Und das hat nichts zu essen?"

"I wo," *du Dummerchen*. "Die Kekse sind für deren Kinderfest am Sonntag! Wo immer Spenden gesammelt werden für unsere eingesperrten Volksgenossen."

"Aha. Und die schmachten im Verlies der Hüpfburg?" Jan überlegt, ob ihm der Symbiont nicht langsam lieber wäre.

"Nein!" Geradezu empört legt sie das Nudelholz hin und stemmt die Fäuste in die Hüfte. "Nun stell dich nicht so dumm! Die GfbV kümmert sich um alle Stämme germanischer Abkunft, die bisher noch nicht heimgeholt werden konnten, sondern bis heute im verlorenen Ostdeutschland und anderen osteuropäischen und russischen Völkergefängnissen ausharren müssen."

"Die haben so große Gefängnisse?"

Langsam wird es Hildegard wirklich zu bunt. Sie ergreift das Nudelholz wieder und schüttelt es beunruhigend griffig in seine Richtung. "Willst du mich etwa verhohnepipeln, Freundchen?" Jan zeigt keine Schuld. Hildegard holt seufzend Luft. "Das sind Volksgemeinschaften, deren althergebrachtes germanisches Brauchtum durch slawischen Ungeist unterdrückt und verunreinigt wird! Und wir sammeln die Mittel, ihnen Autonomie zu verschaffen, oder sie im besten Fall nach Deutschland holen zu können!"

"Wo sie dann Asyl beantragen dürfen?"

"Asyl? Quatsch! Das sind doch alles Deutsche!" japst Hildegard hilflos.

Da löst Jans verständnislose Visage sich in ein Grinsen auf. "Ach mein Liebchen, das wußte ich doch! Ich wollte dich nur etwas necken."

Nun entspannt Hildegard sichtlich, und aller Ärger scheint tatsächlich zu verfliegen, bis auf einen Rest Koketterie. "Na da hast du mich aber auf den Arm genommen, du Naseweis!" Angestrengt runzelt sie die Stirn und droht ihm wieder mit dem Nudelholz. "Aber dir werd ich schon zeigen, wo Bartel den Most holt!"

Und umarmt ihn inniglich. Jan tätschelt ihren Rücken und lächelt defensiv. Fürchtend, daß er genau weiß, wo das sein könnte.

Jörg und Giovanni indes haben sich physisch und geistig nicht aus der Wohnung wegbewegt, wie ein kleines Kind, das denkt, mit vor die Augen gehaltenen Händen werde es von niemandem gesehen. Wozu auch, Jörgs Wohnung gibt einem genauso in diesem Universum an Kulturprogramm einiges zu entdecken. Selbst für Jörg, der anscheinend die meisten seiner Filme noch nicht kennt und mit der faszinierten Abgestoßenheit, mit der man sonst einen Verkehrsunfall betrachtet, seine Bildplattensammlung untersucht. *"Zehn Kugeln bis Kabul II — Angriff der Echsenmenschen,* auch von Til Schweiger. Mit Volker Bruch. *Die Nibelungen* von Sepp Vilsmaier, *Das Boot* von Roland Emmerich, *Auf Wiedersehen, Leningrad* von Wolfgang Becker, *Fick dich Schehksbier* von Florian Henckel von Donnersmarck, *Zwei wie Stahl und Eisen*, mit Mario Girotti und Carlo Pedersoli, hey, extra was für dich... Und kuck mal hier." Jörg zögert, hält eine Bildplatte hoch. *"Die Schande von Bern.* Von Sönke Wortmann. Auf den kann man sich überall verlassen." Er blättert weiter. Und stutzt. "Nanu. Was ist das denn hier?" Er hält noch eine hoch.

"Wild Geese II?" liest Giovanni, der sich solange einem Regal voll mit Büchern widmet, und nickt anerkennend. "Illegaler Import aus England? Du bist ja überall ein echter Untergrundkämpfer!"

Jörg liest die Rückseite vor. "A group of mercenaries is hired to spring William Ling from Spandau Prison in Berlin." Beeindruckt verzieht er sein Gesicht. "Der Plot ist jedenfalls immer noch logischer als der bei uns."

"Sind jetzt schon ganz schön viele Filme, die wir gucken müssen. Ist ja aber auch Zeit genug bis zur Hochzeit." Giovanni streicht mit dem Finger von Buchrücken zu Buchrücken und hebt immer mal die Augenbrauen. Schließlich zieht er ein Buch heraus und ignoriert die übrigen, die deswegen auf den Boden fallen. "Dann haben wir auch Zeit, endlich mal wieder ein gutes Buch zu lesen." Er wirft Jörg ein Taschenbuch zu. "Da ist bestimmt viel Schönes drin!"

Jörg lässt es regungslos vor sich auf den Boden klatschen, wird dann aber doch aufmerksam, nimmt es hoch. "*Die Pinguin-Chroniken...?*" Entgeistert dreht er das Buch um und liest vor. "Als eines Tages ein aristokratischer Pinguin vor der Tür des Bänkelsängers Kurt-Georg steht, krempelt sich dessen ganzes Leben um, und gemeinsam bekämpfen sie die skrupellosen Weltkollektivierungspläne des egalitären Kängurus von gegenüber." Hilflos sieht Jörg zu Giovanni. "Nicht dein Ernst!"

"Das war noch nicht alles... " Er grinst zurück und zieht weitere Bücher aus dem Regal. "Du hast wirklich Geschmack. *Die Pinguin-Verschwörung, Das Pinguin-Ultimatum* und *Das Pinguin-Oratorium!*"

"Warum müssen Parallelwelten denn so restlos parallel sein?!" Jörg klingt plötzlich erschöpft. "Kann denn nichts mal halbwegs normal sein?!"

"Ich fürchte das ist total normal," philosophiert Giovanni. "Und bevor es auf der Hochzeit noch normaler wird, sollten wir uns dringend mit Normalität wappnen." Er wuchtet eine dicke BP-Sammelausgabe aus dem Regal. "*Die Lindwurmstraße — das komplette erste Jahrzehnt!*"

Die Sonne strahlt auf eine neugotische Backsteinkirche im Schleswig-Holsteinischen, umgeben vom satten Grün des Waldes und sanften Hügeln im Hintergrund. Schäfchenwolken balgen sich am blauen Himmel. Auf der großzügigen Auffahrt versammelt sich eine gleißende Hochzeitsgesellschaft zum Schaumweinempfang vor der Trauung. Lachen, Gläserklirren, sanfte Kammermusik, festlich knirschender Kies und adrette Frauen.

Jörg und Giovanni, ansatzweise festlich gekleidet, stehen wachsam auf dem Parkplatz neben dem Fiesta. Giovanni knackt das Ford-Zeichen herunter, Jörg knickt professionell von einem alten Mercedes den Stern ab und befestigt ihn mit Doppelklebeband auf dem eigenen Kühler. "Ist jetzt nichts für die Ewigkeit, aber für die Trottel da reicht das allemal." Er nickt in Richtung der Gesellschaft und richtet seine Jacke. "Na denn. Let's get into character!"

Schon aus der Entfernung werden die beiden von Marschmusik, Heino, Zarah Leander und Andreas Gabalier empfangen. Widerstrebend betreten sie nun die Szenerie, betrachten das Treiben vom sicheren Rand. Alles ist fesch gekleidet wie auf dem Jahresempfang der Jungen Union, rosig rasiert und mit schnittigem Kurzhaar die Herren, hier und da ein Oberlippenbart, rauschend blond oder verrucht schwarz und in plüschigen Roben die Damen. Alle sind herzlich wie eh und je, aber jede Form einer möglichen Schluffigkeit fehlt. Und alle, bevor sie sich busserlnd begrüßen, entbieten den Höcke-Gruß. Die 50er auf Speed.

Vereinzelte verhuschte Blicke registrieren die Neuankömmlinge, speziell Giovanni wird tuschelnd aufgenommen. Teils befremdet, teils bewundernd. *Ist er das..?*

Jörg läßt das Panorama auf sich wirken. "Oh Mann. Die 120 Tage vom Obersalzberg!"

Giovanni spürt die Aufmerksamkeit, verzieht das Gesicht. "Plötzlich kommt mir meine Nase besonders groß vor."

Zwei mittelalte Damen kommen giggelnd auf Giovanni zugeraschelt, halten ihm ihre Hochzeitsanzeige und einen Stift vor die große Nase und bitten um ein Autogramm. Der reagiert erst gar nicht, bis Jörg ihn anschubst. Dann kritzelt er widerwillig seinen Schlenker auf die Zettel, grient die Damen an, die sich nicht wieder einkriegen und Dankesworte strahlend davonrascheln. Mürrisch brummt er in Richtung Jörg.

Gerade als er ansetzt zu bemerken, daß er der nächsten Person, die ihn zu diesem Behufe anredet, kräftig eine semmeln werde, kommt Jan auf sie zugestrebt. Festlich gekleidet wie die anderen, aber nicht festlich empfangend. Mehr panisch. "Ich bin so froh dass ihr da seid! Alter Schwede, seht ihr das?! Alles Faschos in zivil! Ohne

Ausnahme! Ich kann gar nicht soviel trinken wie ich kotzen will!" Er leert sein Schaumweinglas.

"Da! Ihr kennt doch Carmens kleine Brüder." Er zeigt auf Philipp und Jonas beim Höcke-Gruß. Hier jedoch sind es Hildegards kleine Brüder, und entsprechend beide kurzgeschoren, mit dicken Oberarmen unter knappen Ärmeln. Keine Spur von den Hängern von früher. "Die hatten sone Matte! Mit denen hab ich nächtelang gekifft und über Radiohead philosophiert!"

"Und jetzt hören sie nur noch *Volksempfängerkopf*?" mutmaßt Giovanni.

"Und *Kaltspiel*!"

"Manchmal auch noch *die Türen*."

Jan wird noch genervter. "Ey, das ist echt nicht komisch!"

"Wir lachen ja nicht. Nur die da." Giovanni nickt in Richtung ein paar albern gackernder Nazitrutschen die verstohlen herübersehen, darunter seine beiden Fans. Gleichzeitig wurden die Jungs von Philipp und Jonas entdeckt, bzw. von dem, was hier von ihnen übriggeblieben ist. Sie stoßen gutgelaunt dazu, grüßen erst Höcke und dann Jan und die anderen beiden. Jan erwidert zögernd, Giovanni und Jörg bleiben stoisch.

Philipp ficht das nicht an. "Mensch, Kameraden, wie geht's euch?!" Er wendet sich zu Giovanni, dann wieder in die Runde. "Oh, hoher Besuch, hahaha! – Na, wie war's? Hat's geklappt mit siebzig Jahre zurückfahren und so? Haben wir diesmal gewonnen?" Dabei haut er Jan kräftig und grinsend auf die Schulter. "Oder hat dieser Bismarck euch schön verarscht?"

"Nee, äh, verloren, wie immer. Wir haben ja auch nicht ernsthaft –" will er sich gerade rechtfertigen, da gefriert die Atmosphäre. Aus dem Gewühl rauscht Hildegard auf sie zu, strahlend im raumgreifenden weißen Hochzeitskleid sowie mit Kordelfrisur, und begrüßt Jörg und Giovanni in herzlicher Umarmung – doch nicht ohne vorher den Höcke-Gruß zu entbieten und kurz zu stocken, als der nur zögernd erwidert wird. Jörg und Giovanni dagegen erwidern auch die Umarmung nur zögernd, etwa so, wie man seine Schulleiterin umarmen würde.

Hildegard scheint dies nicht aufzufallen. "Hey, da seid Ihr ja! Wie schön! Was habt Ihr Schlingel bloß mit meinem Verlobten angestellt?! Der war ja ganz durch den Wind als Ihr mit ihm fertig wart!" Sie wuschelt Jan ansatzweise durch sein mit Gel gefestigtes Haar, streicht es dann gleich wieder glatt.

Nun sieht sie Jörg gespielt befremdet an, fährt sich mit einem Finger über die Oberlippe. "Und was haben die mit *dir* angestellt?? Dich abgefüllt und dann geschoren? Ganz nackt siehst du aus! Hahaha!" Die anderen gackern. Jan und Giovanni eher gequält. Jörg macht gute Miene zum kalten Spiel, kann aber sein Entsetzen darüber, daß er anscheinend bis vor kurzem einen Oberlippenbart hatte, nur schwer verbergen.

Hildegard schert sich nicht um die Mienen ihrer Gäste und bleibt im Partymodus. "Jetzt muß ich *euch* aber mal den Bräutigam entführen! Los komm, Onkel Ernst und Tante Rittchen haben schon nach dir gefragt!" Sie entfernt sich geschäftig über den knirschenden Kies und zerrt Jan sanft aber bestimmt mit sich. "Wir sehen uns später! Verstümmelt euch bis dahin nicht weiter! Hahaha!" Nach einem kräftigen Klaps auf die Schulter machen auch die Brüder weiter ihre Runde.

Jan verabschiedet sich aus der Ferne mit verzweifelter Miene von seinen Kumpels, die dem Brautpaar mitleidig hinterhersehen. "Okayyy, ich weiß was er meint. Gehst du zum Weibe, bring ihr die Peitsche mit!"

Giovanni zieht die Augenbrauen hoch und deutet einen Stock an, mit dem er sich mehrmals auf die Handinnenfläche schlägt. "*Ilsa, die geile Wölfin der SS*"!

Geraume Zeit später. Jörg und Giovanni sind wie schockgefroren an ihrem Stehtisch stehengeblieben, haben während der quälend langen Wartezeit auf das Unausdenkliche schon mal ausgiebig dem Schaumweine zugesprochen. Jörg sieht angestrengt in die andere Richtung, denn um Giovanni hat sich mit der Zeit eine Traube festlich gekleideter aufgeregt giggelnder Schnepfen angesammelt, denen er, um die Zeit totzuschlagen, mürrisch Autogramme auf ihre Zettel mit der Menüfolge kritzelt. Jan gesellt sich frustriert wieder zu den beiden, als Giovanni gerade angewidert einen ihm zugesteckten Damenschlüpfer zu Boden fallen läßt. "Ich bin ein Star, holt mich hier raus!" fleht der ihn an.

"Ey, was soll ich denn sagen? Ich heirate gleich die Trapp-Familie!" Er stößt mit den leeren Gläsern der beiden an und trinkt.

Jörg erkennt es als Aufforderung und sieht sich um. "Wir brauchen mehr. Frollein!?" Dabei fällt seine Aufmerksamkeit auf eine rüstige laute Dame um die Neunzig am Nebentisch, die dem Schaumweine offenbar noch kräftiger zugesprochen hat. Krächzig lachend betatscht sie Jans bedauernswerten entfernten Cousin, der nicht weiß wohin mit sich. "Alter, kennst du die alle hier...?"

"Himmel! Wann hat die denn schon angefangen?" Giovanni nimmt die Bemerkung als rettenden Anlaß, sein Augenmerk anders auszurichten und seinen Anhang abzuschütteln wie ein Elefant einen Schwarm Bremsen.

Jan dreht sich um. "Ach Gott. Das ist meine Großtante Gerda aus Zürich. Aber zweiten Grades. Mindestens."

"Offensichtlich alleinstehend?"

Jan leert sein Glas. "Offiziell eine alte Jungfer. Sie ist aber definitiv nur alt. Und hat mächtig einen an der Waffel." Er schnappt drei volle Gläser von einem vorbeischwebenden Tablett. "Die wird bei Familienfeiern immer ans Ende der Tafel gesetzt, damit sie mit ihren alterspubertären Zoten so wenig Leuten wie möglich auf die Nerven fällt."

"Ist für ihr Alter aber noch gut unterwegs." Jörg macht einen anerkennenden Zug um den Mund.

"Klar. Alkohol konserviert auch von innen. Laß mal schnell verschwinden, bevor sie uns sieht..."

Zu spät. Schon kommt sie auf Jan zugewackelt und kneift ihn, kaum hat sie ihn erreicht, fröhlich in die Backe. "Hallo Bräutigam, mein Hübscher, dich hab ich ja noch gar nicht gesehen!" Ihr Organ scheint sie gut zu trainieren, denn ihre Stimme klingt kein Stück gebrechlich.

"Gerda, Mensch, das ist ja schön daß du dich auf den weiten Weg gemacht hast!" flüchtet Jan sich in Notfreundlichkeit.

"Das stimmt, war auch nicht einfach. Diesmal haben sie mir an der Grenze mal wieder ganz schön den Arsch aufgerissen." Das hat ihr aber nicht im mindesten die Laune verdorben. Im Gegenteil, denn sie entdeckt Giovanni und Jörg. "Hallo *Ihr* beiden, also der Tisch ist ja der Volltreffer! Ich bin Jans alte Großtante Gerda!"

Jörg und Giovanni nicken freundlich, sagen ihre Namen und strecken ihr die Hand hin. Gerda setzt an zum Höcke-Gruß, läßt aber ab, als sie die einzige ist. Positiv befremdet schüttelt sie nur die Hände und sieht von einem zum anderen. "Ihr... seid irgendwie anders," sagt sie nun überraschend nüchtern.

"Ja, wir... sind nicht von hier," horcht Giovanni auf.

"Das seh ich." Gerda mustert Jan eindringlich, dann wieder die beiden. Sie sieht es wirklich. Es folgt eine äußerlich peinliche, doch irgendwie verschwörerische Stille. Die sogleich vom Läuten der Glocken zerrissen wird. Der Herr bittet die Gesellschaft zur Trauung.

"Tja, ich muß dann wohl mal." Jan reckt sich ungelenk.

Gerda zuckt bedauernd mit den Schultern, schreibt schnell etwas auf einen Zettel und schiebt ihn Jan zu. "Hier. Meine KFS-Nummer, falls Ihr mal Hilfe braucht."

Jan steckt den Zettel ein. "KFS?"

Gerda hält ihr Handy hoch. "Naja, *Kleinfernsprecher*...?" erklärt sie, irgendwie erleichtert. Jan tut, als sei das doch selbstverständlich. Sie wendet sich zur Kirche. "Tja, dann wollen wir mal." Sie wendet sich nochmal geheimnisvoll an Jan. "Tu nichts was ich nicht auch tun würde! Na los, euer geliebter Kanzler wartet nicht gern!" Maliziös zwinkernd wackelt sie davon.

"Der ist auch hier? Das fehlt noch!" Giovanni sieht ihr verwirrt hinterher. Jan windet sich, schafft es irgendwie nicht, loszugehen.

"Na los! Du packst das schon!" Jörg schiebt ihn an und sieht in den strahlend blauen Himmel. "Ist immerhin dem Führer sein Wetter!"

Jan grimassiert: *na herzlichen Dank!*, und trottet unter Glockenläuten zur Kirche. Jörg und Giovanni beobachten ihn dabei, geben sich dann einen Ruck und schlendern ohne Zeitdruck hinterher.

Auch im Inneren erscheint die Kirche wie aus Lebkuchen gebacken, mit neugotischen Galerien, Säulchen und Konsölchen. Der ideale Ort für eine ländliche Hochzeitsfeier, noch dazu bei frommem Glockenschlag. Giovanni und Jörg sitzen in der ansonsten leeren letzten Reihe der Kirche und sehen sich spröde um. Die letzten Gäste stöckeln durch die Reihen und setzen sich erwartungsvoll raunend auf ihre Plätze. Eine heilige Stille ertönt. Die Zeremonie beginnt. Getragen festliche Musik wallt auf wie weißer Nebel. Aus dem Eingangsportal wird Jan hereingeführt, und zwar eindeutig, am Arm einer resoluten älteren Dame mit festgezurrtem Dutt, ohne deren Zug er vermutlich stehen bleiben würde. Jörg erkennt vage die Gesichtszüge der Frau, die Jans Mutter war. Nur ihr grauer Pferdeschwanz ist verschwunden. Gleich hinterdrein schwebt Hildegard am kräftigen Arme eines wohlgealterten Herren, der sich der Tragweite seiner Aufgabe sichtlich bewußt ist.

Die Brautleute schreiten gen Altar, Jans Blick unsicher hin und her zuckend wie ein Schwein das nicht weiß, ob es zum Trog oder zur

Schlachtbank geht. Hildegard hingegen durchschreitet die Reihen wie Leni Riefenstahl mit festem Tritt, ihr siegessicheres Kinn nach vorn gereckt als erwarte sie das Eiserne Kreuz. In der ungeführten Hand hält sie wie ein Rutenbündel den prächtig weißen Brautstrauß mit einem das Gebinde krönenden Eisenadler. Jörg, der direkt am Gang sitzt, hebt anerkennend die Augenbrauen, als das scharfkantige Gerät vorbeigetragen wird.

Der Pastor vorne begrüßt die Brautlaute und sagt, was Pastoren so sagen, wenn sie Brautleute begrüßen. Die Gäste in der hintersten Reihe können glücklicherweise nur gemurmelte Fetzen Latein verstehen, dazu andere erhaben willkommenheißende Worte. Es könnte an den einlullenden Worten und Klängen und Rauchschwaden der dicken Kerzen liegen, aber alles in allem wirkt Jan langsam doch etwas erhoben und bewegt und läßt die warmen Worte des sendbotenhaft gütig blickenden Pastors in sich hinein wabern. Ein mildes Lächeln schwimmt über Jans Gesicht.

"...dann also frage ich dich vor allem weiteren, Hildegard Elisabeth Hermine Müller, willst du unseren geliebten und stets in unserer Mitte wesenden Kanzler der Reichsrepublik Deutschland Bernd Höcke ehren und ihm dienen bis an dein Lebensende und mit Freuden darüber hinaus, dann beantworte die Frage mit *Jawohl, mit Gottes Hilfe*."

Mittendrin allerdings, etwa bei dem Wort *Deutschland*, entgleisen Jans Gesichtszüge. Entsetzt linst er zu Hildegard hinüber, die aber strahlt den nach einer Antwort drängenden Pastor an. "Jawohl, mit Gottes Hilfe!"

Giovanni schreckt aus seinem Halbschlaf. "Oh-oh. Hast du das gehört?" fragt er die Augen zusammenkneifend.

"Keine Ahnung. Jedenfalls hab ich verstanden, daß der Pfaffe unsere Kristina Söderbaum gefragt hat, ob sie den Führer heiraten will."

Giovanni macht ein wägendes Gesicht. "Genausowas hab ich nämlich auch gehört. Also in dem Fall würd ich sagen wir ziehen unsere Jacken schon mal wieder an."

"Okay." Jörg setzt sich aufrecht. "Achtung. Auf drei!"

Augenscheinlich weder überrascht noch mit der Antwort unzufrieden wendet der Pastor sich Jan zu. "Dann frage ich also dich vor allem weiteren, Jan Schroffel, willst du unseren geliebten und stets in unserer Mitte wesenden Kanzler der Reichsrepublik Deutschland Bernd Höcke ehren und ihm dienen bis an dein Lebensende und mit Freuden darüber hinaus, dann beantworte die Frage mit *Jawohl, mit Gottes Hilfe.*"

Es stürmt in Jan, die Worte des Pastors hallen durcheinander, er sieht sich haltlos um. Als der Pastor seine Ansprache beendet hat und auf die Antwort wartet, bleibt es still. Jan starrt ihm nur in die heilig, doch mit der Zeit ungeduldig blinzelnden Augen.

Dann fällt in Jans Hirn eine Klappe zu. "Euer Scheiß-Kanzler kann mich mal!"

Diese Antwort hätte der Pastor nicht erwartet und muß sich erstmal sammeln. "Wie bitte?"

Ohne sich zu erklären dreht Jan sich um und strebt den Gang entlang, Reihe für Reihe erstaunte Gesichter hinter sich herziehend.

"Drei!" preßt Jörg hervor, beide springen auf, rennen zum Saalausgang und drücken das Portal auf, damit Jan ungebremst durchlaufen kann. Sie huschen hinter ihm raus, drücken das Portal wieder zu, schnappen sich einen der mit weißem Stretch umspannten Stehempfangstische und stemmen ihn von außen gegen die Tür. Sie rennen Jan hinterher, der Haken schlagend über den Kies davongespurtet ist, und werfen dabei so viele Tische wie möglich um.

Die Hochzeitsgemeinde wirft sich indes wie ein Mann gegen das Portal, schiebt, von der Verrammelung nicht wirklich behindert, die

Türflügel zur Seite und schwemmt auf den Vorplatz, allen voran mit wutentstellten Gesichtern die Braut und ihre Brüder. Hildegard taxiert kurz, holt aus und schleudert mit einer stählernen Kontraktion ihres ganzen Körpers den Fliehenden den Brautstrauß hinterher. Der zischt unerwartet schnell und weit durch die Luft, entblättert sich rotierend seines flatternden floralen Beiwerks und bleibt als in der Sonne gleißender scharfkantiger Eisenadler in der schrundigen Rinde einer deutschen Eiche zitternd stecken, nur knapp nachdem Giovanni an ihr vorbeigekeucht ist.

"Komm zurück, du feige Juudeensauu!!" schreit sie geifersprühend hinterher.

Jan indes hat seinen mit Mercedes-Insignien notdürftig getarnten Fiesta erreicht, fingert japsend den Schlüssel aus seiner Hosentasche, fällt auf den Fahrersitz und startet den Motor. Die anderen beiden springen ins bereits rollende Auto, das kiessprühend von dannen braust.

Hildegards Vater tritt mit Schaum vor dem Mund hinter die bebenden Brüder, senkt seine Pranken wie Schraubstöcke auf deren Schultern und verengt seine Augen zu Schießscharten. "Jungs, schnappt euch diesen Halunken, bei der Ehre unseres geliebten Kanzlers und unserer Familie!"

Philipp und Jonas, den kräftigen Händen des Vaters standhaltend, nicken gehorsam, stürzen zu ihrem Auto, dem jüngst entmannten Mercedes, und jagen hinterher, von der keuchenden Hochzeitsgemeinde inbrünstig angefeuert.

Die drei rasen durch den Wald und biegen wieder quietschend in einen Feldweg. "Mal sehen, das hat sich doch bewährt," flüstert Jan.

"Können wir nicht einfach mal abhauen?" fragt Jörg banger Stimme.

"Dieses Auto haut niemandem ab," sagt Jan nüchtern. "Einem Trecker vielleicht."

Das Auto der Brüder rast wie besengt an ihnen vorbei. Ohne zu wenden. Dann Stille. "Vielleicht wollen die ja nur ihren Stern wieder," meint Giovanni und lauscht eine Zeitlang dem süßen Nichts. "Und was machen wir jetzt? Also zu dir kannst du nicht mehr!"

Der Kirchensaal ist verwaist. Verschobene Bänke, umgeworfene Stühle und auf dem Boden verstreute Liturgiehefte deuten darauf hin, daß er überstürzt verlassen wurde. Nur in einer der hinteren Reihen sitzt einsam und allein Gerda und betrachtet seelenruhig die schlapp herunterhängenden Reichsfahnen. Aus ihrer Tasche hören wir ein KFS klingeln. Die *Marseillaise*.

Sie lächelt.

Die Tür zu Jörgs Wohnung springt auf, die drei Jungs stürzen herein, knallen sie hinter sich zu, drehen zweimal den Riegel um und fallen hechelnd auf Sessel und Sofa.

"Meine Herren, kannst du nicht einfach *Jawohl mit Gottes Hilfe* sagen?!" Jörg ist zuerst wieder bei Puste.

Jan schnauft noch aus. "Hast du sie noch alle?! Ich hatte eben keinen Bock auf n Hochzeitsdreier mit Bernd Höcke und Lili Marleen!"

"Scheiß drauf! Dich verpissen kannst du später immer noch. Machen doch alle."

"Tun wir auch," sagt Jan trotzig. "Erstmal zu Gerda in die Schweiz."

"Na wenn das Boot mal nicht noch voll ist!"

"Sonst fahren wir zu uns nach Mailand," beruhigt Giovanni. "Ihr könnt doch um Asyl bitten. Ich ruf gleich mal an." Er müht sich hoch, kramt sein Handy raus und tippt.

"Du meinst Transit durchs feindliche Ausland?" Jörg ist sofort wieder im Realitätscheckmodus. "Also, ich hab meinen Paß nicht mit. Oder willst du wie Steve McQueen mitm Mopped über die Felder?"

"Wir besorgen uns einfach über Gerda einen gefälschten." Jan gefällt die Idee, einen Plan zu haben.

"Wie jetzt?! Eben war sie noch deine durchgeknallte altersgeile Großtante, und jetzt ist sie plötzlich Mutter Theresa und Oskar Schindler und Lisa Fittko in einem, und kann außerdem zaubern?!" Während die beiden vor sich hin plänkeln, steht Giovanni wild gestikulierend am Fenster und stößt mühsam lautgedämmte Flüstertöne aus. Zufällig hat er die Universalübersetzerfunktion seines Handys eingeschaltet. "...*Grazie a Dio*, nicht *Grazie a Duce*!... Nonna, der ist lange tot!"

Aus dem Telefon schallt eine sich vor Begeisterung überschlagende Frauenstimme. "Nein, der Versager Mussolini vielleicht, aber nicht unser großer Duce! Der in die Verfassung geschrieben hat, daß unser AC Mailand jedes Jahr Meister wird!"

"Oh Gott, Nonna, wir sind für Inter!"

"Nein, schon lange nicht mehr! Keiner mehr hier! Grazie a Duce Silvio den Gesegneten!"

Giovanni legt wie ertappt mittendrin auf. Mit einem Gesichtsausdruck, als komme er gerade aus der Geisterbahn, wendet er sich hilfesuchend zu den anderen.

"Was ist denn?" fragt Jan, der messerscharf Giovannis Not erkennt.

"Porca Madonna di cazzo enorme!" röchelt Giovanni totenbleich und hält sein KFS hoch.

"Scheint als könnten wir nicht nach Italien," stellt Jörg ernüchtert fest. Giovanni schüttelt heftig den Kopf.

Es klingelt. Kurzes Erstarren. "Gerda...?" fragt Jörg. "So schnell?" Er steht auf, schlurft in den Flur und öffnet die Tür. Und dort stehen – Hildegards Brüder, deren einer Jörg mit einem satten Kinnhaken zu Boden streckt.

77

"So ihr Kanaken, jetzt ist der Ofen aus!" grient Jonas und krempelt sich die Ärmel hoch. Am Boden liegend nimmt Jörg die beiden aus lauter Vorfreude grinsenden Kurzhaarköpfe nur benommen wahr, doch sein vegetatives Nervensystem ist auf zack, und geistesgegenwärtig kickt es mit dem Fuß die Tür zu, die direkt vor der Nase der Brüder ins Schloß knallt – nachdem Jörg noch ein Aufblitzen ihrer verblüfften Gesichter erhaschen kann. Nun allerdings klopfen und treten sie wild gegen die geschlossene Tür, klingeln Sturm. Jörg schiebt geräuschvoll den Riegel vor.

Dann wankt er zurück ins Wohnzimmer zu den alarmierten Jungs. "Das war nicht Gerda," stellt er nüchtern fest und zeigt undeutlich in Richtung Fenster. "Laß mal abhauen."

Giovanni sieht aus dem Fenster im dritten Stock. "Du meinst unter einer gelben Sonne können wir fliegen?"

Jörg dagegen durchwühlt zielstrebig den Boden einer Besenkammer und fördert einen metallenen Kasten zutage, zeigt ihn hektisch vor. "Auf mich kann ich mich überall verlassen. Eine Bullenleiter!" Er öffnet das Fenster, hakt den Kasten in bereits angebrachte Ösen ans Fensterbrett und läßt ihn draußen runterrasseln. Eine schmale Leiter entfaltet sich.

"Und wo sollen wir hin?" zögert Jan. "Bei mir zuhause ist Folterkeller der Nazikannibalen."

"Zu mir," sagt Giovanni geschäftig. "Gemeldet bin ich noch bei meiner vorletzten Freundin," und schwingt ein Bein über das Fensterbrett.

"Auf diesem Planeten auch?" bangt Jan, wird aber von Geräuschen aus dem Flur abgelenkt. Es hakelt und krakelt im Türschloß.

"...Gleich habbichs..." drückt Philipp konzentriert heraus, und da macht es schon klack! Die Tür springt auf, die Brüder stolpern rein, Philipp noch mit einem offenen Schnappmesser in der Hand. Raufbereit stürmen sie das Wohnzimmer. "So Ihr Kaffer!" bellt

78

Philipp. Doch es ist niemand da. Er hechtet zum offenen Fenster, sieht gerade noch den Fiesta verschwinden. "Diese Scheißkaffer haben sich verpißt!"

Jonas bewundert derweil mit wachsender Abscheu die Zimmereinrichtung. "Wußte ichs doch, das ist sone verlauste HSV-Zecke!" Angewidert tritt er einen Stapel Bildplatten um.

Philipp knallt das Fenster zu. "Das wird denen noch leid tun! Hier lassen wir keinen Stein auf dem anderen!" Er reißt ein HSV-Poster von der Wand, zerknüllt es und wirft es zur Triebabfuhr gegen die Fensterscheibe.

Jonas sitzt inzwischen auf dem Boden und durchsucht ihre Beute. "Ey kühl!" Er hält eine BP hoch. "Die haben *Zehn Kugeln bis Kabul* im Spielleiterschnitt!"

Spät am Abend betreten die drei Giovannis weitläufige Altbau-wohnung, auf den Armen Tüten mit Proviant und klimpernden Flaschen. Vorsichtig, fast ehrfürchtig sondieren sie die Lage. Bis auf ein paar herumliegende Klamotten ist der Flur leer.

"Scheint keiner da zu sein!" flüstert Jan. "Ein Glück!"

Giovanni schüttelt den Kopf. "Nee, die sind irgendwie alle ausgeflogen. Letztes Mal auch schon."

"Letztes Mal? Klingt jetzt irgendwie komisch..."

"Nein, nicht damals... früher... drüben... Egal, ich war doch schon hier, kurz vor der Hochzeit, als ich mir Klamotten und so geholt hab."

"Und da war die ganze Zeit keiner hier?"

Giovanni guckt schuldbewußt. "Naja, ich bin nur schnell rein und raus. Der Schock in Jörgs Wohnung hatte mir gereicht."

"Und dann bist du trotzdem zu ihm zurück?"

Giovanni zuckt mit den Achseln. "Naja, ich kannte seine ganzen Filme noch nicht. Und *Die Supernasen III* bis *V* kann man sich echt nicht entgehen lassen!" Anlässlich Jans leerer Miene grinst er. "*Zwei*

Nasen ...reiten für Deutschland, ...rasen durch Polen und ... *vergasen Rußland.* Vom Erlös des letzten hat sich Thomas Gottschalk ein Schloss am Rhein gekauft. "

Jan sagt stumm *Aha.* Sie stellen die Einkäufe ab und tappen durch leere Gemächer. Hier und da stehen Gegenstände auf dem Boden, verteilt auf die einzelnen Zimmer, aber ohne Plan und Ordnung. Und ohne Poster oder Bilder an den Wänden, ohne überflüssige Einrichtungsgegenstände. Eine Wohnung wie auf Durchreise.

"Bei dir wurde eingebrochen!" schwant es Jan.

"Ach. Aufräumen lohnt sich ja doch erst, wenn man wieder auszieht."

"Vielleicht brauchst du gar keine Mitbewohner," stellt Jörg in normaler Lautstärke fest. Er zeigt auf einen überlebensgroßen Pappaufsteller von Umberto Ravioli: ein bukolisch grinsender Giovanni mit Mandoline, Schafwollweste und blödem Strohhut. Überhaupt ist das ganze Zimmer voll mit Umberto Ravioli-Fanartikeln. Regale mit Kompaktplatten, an den Wänden Konzertposter großer bis sehr großer Hallen, goldene Schallplatten und diverse Mandolinen.

Die Exponate tapfer ignorierend, untersucht Giovanni ein Regal mit KPs. In verzweifelter Hoffnung, etwas von sich wiederzufinden, zieht er eine nach der anderen heraus und sachlich wieder zurück. Umberto Ravioli, Umberto Ravioli, das Beste von Umberto Ravioli. Jeweils zehn- bis zwanzigmal dasselbe Album. Er verlegt sich auf Zehnerschritte, macht dann nur noch Stichproben, bis er im unteren Fach hinten angekommen ist. Angeschlagen richtet er sich wieder auf.

"Dein Musikgeschmack ist ja eher eintönig," bedauert Jörg. "Wenigstens bist du kein One-Hit-Wonder."

Giovanni blitzt ihn an. "Weißt du, was ne sizilianische Krawatte ist?" Er brummt. "Das war sowieso Mohammeds Zimmer. Meine

Regale stehen nebenan..." Er atmet tief durch. "Jedenfalls können wir uns anscheinend jeder in ein Zimmer verziehen. Die haben bestimmt ihre versifften Matratzen hiergelassen."

"Also Mohammed nicht." meint Jan. "Ich glaube auch nicht, dass *Mohammed* je hier war. Aber ich bin so fertig, dass ich auch auf ner Schafwollweste einpennen würde."

Giovanni nickt. "Kein Problem. Von denen sind bestimmt viele da." Er seufzt entwaffnet und lässt sich auf ein einzelnes Sofa fallen. "Und das soll jetzt mein neues Leben sein?! Ich bin Musiker, nicht son Ethno-Kasper für notgeile Hausfrauen!" Er rupft eine Mandoline von der Wand über seinem Kopf, spielt ein paar Riffs und verzieht das Gesicht. "Spiel damit mal *Metallica*, das ist doch lächerlich... Und schlecht fürs Karma!"

"Heul doch." Jörg verzieht bedauernd das Gesicht. "Ohne dein Konto voller Reichsmark würden wir verhungern. *Wir* haben hier ja nichts."

"Genau. Im Gegensatz zu früher."

"Hör mal," beschwört Jan ihn beinahe. "Wir brauchen Umberto einfach. Irgendwie müssen wir doch über die Runden kommen." Ein kahlgeschorener, stiernackiger Engel geht durchs Zimmer. Jan traut sich und spricht Jörg an. "Sonst geh du doch einfach mal in den Fanshop. Hier kriegst du bestimmt auch einen Job. Sag denen einfach, daß du das schon mal gemacht hast!"

Jörg kann sich mühsam beherrschen. "Klar. Und in welchen Fanshop soll ich deiner Meinung nach gehen?"

Jan erkennt das Dilemma und biegt ab. "Ich schick Gerda nochmal ne KND wegen morgen."

"Ne KND," brummelt Jörg.

"Naja." Jan hält sein Handy hoch. "Kurznachrichtendienst."

"Hast dich ja schnell eingelebt."

Giovanni bedeutet Jan, er möge kurz innehalten. "Gib mir vorher nochmal bitte die eine Tüte mit den Sachen, die ich euch gekauft hab!" Jan hebt eine hoch. Sie klimpert. "Ja, genau die. Jetzt wollen wir uns erstmal auf Umbertos Kosten den Kopf zuschrauben."

Es ist ein wunderschöner sonniger Tag. Jan, Jörg und Giovanni schlendern mit Gerda an der Alster entlang. Das Sonnenlicht glitzert auf dem Wasser, weißleuchtende Segelboote gleiten über die blau wogenden Fluten, entspannte Stehpaddler staken unter weitem Himmel. Zufrieden tuckernde Alsterdampfer präsentieren Ausflüglern das Labsal der Entschleunigung im Herzen der Großstadt. Es könnte so schön sein, hätten die Alsterdampfer nicht ihre fröhlich flatternden Reichsfähnchen am Heck.

Jörg steuert in Richtung Rasen zur Rast, Gerda hält ihn zurück. "Nicht auf den Rasen! Betreten verboten!"

Jörg ist immer noch nicht ganz angekommen. "Wie jetzt? Ist doch überall, und kümmert sonst auch keinen. Wir stellen immer den Grill über das Schild."

Gerda zieht die Augenbrauen hoch. "Bei euch vielleicht. Bei mir auch, ehrlich gesagt. Aber hier bedeutet *verboten* auch verboten."

Jörg quittiert dies mit undurchschaubarer Miene. Gerda setzt sich unschuldig auf eine Bank, die anderen drei setzen sich dazu. Kurz genießt man die idyllische Szenerie. Dann kann Jan nicht mehr an sich halten.

"Und, sag doch was! Auch wenn du uns für bekifft hältst!"

"In diesem Land behaupten sie, daß die Wehrmacht eine ehrenhafte Armee und keine Mörderbande war." Gerda holt abschätzig Luft. "*Das* ist bekifft! Aber so eine Geschichte wie eure denkt sich doch niemand aus."

Vorsichtige Erleichterung durchwärmt die Jungs. Auf ihrer Bank sitzend entgeht ihnen, daß weit hinter ihrem Rücken drei fremdländisch wirkende Jugendliche gerade dabei sind, es sich mit Rucksack und Bier auf der Rasenfläche in der Sonne gemütlich zu machen.

Giovanni reibt sich die beginnenden Stoppeln. "Und warum hat dieser blöde Schiedsrichter das Spiel nicht einfach abgepfiffen, wenn die schon nicht weiterspielen konnten?"

Gerda lächelt mitleidig. "Das ging gar nicht mehr. Die haben ihn überwältigt, ihm die Pfeife aus der Hand gerissen und ihn gefesselt und geknebelt ins Fußballverbrechergefängnis nach Spandau verfrachtet."

"Spandau? Wie Rudolf Heß?"

"Soll das heißen bei euch saß *Rudolf Heß* da drin...?"

Jörg nickt. "Nicht daß unbedingt die Deutschen ihn da eingesperrt hätten, aber ja." Kurze Stille. "Was wurde denn hier aus dem?"

Nun bekommt auch Gerda feuchte Augen. "Reichsbundespräsident, gleich nach Heuss und Ulbricht."

"Echt? Nicht Heinrich Lübke? Wie langweilig!"

Giovanni starrt auf sein Handy. "Heul doch. Soll ich dir vielleicht mal die Liste der italienischen Staatspräsidenten vorlesen?"

"Wie kann das eigentlich sein?" fragt Jan sich und alle. "Ich meine, dass die hier so schnell wieder so drauf waren?"

Jörg weiß es. "Eher immer noch. Und verlier du dann mal ein Endspiel, da kann man echt sauer werden."

"Aber... wie kommen wir denn nun wieder zurück zu – uns?!" Jan wird langsam ungeduldig.

"Naja. Ich würde sagen, Ihr fahrt zurück in die Vergangenheit und versucht das alles wieder geradezubiegen," wägt Gerda. "Von hier und heute aus wird das schwer."

Jörg blinzelt durch die Sonne. "Von Mecklenburg aus wird das auch schwer." Die Jugendlichen im Hintergrund werden inzwischen von zwei Polizisten angesprochen. Reisepässe werden eingesammelt und Rucksäcke durchsucht.

"Dann fahren wir eben siebzig Jahre zurück nach Mecklenburg und dann nach Bern und sorgen irgendwie dafür, daß Deutschland wieder gewinnt! Dann müßte doch alles wieder richtig sein?!" Jan sieht flehentlich von einem zum anderen, als hätte einer von ihnen das in der Hand.

"Also, du kapierst das immer noch nicht, oder?"

"Doch. Was denn?"

Jörg reckt seinen Rücken, zieht seinen Kapuzenpulli straff und setzt seine gefürchtete Dozentenstimme auf. "Das Spiel ist jetzt siebzig Jahre *und acht Tage* her! Wir können heute noch zwanzigmal nach 1954 fahren und würden doch nur in der falschen Zeitlinie landen, acht Tage *nach* dem Endspiel. Wie in der Folge, wo die die alte Enterprise C mit Tasha Yar finden, obwohl die längst tot ist." Jörg räuspert sich. "Außerdem *könnten* wir im Jahr 1954 gar nicht nach Bern fahren. Oder sonstwohin. Sobald wir wieder aus Mecklenburg rausfahren, um Adenauer abzuknallen oder so, wären wir fluppdiwupp wieder hier in der Zukunft. Und zwar in *diesem* Deutschland, im Dreieinhalbten Reich, weil heute vor siebzig Jahren das Endspiel schon vorbei war!" Mit einem trotz allem warmen Gefühl des Quod erat demonstrandum lehnt er sich zurück. Eine stimmig gebaute Argumentation läßt ihn stets erfüllt zurück, mag das Ergebnis auch niemandem gefallen.

Jan selber muß das erstmal verarbeiten, verfolgt dazu die Silhouette eines fernen Segelboots, das durch die silbrige Sonnenschneise gleitet. Die drei Jugendlichen im Hintergrund knien derweil nebeneinander mit den Rücken zu den Polizisten, Hände hinter dem Kopf, und werden einer nach dem anderen durch Genickschuß mit Schalldämpfer exekutiert. Diese erstaunliche Technik bewirkt, daß – außer ein paar aufflatternden Tauben direkt daneben – niemand sich ernsthaft in seiner Nachmittagsruhe gestört fühlt. "Und woher weißt du das alles so genau?" fragt Jan trotzig.

"*Star Trek.*"

Jan rollt verzweifelt mit den Augen. Jörg hat den Eindruck, sich auch noch rechtfertigen zu müssen. "Ab *Next Generation* natürlich! Aber in 697 Folgen lernt man einiges von dieser Welt."

Giovanni versteht. "Und von den anderen auch." Doch prompt verdüstert sich wieder seine Miene. "Allerdings kann ich mich nicht erinnern, bei *Enterprise* irgendwas aktuell Hilfreiches gelernt zu haben..."

"Na hör mal! Die Crew von Captain Archer stand doch noch ganz am Anfang von Transportertechnologie und Warpantrieb, die hatten noch gar keine Gelegenheit, die ganze Dialektik der parallelen Raumzeitkontinua – "

"Jungs!" keucht Jan und muß erst die Erinnerung an endlose Nischendiskussionen durchwachter Biernächte abschütteln, um sich einer ernüchternden Denkpause zu widmen. "Das heißt... wir können *gar* nicht mehr zurück? Zu uns, meine ich? In unsere Zeit?"

"Stand jetzt sieht es so aus," bemerkt Jörg nüchtern.

Jörg betritt vorsichtigen Schrittes den Fußballanhängerladen in der imposanten Astra-Arena. Sieht eigentlich aus wie immer. Nur mit deutlich mehr Anzügen, Krawatten, Aktenkoffern und Schlagringen mit dem Vereinslogo darauf. An der Fensterfassade steht statt eines Kickertisches ein St. Pauli-Porsche. Auch der Verkäufer sieht um einiges schneidiger aus. Vor allem als Jörg.

"Hi."

Der Verkäufer mustert ihn misstrauisch. "Hai?"

"Ja, äh, nein, hallo. Ich wollte mal fragen..." stammelt Jörg und erkennt sich selbst nicht wieder.

"Ja?"

"Ich bin seit Ewigkeiten Fan. Äh, Anhänger, mit Dauerkarte, und ich wollte fragen, äh, hättet Ihr n Job? ...Arbeit?"

"Für wen denn?"

"Naja, für mich," grinst Jörg anheischig.

Der Verkäufer mustert ihn noch eindringlicher. "*Sie* sind Anhänger unseres stahlharten FC? Mal sehen... Wer ist denn der derzeitige Übungsleiter des FC Germania St. Pauli?"

Tuscheh. "Öh, naja dieser Neue, ähm, Blessin?"

Der Verkäufer macht abschätzig *pffff* und lässt Jörg über die richtige Antwort im unklaren. "Und wie geht unsere Vereinshymne?" "Äh, ich bin irgendwie nicht so der Sänger..." schwimmt Jörg. "Und wer hat alle vier Tore im ML-Finale gegen Real Madrid geschossen?"

Der Verkäufer lächelt etwas zu maliziös. Jörg wittert eine Falle und tritt die Flucht nach vorn an. "Das waren gar nicht vier, sondern nur drei. Und ein Eigentor." Er spürt, dass er bei diesem wilden Schuss ins Blaue seine Gesichtsfarbe nicht halten kann. Und hofft, dass sein Inquisitor nicht doch noch den Schützen wissen will.

Der Verkäufer allerdings scheint halbwegs beeindruckt und hält Jörg einen gefalteten Zettel hin. "Morgen um 6:30 ist der Geschäftsführer da. Lernen Sie aber erstmal die Hymne. Und ziehen Sie sich gefälligst was Richtiges an, Sie laufen ja rum wie der letzte HSV-Gammler!"

Jörg bedankt sich nickend und semieuphorisch. Er liest im Hinausgehen die Hymne. Stutzt, und dreht sich nochmal fragend um. "*Waden hart wie Kruppstahl...?*"

Der Verkäufer grimassiert aufmunternd. "Es wird noch besser!" Jörg schleicht aus dem Laden.

Giovanni betritt vorsichtigen Schrittes einen Musikinstrumente-laden. Der junge Verkäufer an der Kasse erkennt ihn natürlich, hält sich aber wissend bedeckt.

"Äh, hallo," wagt Giovanni sich hervor. Der junge Mann nickt freundlich. "Äh, habt Ihr Umberto Ravioli?"

"Ja, klar, da bei dem Aufsteller, alles voll. Wieso denn?" Der junge Mann grinst männerbündisch. "Wollten Sie mal prüfen wie die Geschäfte so laufen...?"

Mist. "Tja, äh, nein, das bin ich gar nicht..." Erste Schweißperlen zeigen sich auf seiner Stirn. "Das ist mein Bruder! Zweiten Grades! Mindestens!"

Der junge Mann weiß nicht ganz, wie er das einordnen soll.

"Ach... Sie sehen aber wirklich..."

"Und, äh, wie findest du den so? Ich meine, so als junger Mann?"

"Also..." Der junge Mann spürt eine Falle kommen. "Nee, der ist toll! Das Herz ganz nah am Volke. Gerade auch für Deutsche, so bodenverwachsen." Er reicht ihm eine KP. "Hier, seine neue KP. Seit zwei Wochen draußen, jetzt schon ein Riesenerfolg!"

Giovanni nimmt sie widerstrebend entgegen, kneift die Augen zusammen und liest die Titel. *Tu sei il mio tesoro dal terreno d'oro... Dolce donna del nord... Ti amo, matia mou...* Er sieht hoch. "Matia mou?"

"Ja, tolles Manöver, was?!" brüstet sich der junge Mann. "Damit hat er auch noch die Griechenfreunde gekapert und endlich diesen stinkenden Kostas Papaglykos aus dem Feld geschlagen. Jetzt ist er wirklich der Größte! So eine Art Musik-Duce, haha!" Der junge Mann ballt unterstützend die Fäuste.

Giovanni grient notfreundlich.

Deutlich später. Tranig hängen die drei Jungs in einer Gastwirtschaft und lassen die tiefe Sonne übers Wasser durch ihr Bier scheinen. Jörg und Jan starren direkt hinein.

"Und wie wars bei euch?"

"Gewöhnungsbedürftig."

"Sehr."

"Also wie bei mir?"

"Naja, ich hab einen Menschen gesehen, mit dem ich nichts zu tun haben möchte."

"Genau. Ich auch."

"Den gleichen vielleicht."

"Sozusagen."

Das Wasser plätschert dahin. Die Stimmung nicht. Giovanni läßt seine Aufmerksamkeit treiben. Hinter den beiden an der Wand hängt ein Konzertplakat der Alsterdorfer Wehrsporthalle, *Rock gegen links*, darunter stehen diverse Namen, die ihm bereits in Jörgs KP-Sammlung aufgestoßen waren. Daneben hängt ein Plakat, das die diesjährige koloniale Völkerschau bei Hagenbeck bewirbt. Darauf sind in Bananenröckchen herumhüpfende und wörtlich so genannte *Hottentotten* angepriesen, die sich von lachenden blonden Familien fotografieren lassen.

"Also, das Unterhaltungsprogramm bei euch kann sich sehen lassen. Haben wir noch Geld?"

Jan fingert genervt an einem Nichtrauchen-Schild auf dem Tisch herum. "Also, ich hätte ja gedacht daß man wenn, dann hier rauchen darf."

"Ey. Hitler war Nichtraucher, Antialkoholiker *und* Vegetarier. Sei froh daß du ein Bier und was zu essen kriegst!" Giovanni öffnet seine Zigarettenpackung, denkt kurz nach und legt sie wieder hin. Lieber nicht.

Jan sieht nach langer Zeit mal wieder hoch. Die Zungen werden schwerer. "Also, keine Ahnung warum Ihr so rumjammert! Eigentlich bin ich doch der einzige Gearschte hier! Du," er zeigt auf Jörg, "bist endlich Anhänger eines fetten Gewinnervereins, und du," Giovanni, "hast die dicke Karriere, die du immer geplant hast. Ihr seid doch in derselben Lage! Endlich Champions League, oder etwa zurück in die zweite Liga?!"

"Meisterliga," murmelt Giovanni leicht angedellt, von Jan und vom Bier.

Jörg muß erstmal sein Glas austrinken, verschluckt sich. "Das hättest du wohl gern! Die einzige arme Sau weit und breit! Aber dann machst du Carmen ein paar ölige Komplimente und versöhnst dich mit ihr, ihr heiratet doch noch, und alles wird eitel Wonne! Und wo bleiben wir? Wir müssen ewig weiter einsam in unserem neuen Leben rumkrebsen und feststellen, daß ein Spatz auf dem Dach immer noch besser war als ein Riesenhaufen Scheiße in der Hand!" Er setzt sein Glas mit Kraft auf den Tisch, um seinen Punkt zu unterstreichen. "Und wenn Tisch und Bett mit Carmen dann doch den Bach runtergehen, kannst du das ewig *uns* in die Schuhe schieben, weil *wir* ja nicht weg wollten!"

Jan starrt wieder in sein Glas, verzieht sein Gesicht. "*Hildegard*! Und die kann ich nun wirklich nicht heiraten!" jammert er und nimmt einen tiefen Schluck. "Die ist so gehorsam und schneidig. Carmen war wild und gefährlich!"

"Genau. Gerade genug wild und gefährlich, um gemütlich in die Ehe zu schaukeln."

"Carmen war mein Leben! Zwölf Jahre! Dahin! Aber ihr mußtet ja dringend Fußball gucken!"

"Dann willst du uns gleich dein ganzes vergeigtes Leben vorhalten?" fragt Giovanni.

"Also, für mein bißchen Gejammer habt ihr ja jetzt ein Leben, das nicht vergeigt ist!"

"Schönen Dank auch, soll das heißen unser Leben war vergeigt?!" Auch wenn Giovanni sich in der Frage selber problemlos zugestimmt hätte, nagt es durchaus, wenn Andere dies andeuten.

Jörg wird wieder wach. "Na super, kaum macht er sich vom Acker und läßt sich vonner Frau festanstellen, schon spielt er den Arrivierten."

"Immer noch besser als sich auf der Loser-Hängematte auszuruhen nach dem Motto, wird sowieso nix, da kann ichs auch sein lassen." Kurzer Seitenblick zu Giovanni. "Oder abhauen."

"Wer hat denn hier jede einzelne Absage auf Facebook gepostet, um seinen 780 besten Freunden vorzujammern, was er für ne arme Wurst ist?"

Giovanni nickt. "Ich war ja schon immer für den *Heul-doch-*Button."

"Genau. Oder den *Ich-hau-einfach-ab-*Button," wendet Jan sich wieder Giovanni zu.

"Was denn?! Diese Open-Air-Spacken wollen doch immer nur dieses Xavier Naidoo-Gejaule! Und wenn du denen mit Systemkritik kommst, erzählen die dir irgendwas von Windows 11!"

"Naja, und hier bist du halt Volkssänger, ein richtiger Liedermacher, was du immer wolltest, so ganz nah am Menschen, alte Traditionen weitertragen und so." Jan hebt anklagend die Augenbrauen. "Warts ab, *Ihr* lebt euch noch schneller ein als Ihr denkt."

Ganz sicher nicht, sagt Giovannis Miene, *und noch ein Wort, oder ich* – da kommen rechtzeitigerweise irgendwoher drei neue Biere. Jan wird murmelig. "Jungs, es hilft doch alles nichts. Wir müssen das wohl einfach hinnehmen. N Job suchen... An den Erfolg gewöhnen..." Er trinkt sein altes aus. Sie stoßen mechanisch an, trinken, und starren durchs Bier aufs Wasser.

"Scheiße. Ich war noch nie erfolgreich..." murmelt Giovanni.

"Ich auch nicht. Und Siegertypen konnte ich noch nie ausstehen. Diese Uli Hoeneß-Leute, die immer gleich weinen, wenn sie aus der Champions League fliegen. Damit kann ich irgendwie nicht umgehen." Jörg seufzt. "Allerdings war ich auch noch nie Fascho. Schräge Mische."

Das sitzt. Das Wasser plätschert vor sich hin. Die Stimmung auch. Alle sind in den eigenen Gedanken versunken. Sofern es überhaupt noch die eigenen sind. Ein kahlköpfiger Stiernacken am Nebentisch erzählt seinem Kumpel japsend von einem Rennen, das er sich mit irgendjemandem auf der B5 geliefert hat. "Den Kameraden hab ich voll vergast, Alter!" Er bricht in brünftiges Gelächter aus.

"Scheiße."

"Jup."

"Ich will hier raus!"

"Ich auch."

"Ich auch."

"Egal wie."

"Jup."

"Und wie?"

"Scheiße."

Giovanni kauft in einem Übermarkt ein. Mit Schafwollweste und blödem Strohhut. Von allen Seiten kommen Hausfrauen angelaufen, die ihn schmachtend um wenigstens ein Autogramm bitten. Giovanni öffnet seine lederne Umhängetasche und verteilt gönnerhaft grinsend Autogrammkarten.

Jörg steht vor der Fassade der riesigen *Astra-Arena* auf dem Wilhelm-Koch-Platz und sieht hinauf. Ein gesichtsloser Protzbau. Er wandert weiter zur riesigen Bronzeskulptur einer Rotte von Fußballspielern, die in einem Iwo-Jima-Arrangement die Vereinsfahne in besiegten Rasen rammen. Auf einer Tafel darunter sind die Erfolge des FC Germania St. Pauli eingefräst. Dreimal Meisterligasieger, diverse Meistertitel, etwa soviele Nationalpokalsiege. Die Gravur der beiden jüngsten ist ziemlich frisch. Jörg seufzt.

Jan steht in seiner Wohnung und beobachtet Hildegard. Die beachtet ihn gar nicht, sondern geht von hier nach da, arrangiert vor dem Spiegel ihr adrettes Kostüm, richtet ihre Haarkordeln, begradigt ein Bernd Höcke-Porträt an der Wand, flufft Sofakissen auf und schlägt mit der Handkante einen Knick hinein. Plötzlich krakelt ein Schlüssel im Schloss und sie verschwindet im Flur. Jan hört sie nur noch. "Ach, Männe, da bist du ja endlich! Du errätst nie, was ich gekocht habe!"

Am Rande der Stadtparkbühne steht ein schon alternder Giovanni bukolisch grinsend mit bis zum Nabel offener Schafwollweste, blödem Strohhut und Mandoline um den Hals, umringt von einer wogenden Menge hibbeliger Hausfrauen. Zwei im Arm, eine kräuselt sein grau quellendes Brusthaar, wird er von einer dritten fotografiert, die nächsten stehen schon schwitzend an.

Ein dickerer, verbrauchter Jörg sitzt (!) wie ein Haufen Elend auf der Gegengerade inmitten dicker glatzköpfiger Fans, die *Sankt! Pau! Li! Sankt! Pau! Li!* brüllen und dazu rhythmisch den rechten Arm in die flache Hand recken. Ein gegnerischer Spieler nimmt einem St. Paulianer den Ball ab. Die Fans rufen wie auf Kommando *Uh! Uh! Uh! Uh!*, kratzen sich unter den Achseln und werfen Bananen aufs Spielfeld. Jörg versucht, so unbeteiligt wie möglich zu wirken, und sieht sich verstohlen nach verhalteneren Rängen um. Vergebens. Er nippt ernüchtert an einem Becher *Astra-Nationalpils.*

Ein breiter strahlender Nordseestrand, die Dünenreihe gesäumt von mondän restaurierten und der Gastronomie überlassenen Bunkern des Atlantikwalls. Jan tritt in gestreiftem Badeanzug aus einem der Umkleidehäuschen, während Hildegard eben noch damit beschäftigt ist, die lachenden Kinder einzufangen, um sie zu entkleiden. Beide sind ihren Eltern wie aus dem Gesicht geschnitten, der kleine Sohn mit blondem Kurzhaar und Lederhose, die Tochter mit rüschigem Kleidchen und blond gekordelten Zöpfen.

Jan atmet einmal tief ein, nimmt die in jeder Hinsicht glitzernde Umgebung in sich auf, und atmet hochzufrieden wieder aus. Dann stolziert er frohgemut in Richtung Wasserkante, sein kleiner Sohn büxt seiner Mutter aus und dackelt ihm lachend hinterher.

Schreiend schreckt Jan hoch. Verschwitzt und mit verschlafenpanischem Gesicht wühlt er sich unter einem Haufen Schafwollwesten hervor, grabbelt nach seinem Handy und tippt.

Gerda sitzt alleine auf einer Bank im Stadtpark. Da klingelt ihr KFS.

Verkatert und schwer genervt schlurfen die Jungs mit Gerda am *Kraft-durch-Fitneß*-Bad am Stadtparksee vorüber. Im Hintergrund tummeln sich Männlein und Weiblein in der Sommerfrische, gesitteter und züchtiger bekleidet als gewohnt. Neben dem Eingang steht ein Schild mit zwanzig Piktogrammen die illustrieren, was alles verboten ist.

Gerda bleibt abrupt neben einer Bank stehen. "Jungs! Jetzt hört mal auf zu jammern! Ich hab keine Ahnung von Fußball, ich hab keine Ahnung von deutschem Italo-Schlager. Und ich kann auch keine falschen Pässe besorgen. Aber wenn jemand daran schuld ist, daß hier alles so ist wie es ist, dann sicher nicht Ihr!"

Sie setzt sich auf die Bank, atmet durch. Die anderen setzen sich erschlafft um sie herum. Weit hinten thront das zum Sockel eines riesigen Kriegerstandbild Wilhelms des Zwoten umgebaute Planetarium. Die große Wiese davor ist menschenleer.

Ein süffisantes Lächeln taucht an Gerdas Oberfläche. "Da muss man mindestens bis zu den antinapoleonischen Barbarenaufständen zurückgehen." Sie knufft Jan mit dem Ellenbogen in die Seite, der krümmt sich kurz. "Ist es denn soo schlimm hier? Millionen begeisterte Deutsche können sich doch nicht irren..."

"Ich will aber Carmen wiederhaben."

"Und ich will meine Gitarre wiederhaben. Ich bin doch nicht Andreas Gabalier." Giovanni stiert stur geradeaus, läßt sich von keinem Gekreische der Sommerfrischler ablenken.

"Und ich will meinen Verein wiederhaben!" mault Jörg. "Mit reichen Gewinnertypen hab ich nichts am Hut! Und dann noch

Ronald Schill dankbar sein müssen! Das ist doch ein einziger großer Scheißhaufen hier!" Die Gesichter der anderen drei können ihm nur beipflichten. "Wenn wir nicht zurückkönnen, müssen wir halt nach Amerika auswandern. Wie Adorno."

"Und ich will die Bundesrepublik wiederhaben!"

"Ich auch." Jörg guckt verquält in die Sonne. "Wer hätte gedacht, dass wir das jemals sagen würden?"

"Und was machen wir dagegen?" fragt Gerda andeutend.

Die anderen drei drehen sich fragend zu ihr um. Sie grinst zufrieden. "Wir werden alle realistisch und versuchen das Unmögliche!"

Man hört eine Taube gurren, und sonst nichts.

Im Hintergrund ertönt ein weiterer Knall.

Die vier wandern durch Hagenbecks Tierpark. Auf einer Bank sitzen zwei erschöpfte halbnackte Schwarze im Bananenröckchen und rauchen erstmal eine. Die Völkerschau hat Pause.

"Also, Problem Nummer eins," beginnt Gerda geschäftlich. "Wie kommt Ihr genau siebzig Jahre *und ein paar Tage* in die Vergangenheit?"

"Wir müssen einfach eine Gegend finden, die noch weiter als siebzig Jahre zurückliegt." Jan beginnt gern mit dem Offensichtlichen.

"Genau. Einfach," murrt Jörg.

"Sahara? Nordpol? Antarktis?" seufzt Giovanni. "Oder Amazonas?"

"Naja, da muss man bei einigen Stämmen ja 200 Jahre warten, bis das Spiel im Fernsehen kommt."

"Also fällt Pinneberg auch weg."

Die Jungs denken. Hinter ihnen hoppelt ein Pampahase über die Grünfläche und explodiert. Die Jungs erschrecken. Gerda nicht. Eine

Wolke beigegrauer Fellbündel senkt sich wie Schnee auf den gestutzten Rasen.

"Ich habs!" Jan hüpft fast hoch. "Usedom! Die sind doch so schon zehn Jahre hinterher, und dann noch 70 drauf, sind 80!"

Giovanni nickt anerkennend. "Auch ne super Idee. 1944. Peenemünde. Können wir beklatschen wie die V2 ins Meer fällt."

"Naja, das ist ja strenggenommen Vorpommern und nicht Mecklenburg," wiegelt Jörg wieder mal ab. "Also entweder 70 oder eben nur zehn Jahre zurück."

Die Stimmung bleibt mäßig. Das Ungünstige an der Konstruktion fällt Jan selber auf. "Hm. Kann man den Bismarck-Spruch nicht so ändern, daß es 71 Jahre sind? Ist das irgendwo zweifelsfrei belegt? Dann müßten wir nämlich nur ein knappes Jahr in diesem Scheißladen durchhalten, und einfach zum 4. Juli wieder rüberfahren."

"Naja." Gerda wird nachdenklich. "Den 4. Juli gibt's ja schon mal gar nicht mehr..."

Sie schlendern am Pelikanteich vorüber. Aus dem Gaststättenbereich hört man nach Eis quakende Kinder.

Dann irgendwann Jan: "Wie jetzt?!"

Gerda erklärt es gern. "Also, nach der Schande von Bern wurde der 4. Juli aus dem deutschen Kalender getilgt und als Ersatz alljährlich der 29. Februar eingeführt."

"Getilgt? Für immer?" staunt Jan.

"Nein. Nur bis das Spiel offiziell zuende ist und ein Ergebnis feststeht. Der Tag soll ein Feiertag werden, und erst dann weiß man, ob als Tag der nationalen Wiedergeburt oder der nationalen Demütigung."

"Und wann ist das Spiel zuende?"

"Da der DFB und die Ungarn sich kaum gütlich einigen werden, hängt alles vom Schiedsrichter ab. Sobald der dahinscheidet, ist das

Spiel laut Fifa-Statuten mit dem aktuellen Stand beendet, d.h. Ungarn wäre Weltmeister."

"Was? William Ling? Der lebt noch?" Jan hat tatsächlich gedacht, er habe den Gipfel der Verblüffung langsam erreicht.

"Natürlich." Langsam genießt Gerda ihre Situation durchaus. Ist ja auch länger her, daß halbwegs junge Männer an ihren Lippen hingen. "Er müßte jetzt knapp 120 sein, und die Deutschen kriegen langsam kalte Füße. Die halten ihn mit aller Macht und technischen Apparaturen von irgendwelchen argentinischen Spezialisten am Leben, während sie die Ungarn mit Hackerangriffen und Grenzscharmützeln ihrer österreichischen Vasallen zermürben und zum einlenken zwingen wollen."

Dieses Gedankengebäude müssen die drei erstmal verdauen. Jörg blickt angestrengt sinnierend in die Ferne, hinüber zu dem künstlichen Felsengebirge, in das vier Riesenköpfe modelliert sind. Er erkennt Wilhelm Zwo, Hitler, Adenauer und Ulbricht.

"Aber wenn der 29. Februar den 4. Juli ersetzt hat," setzt Jörg wieder an. "Wo ist dann alle vier Jahre der Schalttag geblieben?"

"Nirgendwo. Der ist auf der Strecke geblieben. Haben die auch nicht gleich gemerkt."

Jörg bleibt wie festgenagelt stehen. "Aber dann müßten bis jetzt ja... 70 Jahre durch vier... 18 Tage weniger vergangen sein? Dann wäre heute nicht der 14. Juli, sondern erst Ende Juni??"

"Das ist richtig, im Rest der Welt ist heute der 26. Juni." Gerda bleibt unaufgeregt. "Aber das ändert ja nichts an eurer Lage. In Mecklenburg ist nun mal der 14. Juli."

"Das heißt, wenn wir über Polen nach Mecklenburg reinfahren, würden wir die 70 Jahre *und* 18 Tage zurückrutschen...?"

"Theoretisch ja, aber ich weiß ja nicht wie es bei euch ist, hier hat Mecklenburg im engeren Sinne keine Grenze zum Ausland."

Hm. Stimmt, grummelt Jörg. Die Lösung scheint so nah und ist doch so fern.

"Und im Boot über die Ostsee?" schaltet Jan sich ein.

"Das Küstenmeer ist gesamtdeutsches Hoheitsgebiet. Das wird auch nicht gehen," weiß Jörg ernüchtert. "Mecklenburg ist von Deutschland umzingelt."

"Wir müssten wohl schon aus einem ausländischen Flugzeug mit dem Fallschirm abspringen," plant Giovanni. "Also, ich hätt Lust."

Gerda wiegt den Kopf hin und her. "Naja, ausreisen werdet ihr sowieso nicht können." Sie macht einen entschuldigenden Gesichtsausdruck. "Das Staatssicherheitshauptamt hat euch doch längst zur Fahndung ausgeschrieben, wegen öffentlicher Kanzlerbeleidigung in Tateinheit mit verweigerter Kanzlertreue sowie terminaler Unterbrechung einer deutschen Amtshandlung."

Nun horcht Giovanni doch auf. "Terminale was?"

Gerda zuckt mit den Achseln, versucht jede Geste in Richtung Jan zu vermeiden. "Die geplatzte Hochzeit."

Und Jan so, *ups*. Den anderen beiden dämmert es auch. Ihr Gesichtsausdruck erreicht bislang ungeahnte Tiefen der Ernüchterung.

Demütig senkt Jan den Kopf. "Tschuldigung. Haben wir halt alle irgendwie schuld." Giovanni und Jörg sehen ihn scheel an.

"Das heißt wir können nicht weg, und hier landen wir über kurz oder lang im Knast?" faßt Jörg ihre Gesamtsituation zusammen.

"Können wir uns nicht irgendwo im Wald über die grüne Grenze schleichen oder so?" versucht Jan seinen Fauxpas auszubügeln.

Gerda schüttelt den Kopf. "Einmal ganz um Deutschland rum ist alles abgeriegelt, mit vermintem Sicherheitsstreifen und Selbstschussanlagen."

"Der *antikommunistische Schutzwall*?" fragt Giovanni süffisant.

Nun ist Gerda mal erstaunt. "Ja. Woher weißt du das?"

"Nur sone Ahnung." Giovanni schmunzelt fast. "Die haben sich echt das beste aus beiden Welten rausgepickt!"

"Also nix mit Mopped über die Felder," sagt Jörg enttäuscht, dem das Konzept aus mehreren Gründen gefallen hatte.

Eine Weile gehen sie stumm nebeneinander her. Jörg räuspert sich. "Aber... wenn der 4. Juli irgendwann wieder dazu kommt, bleibt dann das Datum hier so verschoben?"

"Nein, die verlorenen Tage würden zurückgegeben und der internationale, astronomisch korrekte Kalender wieder eingeführt."

Jan wird schnell wieder hibbelig. "Das heißt, wenn der steinalte Schiedsrichter den Löffel abgibt, dann rutschen wir die 18 Tage zurück?? Und es wieder der... egal, Ende Juni?!"

"Wenn!" Jörg versucht, nüchtern zu bleiben. "Das würde uns aber auch nur was nützen, wenn es in den nächsten paar Tagen passiert. Und da der schon 120 Jahre alt geworden ist..."

Hm. Jan guckt mürrisch. *Spielverderber.* Jörg gestikuliert, *ich kanns nicht ändern.*

Lange dunkle Korridore einer dunklen Behörde. Ein ferner Lichtschein verhallt auf dem gewienerten Linoleum, bis er ganz verschluckt ist. Ein gesichtsloser Unterling wieselt in quietschenden Schuhen den Gang herunter und verharrt, scheinbar unschlüssig, vor einer Tür. Er atmet tief ein, als wolle er von einem hohen Felsen ins Wasser springen, und hebt seine Hand knöchern vor den undurchsichtigen Glaseinsatz. Er klopft, und ohne auf eine Antwort zu warten öffnet er sachte die Tür mit der Aufschrift "Verfassungsschutzhauptamt – Präsident".

Er tritt herein, grüßt nickend eine an ihrem Computer tippende Sekretärin, die nur so weit aufsieht, wie man es draußen im Regen tun würde, um nicht naß zu werden, und lächelt vorsichtig, beinahe mitleidig, zurück. "Er erwartet Sie schon." Der Unterling nickt nochmals, quasi als Empfangsbestätigung dessen, was er längst befürchtet hatte, und fügt sich dem Unvermeidbaren. Wie betäubt schreitet er auf die nächste, die Innere Tür zu.

Wäre die Tür nicht wie alles im Hause bestens geölt, würde sie quietschend bis knarzend aufgehen. So aber geschieht es nur langsam, und der Unterling, der vorsichtig hereinlugt, hat für sein Zögern keine andere Ausrede als das Unvermeidbare.

"Schröder!" bellt eine barsche Stimme, oder auch irgendeinen anderen austauschbaren Namen, denn der Angeherrschte wirkt nicht so als hätte er einen. "Nun kommen Sie schon rein!" Ohne die Füße groß anzuheben schleift der ausweglose Unterling in den mit makellos glänzenden Brauntönen protzenden Raum. Der Verfassungsschutzhauptamtspräsident, ein ehemals aristokratisch wirkender, mit den Jahren und den Erfordernissen des Amtes in Härte gealterter Zuchtmeister, präsidiert hinter einem riesigen, makellos glänzenden Schreibtisch, vor ihm ein metallener ja/nein-Entscheidungsfinder als Briefbeschwerer. Obwohl ein nichttotzukriegendes Gerücht flüstert, im Boden vor ebenjenem Schreibtisch lauere unerkennbar eine Falltür, die direkt über einem Teich voll hungriger Krokodile liege, bleibt der Unterling drei respektvolle Schritte vor dem Schreibtisch stehen. Die Tatsache, daß diesseits des Tisches kein Stuhl steht, ist nicht gerade dazu geeignet, das Gerücht zu verscheuchen.

"Grüßhöcke!" Verhuscht entbietet der Unterling den Gruß, den der Präsident müde erwidert.

"Grüß. Höcke."

"Herr Maaßen?"

"Was!"

"Wir haben jetzt endlich Identität und Erstwohnsitz der Komplizen in Erfahrung bringen können," flüchtet sich der Unterling in Sachlichkeit. "Jetzt ist es nur noch eine Frage der Zeit, bis wir die Delinquenten festsetzen können."

Der Verfassungsschutzhauptamtspräsident nickt. Die Information scheint ihn aber nicht im mindesten zu entspannen. "Dann ist das SEK sicher schon auf dem Weg?" Er hält kurz inne, um dem

Unterling die Möglichkeit zu geben, seinen Hals zu retten. Der nutzt sie nicht. Der Präsident beugt sich nach vorne, ohne im Entferntesten Vertrautheit zu heucheln. "Oder muß ich wieder alles selbst machen?" Der Unterling hätte noch stumm verneint.

Unsere drei Gestrandeten schlendern mit Gerda über das Heiligengeistfeld. An einem Gitterzaun hängen eine Reihe jener Konzertplakate von *Rock gegen Links*, diesmal schon von einem Banner schräg überklebt: *Ausverkauft! Zusatzkonzerte am Sonntag 3. Juli und Montag, 5. Juli.* Sie bleiben kurz stehen, inhalieren die Tragweite des Doppelkonzerts, und schlendern weiter.

Sie betreten den Dom und spazieren vorbei an diversen, auch auf anderen Jahrmärkten des Landes bekannten und beliebten Attraktionen wie dem *Braunen Enzian*. Jörg läßt sein touristisches Interesse schweifen. An der Schießbude hängt ein in behutsam modernisiertem Sütterlin handgeschriebenes Schild, *Jeder Schuß ein Ruß!* Hinter der Bude verdeckt ein brutalistisches, von außen seltsam blickdichtes Bauwerk in Form eines monumentalen liegenden Autoreifens den sommergrauen Himmel: die berühmte *Astra-Arena*, wie ein in nüchterner Fraktur gemauerter rotweißer Schriftzug informiert. Jörg starrt mundtot nach oben, bis ihn das Bing eines glücklichen Gewinners beim *Hau den Łukasz* aus seiner Schockstarre reißt. Eine junge Frau fällt jenem juchzend um den sehnigen Hals.

"Naja, eine Lösung gäbe es natürlich. Aber die ist unschön," meint Jan vorsichtig. Nebenan beim *Schnellen Windhund* rollt knatternd ein Wagen in den Ausstiegsbereich.

"Alter, wenn irgendwas unschön ist, dann das da!" entfährt es Jörg mit einem Stoßkeucher.

"Oder das hier," ergänzt Giovanni und nickt auf ein Lebkuchenherz mit der zuckrig geschwungenen Aufschrift *Kanzler mein, für dich allein!*

"Und wie wäre die?"

Jan zieht die Augenbrauen hoch: *Na dann denk mal nach!*

Giovanni wird geschäftlich. "Du meinst wir sollen den abknallen?"

"Naja, so drastisch hätt ich das jetzt nicht formuliert, aber... ja."

"Wenigstens ein bißchen nachhelfen?" wägt Jörg. "Der Natur zu ihrem Recht verhelfen? Dem lieben Gott ein bißchen zur Hand gehen in dieser gottlosen Zeit?"

"Du redest von Gott?" wundert sich Jan. "Und ich dachte *ich* wär verzweifelt."

"Naja, bei uns mag er ja tot sein," theologisiert Jörg. "Aber wer weiß ob er in dieser Zeitlinie davongekommen ist." Er denkt. "Ich glaub ich – " Kurz erschrickt er, als direkt neben seinem Ohr aus der *Hottentottengrotte* Affenlaute und Dschungelgeschrei vom Band ertönen, fängt sich dann wieder. "Ich glaub ich googel gleich mal ob John Lennon noch lebt."

Giovanni versinkt in Gedanken. Die Passagiere in der *Judenschleuder* kreischen vor Wonne. Er sieht sich einmal rundherum um. "Ist euch was aufgefallen?" *Was denn?* "Kein Riesenrad!"

KRACH! Eine SEK-Einheit öffnet eine fürstliche Altbauwohnung, die Beamten werfen drei schicklich gekleidete mitteljunge Damen beim Kaffeekränzchen, die noch nicht mal Zeit haben sich zu erschrecken, naßforsch auf den Boden und fixieren sie dort. Ein weiterer stürzt, aus einem fragwürdigen Reflex der unmittelbaren Bedrohung heraus, den reich gedeckten Kaffeetisch um. Kaffeetäßchen, Löffel, Untertäßchen, rüschige Tellerchen mit Alemannischer Kirschtorte, Nuß-Mandelbrot-Kranz und einem Kosakenzipfel ergießen sich klimpernd auf den Parkettboden. Das Kaffeekännchen fliegt etwas weiter und macht einen häßlichen Fleck an die Wand.

Der Beamte durchsucht nicht hektisch aber bestimmt die angrenzenden Räume. "Wo befindet sich Gi-owanni Montesanto!?"

Eine blonde der Frauen kommt zu Atem. "Weiß *ich* doch nicht!" schreit sie pikiert. "Endlich in der Klapse? Der wohnt schon lange nicht mehr hier!"

"Ihr meint ich soll zum Mörder werden, damit am Ende ausgerechnet eine deutsche Nationalmannschaft Weltmeister wird?" Wieder zuhause, tigert Giovanni auf und ab und widmet sich der Eingangsfrage. "Erzählt das mal meinem Vater!" Die anderen drei sitzen ungelenk auf dem Boden und sehen ihm hinterher.

"Welchem denn?" Jan kann auch süffisant. "Dem von Inter Mailand oder dem von Milan?"

"Und wenigstens hier wird dann Ungarn Weltmeister. Das ist doch auch was," tröstet Jörg. "Abgesehen davon, daß das unser einziger Weg nach Hause ist."

Giovanni sackt erschöpft auf den Boden. Recht hat er ja. "Und wie sollen wir das anstellen? Erschießen? Erwürgen? Vergiften? Und auch noch heil ins Gefängnis rein und wieder rauskommen? In den paar Tagen?" Er holt tief Luft und seufzt entsprechend. "Wir müssen einfach nochmal *Wildgänse II* kucken, ich erinner mich an nichts mehr!"

"Und danach müssen wir uns noch nach Mecklenburg durchschlagen. In ziemlich kurzer Zeit." Jörg klingt, als würde er nicht groß darauf vertrauen, daß der hiesige Gott ihnen gewogen wäre.

Das sitzt. Die vier starren durch die Wände. "Also... *Ihr* kommt vielleicht nicht in die Zitadelle," meldet sich plötzlich Gerda. "Aber ich."

Sie erntet ungläubige Mienen. "Der Gefangene steht unter dem diplomatischen Schutz des Ausrichters jener Weltmeisterschaft... Als Schweizerin hätte ich also Besuchsrecht. Und die Leute in der Botschaft haben mir schon öfter aus der Patsche geholfen."

"*Du* willst den beseitigen?" Jan faßt es nicht, klingt der Idee aber seltsam gewogen. "Und unbehelligt wieder da rauskommen?"

"Naja, so weit geht mein diplomatischer Schutz dann doch nicht. Aber ich werde mir irgendwas einfallen lassen. Das laßt mal meine Sorge sein. Auf jeden Fall sollten wir so bald wie möglich nach Berlin fahren."

"Hm. Da könnte ein Plan draus werden. Wir müssen nur nochmal kurz zu mir, mein Handy holen. Das hab ich bei unserer Flucht im Flur liegen lassen." Voller Selbstzweifel schüttelt Jörg den Kopf. "Ist mir früher nie passiert."

Philipp und Jonas haben sich derweil bei Jörg eingerichtet. Irgendwann muss er ja wieder zurückkommen. Sie liegen auf dem Sofa herum, nur etwas traniger als anfangs, und mindestens schlaftrunken. Auf dem Boden verteilt liegen diverse Bildplatten-hüllen, leere Kartoffelschabscheibentüten, leere Holstendosen und eine leere Flasche *Racke Rauchzart*. Offenbar wurden Jörgs Vorräte geplündert, während sie einen Filmdauerlauf veranstaltet haben. Auf einmal ruckt Philipps Kopf hoch, er schüttelt ihn kurz. "Hast du das gehört?" Er horcht nochmal. "Sie kommen!"

Jan, Jörg und Giovanni betreten verstohlen Jörgs Haus und schleichen den Hausflur entlang. Automatisch schließt Jörg seinen Briefkasten auf. Bunte Werbeheftchen flattern auf den Boden. "Idiot!" zischt Giovanni. "Erwartest du irgendwelche Post?!" Jörg verzieht entschuldigend das Gesicht und schleicht weiter.

Philipp steht horchend an der Wohnungstür. Hektisch winkt er seinen Bruder heran. "Schnell! Drei Personen auf der Treppe! Das sind sie!" Vor Erwartung irre kichernd, nehmen die beiden schon mal ihre Angriffspose ein.

Die Jungs schleichen die Treppe hoch, als sie von einem lauten Krachen aus ihrer Atemlosigkeit gerissen werden. Keuchend ziehen sie sich am Geländer nach oben. Auf Jörgs Etage angekommen, bleiben sie erstarrt vor seiner Tür stehen, bzw. über ihr, denn sie liegt nach innen geklappt auf dem Boden, Türgriff und Schloß sind in Splittern herausgebrochen. Sie werfen sich unheilschwangere Ahnungen zu, schleichen nun noch vorsichtiger durch den Flur ins Wohnzimmer.

Dort sehen sie Hildegards Brüder mit roten Köpfen wimmernd und keuchend bäuchlings auf dem Boden liegen, sowie drei SEK-Beamte in voller Montur, die humorlos auf ihren Rücken knien. Mit den Hinterköpfen zum Flur, wo den baffen Jungs gerade die Gesichtszüge entgleisen.

"Wer von euch ist Jan Schroffel!"

"Und wo befindet sich Glowanni Montesanto!"

"Los, raus mit der Sprache, oder würde euch ein ostfriesisches Arbeitslager besser schmecken?!"

Jonas sieht die an der Tür festgewurzelten drei und versucht seine Peiniger mit wild aufgerissenen Augen darauf hinzuweisen, kriegt jedoch in seiner bedrängten Lage nur ein gequetschtes "Gaaa! Gaaa!" herausgepreßt.

Nach wenigen bewußtlosen Sekunden erkennt Jörg geistesgegenwärtig die Zeichen der Zeit, schnappt sich sein Handy von einer Kommode, macht hurtig auf dem Absatz kehrt und stolpert mit den anderen lautlos die Treppe hinunter.

Am nächsten Tag sitzen Jan, Jörg, Giovanni und Gerda in ihrem notdürftig als Mercedes verkleideten Fiesta und düsen in Richtung Autobahn Hannover/Berlin, in einem eleganten Bogen um Mecklenburg herum. Die Haare flattern im Wind, das Benzin ist bezahlbar da subventioniert, und trotz der nach menschlichem Ermessen aussichtslosen Lage strahlen ihre Gesichter eine zaghafte Euphorie aus. Irgendwas tun tut gut. Und seit längerem hat ihnen mal nichts den Appetit verschlagen. Jan biegt auf eine Raststätte am Wegesrand und parkt vor *Onkel Jörg's*, einer örtlichen Schnellgaststätte mit einem Spielplatz aus buntem Plastik.

Die vier sitzen draußen an einem Tisch in der brandenburgischen Sonne, im Hintergrund juchzen Kinder auf einer Rutsche. Jeder kaut in Gedanken versunken auf einem *Rundstück warm*, einer landesweit verbreiteten Hamburger Spezialität, bestehend aus gebratenem Rindfleisch in einem Weizenbrötchen mit Gurke und leckerer Soße. Dazu gibt es in Fett geschmorte Kartoffelpföstchen mit süßer Tomatentunke und als Getränk die klassische schwarze *Mohren-Fanta*. Jan schluckt den letzten Bissen hinunter. "Was machen wir eigentlich wenn wir da sind?"

"Im Bermim?" Giovanni kaut zuende. "In Berlin?"

"Nein. 1954."

"Du meinst, ob wir nach Bern fahren? Ich denk das geht nicht? Wegen Mecklenburg und so?"

"Ja, nein, wohl nicht. Aber würde das denn reichen, das Spiel einfach nur nochmal zu gucken? Und zu hoffen, daß es anders ausgeht? Oder haben wir beim letzten Mal irgendwas falsch gemacht?"

Giovanni hebt tadelnd die Augenbrauen. "Hat etwa irgendjemand seine heiligen Fußballrituale nicht eingehalten? Sowas kommt von sowas!"

Jörg schlürft seinen Rest Fanta durch einen Strohhalm aus buntem Plastik. "Also, rein fußballstatistisch würde ich aus Erfahrung sagen, daß so ein Ball eher danebengeht als rein, also..." Er zieht den Strohhalm aus dem Becher und schlürft den im Halm verbliebenen Rest aus. "Ich glaub den nehm ich mit zurück. Verkauf ich bei eBay."

"Dann müssen wir doch irgendwas unternehmen!" Jan stößt herzhaft auf, läßt sich davon aber nicht ablenken. "Wenn wir da schon nicht hinkönnen, gibt es nicht irgendjemanden damals in der

Schweiz, den wir anrufen und dem wir klarmachen können, daß er irgendwie dafür sorgen muß, daß Deutschland gewinnt?"

Eine frische Brise streicht durch den auswärtigen Eßbereich, und wie von ihr geweckt geht allen dreien gleichzeitig ein Licht auf. Erwartungsvoll starren sie Gerda an.

Die wischt sich mit einem Papiermundtuch den Mund und lächelt defensiv. "Gute Idee. Aber damals hatte ich kein Telefon." Das läßt die anderen erstmal zusammensacken. Es hätte so schön sein können. Gerda stippt noch zwei Kartoffelpföstchen in die rote Tunke und schiebt sie genüßlich in den Mund. "Auf jeden Fall sollten wir unser Geld in Dollars tauschen," sagt Jörg. "Dafür kriegt man überall alles, und die sahen immer schon so aus wie heute."

Gerda wischt sich nochmal den Mund und zeigt diesmal ein Mona Lisa-Lächeln. "Eine Adresse hatte ich allerdings schon. Und einen offenen Geist sowieso..."

In einem fensterlosen Raum mit einem großen Spiegel an der Längswand sitzen Philipp und Jonas, durchaus lädiert aussehend, an einem Tisch vor zwei Verhörspezialisten und versuchen sie zu fokussieren. Einer der beiden, schwitzend und dick, wälzt sich mit seinem breiten Hintern vor den beiden auf die Tischplatte, biegt ihnen den Schein einer Lampe ins Gesicht, schiebt sich mit einem Finger die Brille hoch und zischt sie an. "Jetzt raus damit! Sonst haben wir noch andere Mittel und Wege, euch zum sprechen zu bringen!" Er atmet einmal tief ein und schnauft wieder aus, als hätte er jetzt schon Mitleid mit den beiden. Hat er aber nicht.

"Herrgott! Zum tausendsten Mal!" nölt Philipp zurück, mit einem gewissen Kraftaufwand und hier der Lesbarkeit halber nicht lautmalerisch wiedergegeben. "Wir haben denen nicht geholfen! Wir wollten denen doch selber ans Leder!" Wie als Ausrufezeichen spuckt er irgendeine blutige Gallerte auf den Boden. Die Verhörer sehen sich verschwörerisch an.

"Haben Sie Schroffels KFS-Nummer?" fragt der andere.

"Klar!" Jonas holt umständlich sein KFS aus der Tasche, tippt kurz und hält es ans Ohr.

Entnervt reißt ihm Philipp das Telefon aus der Hand. "Willst du ihn fragen wo er ist oder was? Idiot!" Er guckt auf das Telefon und liest Jans Nummer vor, die der andere Verhörer auf einen Wink des dicken hin gierig notiert.

Unser Fiesta gondelt ehrfürchtig durch die in jeder Hinsicht ausladenden Straßen der Reichshauptstadt Berlin. Die drei Jungs glotzen aus dem Fenster als hätten sie alles noch nie gesehen. Vorbei an der Deutschen Oper, über den Ludwig-Steeg-Platz, in den Tiergarten, um die Siegessäule herum rollen sie auf der Straße des 30. Januar auf das Brandenburger Tor zu. Sie lassen den Reichstag links liegen, biegen rechts in die Noskestraße und kurz vor der Martin-Heidegger-Straße quer rüber auf den großen zentralen Parkplatz des Regierungsviertels. Sieht alles aus wie immer, nur anders. Potsdamer Platz, Leipziger Platz, alles dicht und hoch und vor allem vollmundig bebaut. Keine Baulücken.

"Also, *bewachter Parkplatz* hat hier irgendwie noch einen ganz anderen Beigeschmack." Jan kurvt zwischen den parkenden Mercedessen, Volkswagen, BMWs, Toyotas, Hondas, Ferraris und Fiats hindurch, auf der Suche nach einem Platz, der, aus welchen Gründen auch immer, sich irgendwie versteckt anfühlt. Nicht leicht auf einem riesigen betonversiegelten Platz ohne Baumbestand. Entnervt bleibt er zwischen zwei besonders großen Stadtgelände- wagen stehen. "So. Und wo ist jetzt die Schweizer Botschaft?"

Gerda nestelt an ihrem alten Stadtplan herum. "Also, da hinten, zwischen Reichstag und Haus der Deutschen Kultur durch, direkt neben dem Reichskanzleramt. Ich kann aber auch zu Fuß gehen!"

"Nein, nein, das schaffen wir schon. Wir können uns ja sowieso nicht unsichtbar machen, dann bleiben wir lieber in Bewegung." Da klingelt Jans KFS. Er guckt drauf, schüttelt verstört den Kopf.

"Was war das denn...?" fragt Jörg.

"Jonas. Hat aber wohl gleich wieder aufgelegt."

"Hildegards Bruder?!"

"Carmens Bruder!" sagt Jan barsch. "Jedenfalls hab ich nur den gespeichert."

Giovanni schiebt den Unterkiefer leicht vor und nickt anerkennend. "Minchia! Rufnummernportierung in eine Parallelwelt... Sowas schafft Telecom Italia nicht!"

Der zweite Verhörer, ein hochgeschossener jüngerer Mann mit der hochgeschossenen Menschen durchaus eigenen Tranigkeit, die er mit herausgestelltem Eifer zu kaschieren versucht, kommt in den Verhörraum gewieselt, stellt einen Schoßrechner auf den Tisch und klappt ihn auf, sodaß der Dicke den Bildschirm sehen kann. Er zeigt auf einen Punkt. "Da! In Berlin! Beim Brandenburger Tor!" Der Dicke schnauft. Der Dünne steht devot stramm.

Der Dicke dreht den Schoßrechner zu den beiden Brüdern um. "Da sind sie. Oder wenigstens ist Jan Schroffel da." Er läßt den beiden Zeit, über das Offensichtliche nachzudenken. "Kennen die Flüchtigen irgendjemanden da? Könnten sie bei irgendwem untertauchen? Bei einem Freund? Oder Komplizen? Bei einer Freundin? Oder einer Exfreundin? Wisst Ihr mit wem die drei in letzter Zeit verkehrt haben?"

"Äh, nein," stammelt Jonas. "Naja doch, mit unserer Schwester halt, die wollte er ja heiraten."

"Und sonst war da keine," stellt Philipp klar. "Der hätten wir schon längst die Zöpfe langgezogen."

"Und wie heißt eure Schwester?! Wo wohnt die?! In Berlin?!" herrscht der Dicke die beiden an und leckt sich die Lippen, wie in

Erwartung einer saftigen heißen Spur. Er macht eine halbe Drehung zum Dünnen. "Schröder, schicken Sie ein Einsatzkommando!"

"Wer, bitteschön?" fragt der Dünne vorsichtig.

"Ach, wie heißen Sie noch...?

"Ich? Äh..."

"Egal, Sie jedenfalls." Er wendet sich keuchend wieder den Brüdern zu, der Dünne verschwindet durch die Tür. Er beugt sich vor, schiebt wieder seine Brille hoch. "So, jetzt raus mit der Sprache! Wo wohnt eure Schwester in Berlin?!"

Jonas reißt die Augen auf. "Die wohnt doch gar nicht in Berlin! Die wohnt hier, genau wie wir! Und Jan!"

"Ach, so schnell ändern wir unsere Aussage? Dann wisst Ihr also doch wo er wohnt?" Der Dicke schmatzt. "Wenn Ihr irgendjemanden in die Irre führen wollt, dann lieber nicht mich!" Er genießt es anscheinend, mal wieder ein richtiges Verhör zu führen. "Also legt euch mal lieber auf eine Version fest, oder wollt Ihr etwa noch das Publikum fragen?" Mit einem verschwiemelten Kopfschütteln deutet er an, daß daraus nichts wird. "Also, nennt mir sofort die Adresse in Berlin, oder wir schreiben *Strafvereitelung* auch noch auf den Zettel!"

Jonas bringt angesichts des sich andeutenden Strudels von verhängnisvollen Mißverständnissen nur ein trockenes Glucksen hervor, doch Philipp nimmt sich der Sache an. "Hören Sie, wir wissen nicht wo die sind, und wir kennen niemanden in Berlin. Alles was wir gesagt haben ist –"

Da schleicht der Dünne wieder in den Raum, diesmal seltsam vorsichtig. "Das Einsatzkommando ist auf dem Weg."

"Sehr gut," raunzt der Dicke und guckt auf den Rechner. "Die sind auch noch da. Dann haben wir sie gleich." Er beugt sich wieder den Brüdern zu, vorzugsweise Jonas, bei dem es irgendwie besser anschlägt. "Dann habt Ihr wohl nur noch ein paar Minuten Zeit, euren Kopf aus der Schlinge zu ziehen und Namen auszuspucken, bevor wir sie selber rausfinden!"

Jonas, der bald stärker schwitzt als sein Gegenüber, sieht hilfesuchend zu Philipp. Doch dem Dünnen schwant etwas, und er flüstert dem Dicken etwas in sein verschwitztes Ohr. Der zieht die Augenbrauen hoch. "Ja, natürlich Meyer, was haben Sie denn gedacht?!"

"Naja, man fährt ja schon so drei Stunden nach Berlin," haspelt der Dünne. "Und wenn dann noch irgendwo Stau ist oder Berufsverkehr..."

"Meine Güte, Schmitz!" Der Dicke benetzt seine Umgebung mit Speichel. "Sie haben das Einsatzkommando von *hier* aus losgeschickt?!"

"Ja, ich dachte..." erkennt der Dünne seinen Fehler. "Wir hatten ja auch die Adresse noch nicht erfahren, da sollten die sich lieber schon mal auf den Weg..."

Der Dicke klappt mit einem ungesunden Geräusch den Schoßrechner zu, als hätte der Dünne seine Finger dazwischen. "Ist doch immer das gleiche!" keucht er und wälzt sich von der Tischplatte auf seine zwei Beine. "Alles muß man selber machen!" Er stampft zur Tür, dreht sich nochmal um, schiebt seine Brille hoch, bellt "und euch kriegen wir auch noch!", und verschwindet. Der Dünne sieht sich kurz um und wieselt ihm nach.

Die Jungs starren ihnen baff hinterher. Durch die offenstehende Tür. "Ich wollte auch mal Polizist werden..." Jonas beruhigt sich langsam. "Heißt das wir dürfen gehen?"

"Bestimmt nicht." Philipp bleibt gelassen, nickt in Richtung Ausgang. "Los, die Schweine holen wir uns zuerst!"

"Aber die bleiben doch nicht drei Stunden da! Wie sollen wir die denn finden?"

Philipp zieht sein Schlaufon aus der Hosentasche, tippt kurz darauf rum und grinst. "Wir sind doch bei *Schnapp-schwatz* mit ihm befreundet!" Er zeigt Jonas seinen Bildschirm – mit einer kleinen Jan-Figur auf einer Karte der Berliner Innenstadt.

Der Fiesta steht neben dem Max Wallraf-Haus. Schräg gegenüber das Reichskanzleramt, daneben die Schweizerische Botschaft. So weit war es tatsächlich nicht. Man hört den Motor leise austickern. Niemand regt sich. Bald sind die drei wieder auf sich allein gestellt. Man hört einen Engel seufzen.

"Also, direkt am Alexanderplatz liegt das Privatkundenzentrum der Mittelgroßdeutschen Bank. Ihr holt euch so viele Dollars wie Ihr kriegen könnt und lauft rüber zur Deutschzeituhr. Da wartet Ihr." Gerda versucht das historische Gewicht des Augenblicks mit Geschäftigkeit zu lindern. "Falls ich was erreicht habe, kriegt Ihr es da am ehesten mit." Sie zögert. "Sobald ich was erreicht habe!"

"Wir können dich auch zum Gefängnis fahren."

"Ach, lieber nicht. Fahrt Ihr mal direkt hin, ich nehm ein Taxi. Wenn es losgeht, solltet Ihr lieber bereit sein, dann ist hier bestimmt der Teufel los. Ich kenn die doch, dann rollen Panzer über die Straße, egal was es bringen mag."

"Und wie kommst du wieder raus?" fragt Jan vorsichtig, fast schuldbewußt.

"Erstmal geh ich in die Botschaft zu meinem besonderen Bekannten da, der hat schon alles vorbereitet. Dann fahren wir zum Gefängnis, ich kümmere mich um den alten Mann und spaziere wieder raus, bevor ich mir was zu Schulden habe kommen lassen. Alles weitere wird Geschichte sein." Sie schmunzelt. "Nur daß ich nichts davon live mitkriegen werde."

"Ich meine, wie kommst du *hier* wieder raus."

"Och, je nachdem wie es läuft. Notfalls wieder in einem Diplomatenflugzeug." Sie lächelt säuerlich. "Wird diesmal schon nicht so lange dauern." Sie kramt in ihrer kleinen Reisetasche, zieht einen Briefumschlag raus und gibt ihn Jan. "Hier, nicht vergessen abzuschicken." Er ist adressiert an eine Gerda Guinand in Zürich.

"Euer Ticket in eine bessere Zukunft."

"Du weißt daß du das nicht tun mußt."

"Ich habs aber angeboten."

"Naja, wir haben dich irgendwie schon gedrängt. Mit unserem Hundeblick..."

"Ach, Jan." Das war womöglich das erste Mal, daß Gerda ihn mit seinem Vornamen und nicht mit einem koketten Kosenamen ansprach. Oder irgendjemanden. "Weißt du was mein Lebensmotto ist?"

"Hab Spaß im Leben, weil man sich früh genug mit Faschos anlegt und im Knast landet?"

"Nein." Sie grinst. "Das andere... Wenn du nichts tun kannst, tu einfach das, was du tun kannst."

"Ist das auch von Che Guevara?"

"Nee." Sie grinst. "Aber bestimmt auch von ihm." Sie zeigt auf das Schild mit dem Straßennamen. *Otto von Bismarck-Allee.*

"Echt jetzt?" staunt Giovanni aus seinem Schweigen heraus. "Alter! Als hätt sich das irgendein bescheuerter Drehbuchautor ausgedacht!"

Jan gibt sich einen Ruck. "Na gut. Viel Glück." Er umarmt Gerda nocheinmal. "Auf Wiedersehen lieber nicht, was?"

"Ach, wer weiß. Ich hab in meinem langen Leben schon viele Menschen zweimal gesehen..." Sie steigt umständlich aus dem Auto, winkt allen noch einmal und stolziert auf die Botschaft zu.

"Eine Frage noch!" ruft Jörg ihr hinterher. "Wir haben die ganze Zeit gerätselt... Wofür zum Henker steht dieser Höcke-Gruß?"

Gerda dreht sich um, dann lacht sie. Fast. "Ach, der ist ausnahmsweise harmlos... Seine Frau nennt ihn *Stierchen.*" Sie grüßt amüsiert mit ihrer Hand in Stierform. "Jetzt habt ihr euren Reichskanzler schon viel lieber, oder?" Sie wackelt mit ihrer Reisetasche davon. Jan guckt seltsam verstört. "Ich möchte bitte ganz schnell nach Hause!"

"Alter Schwede!" Jörg ist ernsthaft beeindruckt. "Was für ein bescheuertes Land!"

Das Taxi fährt weiter, Gerda geht genügsam um die geschlossene Schranke herum und strebt rüstig auf das große rote Backsteingebäude zu, dessen Portal von zwei dicken Türmen flankiert wird. An der Schulter baumelt ihre kleine Handtasche. Sollte sie einen Rest Respekt vor ihrem Anliegen oder ihrem trutzigen Gegenüber in sich hegen, kann sie ihn gut verbergen.

Am zweiflügeligen Portal angelangt, wartet sie vergeblich darauf, daß einer der grimmigen Wachen ihr die kleine eingelassene Personentür öffnet. Schließlich seufzt sie, drückt selber die Klinke hinunter, stemmt die Tür mit der Schulter auf und verschwindet nach drinnen.

Im Eingangsbereich des Gefängnisses bleibt Gerda an einem panzerverglasten Pförtnerverschlag stehen, kramt ein paar gefaltete Zettel mit bunten Stempeln sowie ihren Ausweis aus ihrer Handtasche und legt sie in den im Empfangstresen eingelassenen Metallteller. Der grimmige Pförtner zieht an einem Hebel und dreht die Zettel unter der Scheibe zu sich hindurch, während Gerda ihn dafür bedauert, daß er vermutlich jeden Tag von morgens bis abends hier sitzen muß, obwohl vermutlich nur einmal im halben Jahr ein Besucher kommt, der sich ausweisen müßte. Andererseits, wer würde schon einen 120-jährigen Scheintoten besuchen wollen, der nur noch von Geräten am geliehenen Leben gehalten wird.

Ohne den Drang, Zeit zu sparen, liest der Pförtner sich ausgiebig die Zettel durch, vergleicht sie mit dem Ausweis und dann das Ausweisfoto mit der Besucherin, die ihn seltsam mitleidig ansieht.

Gerade als Gerda überschlägt, wie lange die Jungs wohl brauchen würden, zum Alexanderplatz zu fahren und auf der Bank Dollars abzuheben, und ob sie den Pförtner dann doch zur Eile anhalten sollte, dreht er den Metallteller mit ihrem Ausweis quietschend doch selbst wortlos zurück. Sie steckt den Ausweis wieder ein und schreitet beinahe erhaben zur nächsten Station, dem Gepäckdurchleuchtungsgerät. Sie legt ihre Handtasche, ihre Jacke, ihren KFS und ihre Schuhe auf das Band. Während sie beobachtet, wie eins nach dem anderen in den Kasten fährt, geht sie spitzen Fußes durch ein Körperdurchleuchtungsgerät.

Auf der anderen Seite ohne Piep angekommen, sammelt Gerda ihre Sachen wieder ein und lächelt verstohlen.

Jan, Jörg und Giovanni stehen unschlüssig vor der Mittelgroßdeutschen Bank am Alexanderplatz. Jörg zieht seine Stirn in mehr Falten als es sonst schon sind. "Eins hab ich nicht bedacht. Um Dollars abzuheben braucht man auch Geld auf dem Konto."

Jan sieht nicht zuversichtlicher aus. "Meinst du unser Dispo ist mit rübergekommen?"

Widerstrebend betrachtet Giovanni eine kleine Plastikkarte in seiner Hand. Darauf prangt das Logo *Meisterkarte*, darunter steht *Platin* sowie sein Name. Er sieht hoch, durch eine Glastür hindurch in den großen Schalterraum. Mit säuerlicher Miene dreht er sich zu Jörg und Jan. "Die hab ich bei mir zuhause gefunden." Er nickt voran. "Dann mal los. Damit die Mandoline wenigstens ein Gutes hat." Getragen als hörten sie Glocken, schreiten die drei durch die zur Seite wischende Glastür.

"Dollars?!" Die Bankangestellte verschluckt sich fast und starrt Giovanni mißtrauisch an, dann Jörg, dann Jan, und wieder Giovanni. "Das ist für Privatpersonen aber nicht erlaubt! Planen Sie etwa eine Reise ins feindliche Ausland?"

"Neinnein. Das ist nur für eine performative Kunstaktion im öffentlichen Raum!" hofft Jörg, ihren Kunstsachverstand herauszukitzeln, erntet aber nur ein panisches Glotzen, als sei Kunst eine Waffe, mit der man auch Banken überfallen kann.

"Dazu wird auch unser Freund hier singen." Jan klopft dem entsetzten Giovanni gönnerhaft auf die Schulter. "Umberto Ravioli. Sie kennen ihn doch sicher aus Funk und Fernsehen?"

Das Gesicht der Bankangestellten leuchtet auf. "Dann sind Sie es doch! Der Mann mit der Mandoline!" Verschwörerisch kneift sie die Augen zusammen. "Ich hatte sowas ja auch schon vermutet, aber auf Ihrer Karte steht irgendein anderer Name, deswegen..."

"Sie wissen doch, Berühmtheiten wie Umberto hier legen sich oft einen strunzlangweiligen Zivilnamen zu." Jan grinst Giovanni an, der wiederum Mühe hat, in seiner Rolle zu bleiben und Jan nicht den Hals umzudrehen. "Um nicht überall aufzufallen."

"Da haben Sie recht. Das kann ich sehr gut verstehen." Die Bankangestellte gackert etwas unbeholfen und redet fortan nur noch Giovanni an. "Dann warten Sie kurz, für den Erwerb von feindländischen Währungen ist unser Filialleiter zuständig." Sie betätigt einen Knopf, beugt sich vor und spricht in ein kleines Mikrofon. "Herr Winter?"

Von einem Wachmann begleitet, der sie mißtrauisch beäugt, schreitet Gerda mit ehrfürchtig hallenden Schritten durch das Gebäude. Sie traut sich fast nicht, nach links und rechts zu sehen, obwohl nichts an dem Linoleumboden und der Rauhfasertapete darauf hindeutet, daß sie sich in einem Hochsicherheitsgefängnis befindet. Da inzwischen nur noch ein Gefangener behütet werden muß, der überdies nicht mehr wirklich in der Lage ist, wegzulaufen, geschweige denn über die Gefängnismauern zu klettern, hat sich irgendwie der Schlendrian eines schnöden Verwaltungsgebäudes breitgemacht. Und zwar eins, in dem quasi wie überall sonst ein nationaler Status Quo verwaltet wird. Mit solcherlei Gedanken im Kopf entläßt Gerda die Anspannung aus ihrem Gemüt, und sie kann die gerahmten Bilder von Sonnenwiesen in den Alpen, Sommerfrischlern im mondänen Ostseebad oder dem Basteifelsen im Schnee auf sich wirken lassen, während der Wachmann und sie an den die seitlichen Türen säumenden verdorrten Gummibäumen vorbeimarschieren bzw. -spazieren.

Der Filialleiter, ein schlaksiger Mann mit fahrigen Bewegungen und leutseligem Antlitz, sitzt an seinem weiträumigen Schreibtisch aus massiver Eiche und zählt widerwillig Dollarnoten ab. Jedesmal, wenn er seinen Blick zur Prüfung seines Tuns absenkt, mischt sich ein Zug Nausea hinein, doch das läßt ihn keinen Deut zögern. Seine grundsätzliche innere Genugtuung hat sicher nicht zuletzt damit zu tun, daß er als Filialleiter berechtigt ist, ein eigenes Porträt des Reichskanzlers in seinem Büro hängen zu haben, und damit das ständige Gefühl, daß sein Tun gesegnet sei, solange sein Herr sich nicht erzürnt. Und da dies, was der Filialleiter sich nur halb eingesteht, bei einem gerahmten Foto eher selten geschieht, dürfen wir ihn uns als einen zufriedenen Menschen vorstellen.

Der Reichskanzler wiederum starrt mit ebenso herrischer Genugtuung auf den Filialleiter hinunter. Und damit auch auf die drei mitteljungen Herren, die vor ihm sitzen, und denen diese Rückversicherung allgegenwärtiger Führungskraft weniger Sicherheit verleiht. Zumindest hat der geliebte Reichskanzler darauf verzichtet, sein Angesicht mit naheliegenden Insignien wie einem schräg über die Stirn geharkten Seitenscheitel und einem Chaplin-Bärtchen historisch zu legitimieren. So wirkt er nur wie jemand, den man nur entfernt von irgendwoher kennt, und das erleichtert es den dreien glücklicherweise, ihre gelinde Anspannung vor ihrem Gegenüber zu verbergen.

Der Filialleiter hält inne wie um zu verschnaufen, sieht hoch, und seine Miene wird wieder leutselig. "Und das wollen Sie alles verbrennen?!"

"Naja, nicht wirklich, nur so tun, Sie wissen schon, so, äh..." Jan hat Sorge, daß man sie wegen Unzurechnungsfähigkeit festnehmen könnte.

Jörg kommt ihm gern zu Hilfe. "So als Fanal gegen das verderbte Judengeld, das mit seinen Krakenarmen von allen Seiten unser deutsches Vaterland erwürgen will!"

"Genau. Wir verkleiden uns dabei als kommunistisch-amerikanische Geldverleiher, die, äh..."

"Die als Judenvampire ihre Dolchstoßzähne in den Hals unserer unbefleckten Nation rammen, um unsere Windhundkörper dem Virus der modernen Zersetzung anheimfallen zu lassen."

"Und ich als unser geliebter Reichsbundeskanzler werde die Zecken mit dem Kärcher vergasen und ihr schwules Schuldengeld im Fegefeuer aufgehen lassen," beschreibt Giovanni den Schlussakkord.

Jan kommt auf den Geschmack. "Damit uns nie ein Kinderblut trinkender Echsenmensch mehr scheel ansehe!"

Die drei sehen den Filialleiter erwartungsvoll an. Der aber sitzt mit offenem Mund da, zählt mechanisch und ohne hinzusehen Dollarscheine, als müßte er das alles erstmal ordnen.

Jörg dreht sich zu Giovanni, dringt ihn auffordernd mit den Augen an. Der versteht, wenn auch seufzend. "Und dazu singe ich auf der Mandoline das Lied *An allem sind die Juden schuld*."

Die Gesichtszüge des Filialleiters entspannen sich. "Na wenn das so ist..." sagt er ermunternd. "Das ist alles war wir haben. Dann wünsch ich Ihnen mal frohes Schaffen!" Dazu schiebt er die sauber gestapelten Dollarscheine mit spitzen Fingern über den Tisch, als seien sie klebrig.

Der Verfassungsschutzhauptamtspräsident herrscht mürrisch an seinem Schreibtisch über sein braun dräuendes Büro und kippelt gemächlich knarzend mit seinem gepolsterten Stuhl. Auf der anderen Seite des Tisches steht ein bereits in seiner Körpersprache stammelnder Unterling. Nicht Schröder. "Ja, Herr Präsident, genau, äh..." Er sieht hektisch auf ein Blatt Papier und wieder hoch. "5375 Dollar. Hier in Berlin, in der Zentrale am Alexanderplatz."

Der Präsident verharrt einen Augenblick in seinem Kippeln. "Und? Sind es unsere drei flüchtigen Straftäter?" Dem Angesprochenen ist es sichtbar peinlich, dass er nicht selbst vor Ort war. "Das ist schwer zu sagen, Herr Präsident," windet er sich. "Die Filiale hat gemeldet, dass das Geld von drei Subjekten auf den Namen eines der Gesuchten abgehoben wurde... Andererseits!" haspelt er hastig hinterher, "hatten die drei dem Vernehmen nach vor, ein staatstragendes, nationalbewußtes und rassenfestes Straßentheaterstück aufzuführen, und das würde ganz und gar nicht zu ihrem aus der Anklageschrift abzuleitenden Täterprofil passen, und deswegen..."

"Sagen Sie..." nagelt der Präsident ihn in aller Seelenruhe an die rückwärtige Wand. "Haben Sie schon einmal ein staatstragendes, nationalbewußtes und rassenfestes Straßentheaterstück gesehen?"

Der Unterling schüttelt vorsichtig den Kopf.

"Und was also haben Sie daher unternommen?"

Dem Unterling ist in Demut bewußt, daß die wahrheitsgemäße Antwort seinem Dienstherrn nicht gefallen würde, und sieht noch einmal an die braungetäfelte Kassettendecke, als wäre es der Himmel.

Der Wachmann führt Gerda vor eine stämmige, dick verriegelte Doppeltür. Er schiebt die Bolzen umständlich knirschend zur Seite und schwingt die Türflügel auf. Dahinter erstrahlt der satte Gefängnisgarten im Grün des Sommers. Der Wachmann nickt nach draußen.

Inmitten der Herrlichkeit steht ein Kasten aus transparentem Plexiglas, und darunter ein Rollgefährt, in dessen Sockel sich eine auf seltsame Weise futuristisch-vorindustriell anmutende Apparatur mit schnaufenden und saugenden Schläuchen befindet. "Wat wollnse denn von dem da?" fragt der Wachmann, halb herrisch, halb interessiert. "Der hat schon seit zwanzig Jahren keen Piep mehr jesacht!"

Gerda sieht zu ihm hoch. "Da der Delinquent offiziell immer noch in Diensten der Schweizer Regierung steht, bin ich als Abgesandte der Schweizerischen Botschaft für ihn zuständig und gleichzeitig niemandem rechenschaftspflichtig." Der Wachmann ist nicht ganz sicher, ob er nur dienstlich zurechtgewiesen oder beleidigt wurde. Gerda hingegen weicht auf. "Allerdings kann ich Ihnen im Vertrauen sagen, daß es meine Mission ist, ihm einen glücklichen und erfüllten Lebensabend zu verschaffen."

"Det is jut. Der soll ja schließlich noch lange durchhalten. Wir hatten den irjendwann mal immer drin jelassen, merkt ja sowieso nix mehr dachten wir, aber dann ist der uns fast abjejangen. Seitdem schieben wir ihn wieder jeden Tach raus." Gerda lächelt milde und spaziert alleine über den Gartenweg auf das Rollgefährt zu.

Erst als sie fast angekommen ist, erkennt sie durch das Plexiglas die kleine Figur, deretwegen der ganze Zirkus veranstaltet wird. In einem viel zu großen Liegesessel kauert zusammengesunken ein geradezu eingetrocknetes hutzeliges Männchen mit rhythmisch auf und niederschwebenden Schläuchen in Mund und Nase. Sein Blick hängt auf Halbmast in irgendeiner Ferne zwischen Boden und Bäumen, und falls er von seiner blumigen Umgebung etwas mitkriegt, scheint er längst vergessen zu haben, wie man angemessen darauf reagiert. Der Schiedsrichter William Ling, in seinem stolzen Alter von bald 120 Jahren.

Mitten auf dem Alexanderplatz, einem blinkend und blitzend wiederaufgebauten Prachtensemble aus Stahl, Naturstein und Glas, steht die Deutschzeituhr, eine weithin sichtbare Landmarke mit einem ausladenden Planetenmodell als Krone. Deren Basis darunter, immer noch in einigen Metern Höhe schwebend, ist ein kreisrundes Gebilde aus mehreren horizontal aufeinander abgestimmten Walzen, das die aktuelle Tageszeit im Vergleich mit anderen Orten der Erde anzeigt, und außerdem, stolz und weithin sichtbar, das deutsche Sonderdatum.

Im Schatten darunter stehen die drei Jungs und warten, während sie nervös ihre Dollars zählen. Um sie herum versammelt sich eine mißtrauische Menschenmenge.

"Wat is denn nu? Ick denk Ihr wollt hier Theata machen!" ereifert sich ein Mann. "Und Ia habt ja noch nichmal Judennasen auf, ey!" ein anderer.

"Und was soll das da?!" kreischt eine Frau und zeigt auf Giovanni. "Wo hat er seine Mandoline?!"

Unsicher guckt Jan in die Menge, die sie zunehmend lückenlos umringt. "Wie haben die das jetzt schon wieder mitgekriegt?" Da entdeckt er in der ganz hinteren Reihe den Filialleiter, der aufgeregt winkt. "Hast du nicht irgendwelche italienischen Arbeiterlieder auf Lager, die du denen solange vorsingen kannst? Verstehen die doch sowieso nicht. Und *Bella ciao* klingt auf jeden Fall nach Gelato und Amore."

"Die Mandolinen hab ich leider zuhause vergessen." Giovanni zuckt nur halbwegs bedauernd mit den Schultern. "Wie wärs mit dem Horst Wessel-Lied auf A cappella?"

Hinten streckt der Filialleiter beide Daumen hoch. "Hm. Vielleicht war der Auftritt in der Bank doch zuviel des Guten," zweifelt Jörg.

"Wenigstens schirmt uns der Mob vor der Polizei ab!" meint Jan.

"Das glaubst du doch selber nicht," sagt Giovanni, und hat damit recht.

Aber anders als er wohl denkt. In einigen hundert Metern Entfernung wird an einem Fernglas herumgestellt, bis Jan, Jörg und Giovanni gestochen scharf zu sehen sind.

"Na, bitte, jetzt haben wir euch doch!" raunt Philip mit verachtungsvoller Stimme. "Hildegard, wir werden dich rächen!" Am Rande des weiten Platzes springt er vom Autodach und steckt sein KFS in die Tasche. Die Brüder rollen knackend ihre Köpfe, zurren ihr Muskelkorsett fest und marschieren los.

Gerda tritt näher an das Rollgefährt heran und mustert voller Abscheu und Bewunderung den kleinen dünnen Greis, der bewegungslos-linkisch in seinem Sitz hängt, eingebettet in eine beruhigend pumpende Lebenserhaltungsapparatur. Und plötzlich zeigt sich doch eine Art Reaktion, das sanfte Fauchen, das dem Auf und Ab der Schläuche folgt, zieht etwas an. Scheinbar müde, doch unter großen Anstrengungen hebt er den Kopf, ein Schlauch mit breiiger Nahrung hängt ihm lose aus dem trockenen Mund, bis er Gerda tatsächlich in die Augen sieht. Der Wachmann steht gelangweilt am Gartentor und beobachtet die piependen Vögel.

Philip und Jonas bahnen sich einen Weg durch die murrende Menge, schieben links und rechts ungeduldige Fratzen zur Seite. In der ersten Reihe angekommen, reiben sie sich schon mal die Fäuste und grinsen die drei wölfisch an.

Die wiederum bemerken den Zuwachs, und ihr Entsetzen schwillt. "Scheiße. Wieso werden in dem Laden Spätkommer reingelassen?"

Jan sieht nach oben zur Uhr. "Ich bin ihr ja unendlich dankbar, aber sie könnte mal in die Hufe kommen!"

"O'Brien, drei zum hochbeamen bereit!"

"There's no place like home! There's no place like home!"

"Was hat der jesacht? Jeht det jetz ma los?!" sagt ein Mann spuckend.

Jonas nickt ihm zu. "Worauf du einen lassen kannst!" Daraufhin marschieren die Brüder los, genießen die letzten Schritte zu ihrem Triumph.

In diesem Moment, im andächtig angespannten Gemurmel kurz bevor der Vorhang sich hebt, zerreißt ein von drei Seiten erkreischendes Reifenquietschen die Stimmung. Unter gebellten Befehlen strömt ein Sondereinsatzkommando der Polizei heran und hält die Menschentraube in Schach. Die Brüder bleiben abrupt stehen und rasten ein. Dampf steigt von ihren Köpfen auf, ihre Mienen zeigen schmerzvolle Ernüchterung.

Der Einsatzleiter des SEK strebt durch die Menge, die wie Eisenspäne in einem Magnetfeld vor ihm zurückweicht, und baut sich in einigen Schritten Entfernung vor unseren drei Performance-künstlern auf. Die wiederum durch die nachtschwarze Sonnenbrille des Einsatzleiters hindurch ins Leere starren. Das ist der Abstieg!

"Sind Sie Jan Schroffel, Jörg Burmeister und Johannes Montesanto?!" kommt der Einsatzleiter zur Sache.

"Sollen wir einfach nein sagen? Doof genug sind die doch!" flüstert Giovanni gepresst.

"Jehova, Jehova!" singt Jörg halblaut.

Gehetzt starrt Jan hoch auf die Deutschzeituhr. "Also, wenn das ein Film wäre, müßte spätestens jetzt etwas passieren..."

Gerda und William Ling sehen sich eine zeitlang an, der alte Mann überlegt, ob er dieses junge Frollein von irgendwoher kennt. Gerda lächelt, zieht einen kleinen Gegenstand aus ihrer Tasche und hält ihn an einer Schlaufe baumelnd dem erwartungsvollen Mann vor sein Antlitz. Eine Plastikpfeife! Dem greisen Schiedsrichter gehen die Augen auf, die Beatmungsapparatur pumpt aufgeregter. Für sein

Alter beinahe hektisch zucken seine Augen zwischen der Pfeife und dem Wächter hin und her.

Zielstrebig zieht Gerda das andere Ende des Schlauches, der in William Lings Mund hängt, vom Apparat ab, steckt ihn ins Mundstück der Pfeife – und sieht Ling eindringlich in die Augen. Jetzt oder nie!

Mit einem Ausdruck des Verstehens atmet Ling kräftig ein, der beatmende Blasebalg wird alarmierend flach. Der Wachmann, irritiert von den ungewohnten Geräuschen, sieht herüber und versteht unmittelbar entsetzt, was auf dem Spiel steht. Er rennt los und wirft sich – "Noooooooooiiinnnn!!!" – in Zeitlupe auf Gerda, packt sie im Flug und vergräbt sie unter sich auf dem staubigen Boden.

Die Pfeife jedoch steckt noch auf dem Schlauch, an dem sie nun vermeintlich herrenlos baumelt... Bis William Ling mit in siebzig Jahren angesammelter Kraft ins andere Ende des Schlauchs pustet und einen trillernden Pfiff entläßt, so laut und endgültig, wie noch nie ein Schiedsrichter ein Spiel abgepfiffen hat. Der Wachmann reißt wie galvanisiert seinen Kopf zum Himmel, dann hektisch von einer Überwachungskamera zur anderen.

Doch zu spät. Schockgefroren sitzen die Wachleute im Gefängniskontrollraum vor den Monitoren. Ein Pfiff gellt bis Maas und Memel, bis Etsch und Belt – von hier direkt in die Schweizerische Botschaft und von dort in alle feindländischen Nachrichtenagenturen: *Aus aus aus, das Spiel ist aus, Ungarn ist Weltmeister!*

Mit vorgeschobenem Kinn und einer terminalen Geste schickt der Einsatzleiter ein paar Beamte zur vorläufige Festnahme. Die Zuschauer starren gebannt auf die Aufführung vor ihren Augen, als mehrere KFS hektisch klingeln. "Wat is los?!" fragt ein Mann. "Hee, kiek ma da obm!" sagt seine Frau.

"Wat solln dette jetz!" erstaunt unisono das Publikum. Erstarrt sehen alle, Feind und Feind, nach oben auf die Deutschzeituhr: Die Walzen mit der Datumsanzeige setzen sich knirschend und ruckelnd in Bewegung und drehen sich. *Rückwärts!* Die Anzeige sagt 15. Juli, dann 14., 13., bis zum 27. Juni. Dort bleibt die Uhr stehen.

Konjunktiv Imperfekt

Atemloses Innehalten in allen Rängen wie bei einer Sonnenfinsternis, auch die Lufttemperatur fallte um gefühlte zehn Grad. "Hab ich dann nochmal Geburtstag?" fragte ein Junge freudestrahlend. Die Polizisten schüttelten sich kurz und waren wieder in ihrer Rolle. Kurz vor dem Zugriff halteten sie inne. Die Delinquenten waren weg! So aufgeschüttelt wie machtlos bellten und zielten sie in die baffe Menge. Nur Philip und Jonas, als ihre gaffenden Visagen sich erholt hatten, konnten sich ein Grinsen nicht verkneifen. Die Jagd war wieder eröffnet!

Während den ersten noch dämmerte, was überhaupt geschah, waren Jan, Jörg und Giovanni schon ein gutes Stück auf und davon, rannten wie die Blöden ans andere Ende des Platzes.

Prompt rannten die Polizisten und die Menge den dreien in einem keifenden Pulk hinterher. Auch Jonas wollte gerade lossprinten, da haltete Philip ihn fest. "Nein! Die sind nicht dumm, aber wir auch nicht!" Er ziehte seinen Bruder in die andere Richtung mit.

Als die Polizisten, die die Menge locker hinter sich gelassen hatten, wiederum keuchend mitansehten, wie die drei Flüchtige in ihr Auto springten und geräuschvoll losfahrten, bleibten sie quietschend in einer Gummiwolke stehen und rannten geschlossen zurück.

Im Gefängnis war derweil die Hölle los. Hilflose Sirenen quakten und befeuerten hektisches Nichtstun. Wie beim American Football werften sich weitere Wachleute auf Gerda, als wäre nicht schon alles passiert, was passieren konnte. Unter seiner Plexiglasglocke hebte William Ling mit dankbarem Lächeln und unter größter Anstrengung ein letztes Mal seine dünnen Arme und weiste auf eine imaginäre Seitenauslinie. Dann fallten sie erschlafft in seinen Schoß. Gerda, ungebeugt unter dem Haufen von Wachleuten, quittierte ihren Triumph mit einem unzerstörbaren Lächeln. Sie kramte ihre Hand hervor, haltete sie als Stierchen in die Überwachungskameras – allerdings mit dem Handrücken nach vorne – und schreite strahlend "cornuto di merda!"

Die drei Jungs donnerten eine breite Ausfallstraße hinunter, den Schildern zufolge in Richtung Nordwesten. Jan und Jörg vorne, Giovanni sitzte auf dem Rücksitz und starrte bang durchs Heckfenster. In nicht allzuweiter Ferne donnerten die schwarzen SEK-Wagen hinter ihnen her.

Der Fiesta röhrte über eine gelbe Ampel, kurz bevor sie auf rot springte. Die SEK-Wagen halteten quietschend an.

Giovanni starrte fassungslos grinsend aus dem Rückfenster. "Ich liebe die Deutschen!"

Doch an den ungeduldig haltenden Polizeiwagen vorbei sprengte ein Wagen über die rote Ampel. Der Mercedes der Brüder.

"Scheiße! Die aber nicht!"

Kurz darauf springte die Ampel wieder auf grün, die SEK-Wagen heulten qualmend auf und jaulten hinterher.

Völlig außer Atem starrte Jan auf die Straße und versuchte krampfhaft, sich nicht umzudrehen. "Und? Holen Sie auf?"

"Nicht alle," preßte Giovanni angestrengt süffisant hervor. "Boxenstopp!"

Der Mercedes der Brüder steht tickernd am Straßenrand. Daneben ein Polizist, der genüßlich eine Verwarnung in sein mobiles Vollzugsgerät tippte, während die Brüder mißmutig verfolgten, wie ein SEK-Wagen nach dem anderen an ihnen vorbeibrauste.

Das Fahrgefühl im Fiesta war nun deutlich ruhiger. Es gehte auf der A24 in Richtung Hamburg, und momentan war kein Auto der Verfolger in Sicht.

"Immer noch keiner." Giovanni kneifte seine Augen zusammen und spähte in die rückwärtige Ferne. "Die rote Welle ist echt ein super Verkehrsleitinstrument."

"Aber nicht mehr lange. Jetzt kommen erstmal keine Ampeln mehr," sagte Jan vernünftig. "Wo sollen wir also langfahren?"

"Was denken die wohl, wo wir langfahren?"

"Zurück nach Hamburg."

"Genau. Wollen wir aber gar nicht. Da würd ich sagen wir schlagen uns hier schon mal in die Büsche." Jan lenkte den Wagen rüber, gerade noch eine Ausfahrt hinab.

Nicht lange danach surrten die SEK-Wagen einer nach dem anderen an der Ausfahrt vorbei.

Der Fiesta kachelte über eine Landstraße, vorbei an großen Tafeln am Straßenrand mit einfältigen bzw. seltsam tautologischen staatstragenden Parolen.

Giovanni lieste laut mit. "*Unverbrüchliche Freundschaft mit unseren ewigen Freunden... Die Lehre von Carl Schmitt ist allmächtig, weil sie wahr ist... Von Rom lernen heißt siegen lernen!* Alter Schwede, darf ich das mitnehmen?"

"Das ist ja echt wie früher hier."

"Hier ist früher immer noch. Aber anders."

Sie kommten an eine Kreuzung, deren Weg geradeaus durch ein verschlafenes Dorf führte. Allerdings eins, dessen Ortsschild mit einem Sackgassenschild bekrönt war.

"Wo jetzt lang? Da vorne durch das Dorf?"

"Quatsch, kuck doch, da darf man nicht durch, und dann rufen die Leute sofort die Bullen," meinte Jörg. "Fahr einfach außen rum. Hier links und da hinten rechts."

"Ahh, nach Mecklenburg," freute sich Giovanni kühl. "Die Goldküste!"

Philip sitzte am Steuer und tretete das Gaspedal hörbar an den Anschlag. "Nun sach schon! Da ist doch irgendwo sein Bild auf der Karte!"

Jonas tippte und wischte hitzig auf seinem Schlaufon herum. "Ja, gleich! Empfang ist hier nicht so gut!" Er kaute auf seinen Lippen. "Da! Jetzt hab ich ihn! Hier nach rechts!"

"Wie hier rechts?!"

"Da vorne die Abfahrt raus!"

"Sicher?!"

"Ja!"

Mit vollem Einsatz biegte Philip noch in die Ausfahrt, ohne zuviel von seinen Reifen zu verlieren. Ungebremst rumpelte der Wagen über die angegriffene Landstraße. "Die sind ja noch blöder als ich dachte!" rufte Philip mit durchgerüttelter Stimme. "Wollen die sich hier in der Pampa verstecken??"

Jonas wischte derweil auf dem Telefon herum, bis es ihm dämmerte. "Nee... Die wollen nach Mecklenburg! Die wollen sich schon wieder in die Vergangenheit verpissen!"

"Du glaubst den Scheiß doch nicht etwa?!"

"Und wenn schon... Willst du es drauf ankommen lassen?"

Philip setzte kurz ein zweifelndes Gesicht auf, dann tretete er entschlossen drauf. "Wir holen sie uns eben egal wo! Und wann!"

An einer Kreuzung haltete er kurz inne, dann ratterte er über ländliches Kopfsteinpflaster geradeaus durch ein verschlafenes Dorf. Jonas guckte skeptisch nach draußen. "Da warn Schild mit sonem Balken!"

"Na und? Wir dürfen alles, bis die Leutchen hier ihre Brille gefunden haben, sind wir längst wieder weg!" sagte Philip verächtlich und ohne groß die Geschwindigkeit zu drosseln durchbrechte er eine

Baustellenbegrenzung. Spritzend fliegten sie über frisch gegossenen Asphalt, besprenkelten die erstaunt gaffenden Bauarbeiter sowie parkende Autos und krachten am anderen Ende des Dorfes durch die Absperrung wieder auf die Landstraße hinaus.

Kurz darauf biegten nicht allzuweit entfernt mehrere SEK-Wagen ohne groß zu bremsen auf eine Autobahnausfahrt.

Woanders rasten unsere Jungs über einen anderen Teil des flachen Landes. Jörg auf dem Beifahrersitz hantierte mit einem uralten Falkplan von Deutschland, versuchte fluchend, die aus zahllosen Falzen und Löchern bestehende Straßenkarte, die er unachtsamerweise auseinandergefaltet hatte, in einer händisch und auch geistig praktikablen Form wieder zusammenzubringen. Da dies, wie den Älteren noch bekannt sein dürfte, ein Ding der Unmöglichkeit ist, knüllte er den Wust irgendwann entnervt zusammen. "Alter, wo hast du den Scheiß denn her?! Die nervt voll und ist außerdem uralt! Kein Wunder, daß Hitler sich in Rußland verrannt hat, wenn die nur solche Karten hatten!"

Jan bleibte ruhig. "Die war schon hier im Auto. Und du hast recht, ich hatte da aus guten Gründen noch nie reingeguckt."

"Wieso nehmt Ihr kein Google Maps?" meldete Giovanni sich von hinten.

"Witzbold." Jörg klingte noch genervt. "Haben wir alles probiert, aber Google ist hier natürlich geblockt."

"Und Gugl?"

"Ich krieg noch nicht mal einen Appstore, wo wir was runterladen könnten."

"Auch keinen Apfelladen?"

Jörg hatte keine Lust mehr auf sowas zu antworten.

Jan seufzte. "Und wie sollen wir jetzt wissen wo wir sind?"

Jörg brütete noch über seinem Versagen. "Naja, die Sonne kommt von hinten."

Die schnurgerade Straße führte in der Ferne auf eine T-Kreuzung zu, an deren Stirnseite wieder eine dieser großen Propagandatafeln stehte. "Und da vorne links oder rechts?" fragte Jan, immer noch pieksig, und wurde automatisch etwas langsamer.

"Keine Ahnung."

"Dann guck doch auf die Karte!" Er greifte nach dem zerknüllten Haufen und schüttelte ihn hastig auseinander. Vergebens. "Such dir das passende Stück raus!"

"Die ist von '98!"

"Ja und?"

"Alter, von *unserem* '98!"

"Aber die Straßen werden doch wohl dieselben sein!"

"Also, bei uns kann man da vorne geradeaus," maulte Jörg, ohne nachzusehen.

"Aber hier nicht! Rechts oder links?!"

"Egal, ich sach dir, fahr trotzdem geradeaus! Und gib Stoff! Sonst ist Schluß mit durstig!"

"Kleine Entscheidungshilfe," meldete Giovanni sich wieder und zeigte nach rechts und links, wo von der einen Seite der Querstraße der Mercedes der Brüder angeröhrt kommte, von der anderen die Kolonne schwarzer SEK-Wagen.

In ihrem Führerhäuschen hüpften die Brüder schon auf und ab, Jonas schlagte mit flachen Händen auf das Armaturenbrett. "Jahaaaa! Ich hatte reecht! Wir haben sie wieeder!" Dann lachte er keckernd wie ein wahnsinniger Wissenschaftler.

Philipp wurde wieder nüchterner. "Jawoll! Und die anderen auch...!" Er zeigte Jonas die direkt auf sie zurasenden SEK-Wagen.

"Scheiße!" Jonas gefriere quasi in der Luft. "Halt an, dreh ab, die sind zuerst da!"

Philipp beugte sich weiter über das Steuer. "Nix da! Die drei Kaffer haben vielleicht Vorfahrt, aber wir auch!" preßte er hervor und beschleunigte nochmal.

Die diversen Fahrzeuge rasten nun relativ gleichrangig auf die Kreuzung zu. Unschlüssig wurde Jan etwas langsamer. Und fahriger.

"Also, ich fahr jetzt rechts!"

"Oder links! Immer die einzige Möglichkeit!" mischte Giovanni sich ein.

"Genau! Das könnte euch beiden so passen!" Jan tretete mit dem linken Fuß auf Jans rechten auf dem Gaspedal, greifte ihm ins Steuer und haltete es fest. Das Auto machte fast nochmal einen Satz nach vorne und röhrte mit gefühlt doppelter Geschwindigkeit direkt auf die Propagandatafel zu.

"Bist du wahnsinnig!?" keuchte Jan panisch, versuchte aber nur halbherzig, das Steuer, das Jörg erstaunlich fest halten konnte, in eine andere Richtung zu bewegen.

"In Gefahr und größter Not nimm den Mittelweg!" zischte Jörg und starrte nach vorn.

Die SEK-Kolonne donnerte ohne zu zögern auf die Kreuzung zu, die geifernden Brüder auf der Gegenseite ebenso. Und Jan auch. Oder eher Jörg, der inzwischen halb über dem Schaltknüppel hängte und mit zusammengepreßtem Kiefer mehr aus dem Motor rausholte als jemals drin war. Die Kolonne von links, der Mercedes von rechts, und der Fiesta röhrte haarscharf zwischen beiden Kühlerhauben hindurch, krachte durch den Holzzaun und den mittleren Träger der riesigen Tafel, landete in hohem Bogen auf dem Feld dahinter, im Innenraum flatterten alle und jedes durcheinander, Jan wollte etwas schreien wurde aber von seinem eigenen Unterkiefer vermummt, Jörg rappelte sich als erster zurecht, tastete mit seinem Fuß wieder nach dem Gaspedal, tretete durch, und das Auto rumpelte ungebremst weiter über den huppeligen Boden. "Ruhig Männer, ruhig!" hustete Giovanni abgehackt in die Runde. "Das muß das Boot abkönnen!"

Die Brüder knatterten zu Tode erschreckt über die Kreuzung hinaus und bleibten qualmend stehen, die Kolonne biegte humorlos und mit quietschenden Reifen quer über die Straße dem Fiesta hinterher, der Führungswagen aber kriegte dabei eine großformatige massive Holztafel mit den versetzt hintereinander porträtierten Wilhelm Zwo, Hitler, Adenauer und Ulbricht aufs Dach, woraufhin diverse Wagen unter leichten Blechschäden in den voranfahrenden dengelten und das Einsatzkommando sich erstmal auf der Kreuzung sammeln mußte. Die Brüder wiederum hatten sich schon wieder gefangen, starteten qualmend ihren Wagen, kreisten in einem respektvollen Bogen um die pausierte SEK-Kolonne herum, holperten über die liegende Holztafel hinweg und unter zum Teil kreischend durchdrehenden Reifen auf das Stoppelfeld.

Die drei Jungs genießten erleichtert ihren Vorsprung und hoppelten weiter stramm über das Feld. Jan sehte immer wieder angespannt in den Rückspiegel. "Scheiße!"

"Was?" fragt Jörg.

"Ne Streife," antwortete Giovanni.

"Nee."

"Doch."

"Scheiße," faßte Jörg zusammen.

Giovanni konnte sich ein Grinsen nicht verkneifen. "Das wollte ich immer schon mal sagen!"

"Jetzt fehlt nur noch Hildegard mit einem Maschinengewehr."

"Könnt Ihr euch mal wieder hierauf konzentrieren?!" bellte Jan. "Ich wollte nämlich ausdrücken, daß die schon wieder hinter uns herkommen! Ich brauche Vorschläge für den kürzesten Weg nach Mecklenburg!"

"Äh, ja." Jörg raschelte nochmal widerstrebend den Falkplan auseinander und suchte sich den Fetzen, auf dem sie sich gerade bewegen müßten. Nach kurzen Äußerungen ratlosen Unmuts knüllte er ihn wieder zusammen. "Egal. Sobald ne Straße kommt, fahr drauf. Und dann links oder rechts, was immer geradeaus führt! Irgendwie nach Norden halt."

"Geradeaus klingt immer gut!" Jans Körperhaltung zeigte, daß er versuchte nochmal zu beschleunigen. Der Fiesta aber war hörbar am Anschlag, speziell die Achsen.

Die Brüder in ihrem Mercedes waren da im Vorteil, vor Erwartung irre keckernd rüttelten sie über das Feld und verringerten zusehends den Abstand zum Fiesta.

Und doch wurden sie plötzlich abgelenkt von einem tiefen Brummen rechts und links, begleitet von einem blechernen Starkregen an beiden Flanken des Wagens. Die rabenschwarzen Einsatzwagen des SEK hatten ihre Kolonne wieder aufgelöst und bretterten erstaunlich schnittig auf beiden Seiten vorbei, daß die Feldsteine nur so spritzten.

"Schneller wär auch gut!" rufte Giovanni unsicher vom Rücksitz.

"Ja, können vor lachen!" brummelte Jan grimmig, sein Humor hatte sich in dem Geschüttel verabschiedet.

"Det nächste wird aba n deutschet Auto, wa!" sagte Jörg ebenso humorlos.

Das SEK hatte den Mercedes inzwischen überholt und dessen Windschutzschiebe gesandstrahlt, woraufhin die Brüder unter erstaunlich erbarmenswertem Jaulen und Keuchen ins Schlingern gerieten, sich schließlich umdrehten, stehenbleiben und sich hilflos anbrüllten, als wäre der jeweils andere schuld.

"Die beiden Spacken wären wir schon mal los!" meldete Giovanni nach vorne, was Jans Sorgenfalten nicht wirklich glättete, weil der Grund dafür weiter Boden gutmachte.

"Da vorne ist ne Straße!" keuchte Jörg gespannt und glättete hektisch einen Fetzen Landkarte, den er für den passenden haltete.

"Links oder rechts?!"

"Wo man weniger anhalten muß!"

Das war doch mal ne Ansage! Der Fiesta krachte durch einen Holzzaun auf die leere Landstraße, biegte quietschend nach links und röhrte davon.

Die SEK-Wagen krachten erschreckend bald einer nach dem anderen über den Zaun, hatten noch etwas Mühe, sich im Pulk auf der schmalen zweispurigen Straße neu zu sortieren, nur um dann umso entschlossener die Verfolgung wieder aufzunehmen. Das war auch Giovanni nicht entgangen, zumal das Gelände ernüchternd eben und weithin einsichtig war. "Jetzt müßte langsam etwas passieren...!"

Jörg starrte keuchend auf zwei Papierfetzen, die möglicherweise zusammenpaßten. "Also, wenn diese Karte einigermaßen stimmt, dann –"

"DA!" rufte Jan mit vor Erleichterung aufgerissenen Augen und zeigte auf einen fernen Punkt der schnurgeraden Straße: ein Schild, das langsam näher rückte, bis es deutlich zu erkennen war... *Willkommen in Mecklenburg-Vorpommern – Land der tausend Strandhaubitzen!*

"Geil! Sind wir die dann endlich los?!" Giovanni zeigte auf ihre Verfolger, die noch geschätzt zwanzig Sekunden entfernt waren. Jetzt achtzehn.

"Das werden wir sehen!" sagte Jan in einem erschreckend ruhigen, eisigen Ton, in dem man auch mutmaßen würde, ob ein Fallschirm aufgeht, und haltete eisern auf das Schild zu.

Mit einem unhörbaren Plopp änderte sich schlagartig das Wetter, die Straße ratterte als wäre sie aus Kopfstein, und der umliegende Baumbestand war wie ausgewechselt. Trotz aller hohen Erwartung überrascht, bremste Jan abrupt und steuerte den Fiesta rumpelnd an den Straßenrand. Mit dem entsetzt-erschöpften Gesichtsausdruck wie nach der Sauna starrten die drei in die Gegend. "Bist du verrückt?! Wieso hältst du an!" keuchte Jörg.

In schrägem Sinne zeitgleich passierte die SEK-Kolonne das Schild, und nach einer Schrecksekunde bremste der vordere Wagen so abrupt, daß die nachfolgenden quietschend und schlingernd auf ihn auffahrten und ineinanderkrachten.

Dort bleibten sie wie konsterniert stehen, allein auf weiter Flur. Niemand steigte aus, als müßten die Wagen das erstmal verarbeiten.

Konjunktiv Plusquamperfekt

"Entweder schnappen sie uns sowieso, oder in diesem Universum nicht mehr," sagte Jörg mit der Nüchternheit des Todgeweihten, während die drei gebannt wie die Kaninchen vor dem Scheinwerfer durch das Heckfenster stierten. Aber nichts trug sich zu, nur Vögel piepten unschuldig, als der innere Tumult sich gelegt hatte.

"Die waren doch gleich hinter uns?" frug Jörg vorsichtig. Dann dämmerte es den dreien gleichzeitig, und sie brachen in gar ohrenbetäubendes Freudengeheul aus, sodaß die Vögel erschruken und davonflatterten.

"Wie cool! Das hat echt funktioniert! Wir sind weg, und die müssen bleiben wo der Pfeffer wächst!" sprudelte es aus Jan heraus.

"Na klar," hatte Jörg sich schnell gefangen. "Die kennen ja auch den Bismarck-Spruch nicht! Hee hee!"

"Und wer hatte noch gesagt, Alter, laß uns mal den Fluxkompensator reparieren...?" Giovanni zeigte mit beiden Daumen stolz auf sich.

"Und wo fahren wir jetzt hin?" frug Jörg.

"Naja, wohin schon?" sagte Jan. "Zu Karl und so! Die haben doch noch unseren Fernseher!"

"Na dann wollen wir mal." Giovanni sah zuversichtlich nach vorne und setzte eine unsichtbare Sonnenbrille auf. "Es sind 106 Meilen nach Chicago, wir haben genug Benzin im Tank, ein halbes Päckchen Zigaretten, es ist bald dunkel, und wir haben Sonnenbrillen auf."

Damit konnte nichts mehr schiefgehen. Jörg wies mit dem Finger in Fahrtrichtung. "Tritt drauf!" Und Jan trat drauf.

Kurze Zeit später, an der verlassenen Landstraße war wieder Stille eingekehrt. Die träge in der Sommerhitze stehende Luft setzte sich, die Vögel ließen sich erneut nieder um zu piepen. Und wieder knallte ihnen plötzlich aus dem Nichts ein Auto um die Ohren und ratterte von null auf hundert die Straße hinab. Drinnen schrien und krischen die Brüder um ihr Leben.

Ein Stück weiter kam es mühsam es zum stehen. Die Brüder schrien immer noch, kamen langsam ins keuchen, während sie mit aufgerissenen Augen in die Gegend goffen. Als sie nur noch schwer atmeten, kehrte die Sprache zurück. "Ich hatte recht!" hustete Jonas halb euphorisch und halb panisch hervor, was im Mienenspiel sowieso schwer zu trennen ist.

"DU hattest schon mal gar nicht recht," ordnete Philipp, der sich eher hatte sammeln können, die Faktenlage. "Wenn, dann die Verräter. Oder Bismarck. Ich halte ja zu letzterem."

"Aber trotzdem hat es geklappt! Wir sind siebzig Jahre in der Vergangenheit!" Jonas blieb von sich beeindruckt.

Philipp atmete ein paarmal tief ein und aus und ließ die Umgebung auf sich wirken, bis das in den vergangenen Stunden angestaute Testosteron verdampft war. "Aber das an sich war ja jetzt nicht das Ziel." Er sah Jonas scheel an. "Die drei Spacken müssen jetzt auch noch hier sein."

"Aber das sind sie doch! Wieso haben die Einsatzwagen sonst so dumm auf der Straße gestanden?"

"Vielleicht haben sie sie einfach eingeholt und umzingelt? Vielleicht hatten wir nicht den richtigen Überblick?"

"Jetzt tu mal nicht wieder so schlau! Wenn wir schon in die Vergangenheit reisen, warum sollten die das nicht? Die haben doch damit angefangen!"

"Und wieso ist dann das SEK nicht hier, du Schlaukopf?"

"Weil die das nicht wußten!" Jonas schwante, daß er einmal recht behalten könnte. "Ich Gegensatz zu Jan und so. Und zu uns!"

"Was ist denn das für ein hundsbescheuerter Märchenkram?!"

"Und das hier?" Jonas zeigte in die friedvolle Umgebung.

"Na gut, Punkt eins ist erfüllt." Seiner Miene nach zu urteilen, gab Philipp selten klein bei. "Bleibt noch Punkt zwei: Außerdem müssen wir sie noch finden!"

Jonas hielt siegessicher das KFS hoch. "Wir haben immer noch das hier!"

"1954?" Philipps mißbilligender Ausdruck zeigte trotzdem keine Spur von Triumph. "Da gabs noch nicht mal Satelliten!"

Jonas dämmerten langsam die Auswirkungen ihres Ausflugs. "Dann laß uns lieber schnell zurückfahren!"

"Na klar. Direkt vor die Nase der Polizisten, die bestimmt denken, daß wir sie mit Absicht ausgebremst haben. Und die jetzt sowieso schon ne Superlaune haben werden." Er ließ seinen Rücken knacken, setzte sich gerade hin, legte die Hände ans Lenkrad und stierte geradeaus. "Nee, erst holen wir uns die Schweine und schleifen sie zurück. Die Kufnucken haben unsere Familienehre beleidigt!" Er drehte sich bedeutsam zu seinem Bruder. "Willst du Papa etwa mit leeren Händen unter die Augen treten?"

Namenloser Schrecken ergriff Jonas' Gesicht. "Ganz sicher nicht!" Er schluckte. "Und wie sollen wir sie finden?"

Philipp versuchte seine Ratlosigkeit als Tatendrang zu kaschieren. "Die wollen sich hier bestimmt ne Zeitlang verstecken, bevor sie sich wieder nach Hause trauen. Und direkt nach Hause können sie nicht, da ist Zonengrenze! Die müssen wieder hier irgendwo lang! Das heißt sie sitzen in der Falle! Und wo immer sie unterkriechen, wir finden sie!" Mit einem Nicken bestätigte er seinen Plan, als von Jonas, der nur glotzte, nichts kam. "Wir fragen uns einfach durch! Notfalls Dorf für Dorf! So ein Auto muß doch auffallen!" Ohne nochmal auf Zustimmung zu warten, startete er den Wagen und röhrte über die Straße voran.

Das Auto der drei Flüchtigen rollte inzwischen friedlich durch Karls Dorf, das immer noch und weiterhin in seiner beschaulichen

Verlassenheit dümpelte. Giovanni betrachtete die träge vorbeiziehenden Häuser. "Ist schon fast wie nach Hause kommen," sagte er milde. Und nur ein kleiner Schleier verdüsterte seine Miene. "Jetzt muß nur noch Deutschland Weltmeister werden und alles ist gut." Sie fuhren bei Karls Haus vor und verschwanden wie selbstverständlich in der Scheune. Dann ließen sie das Auto stehen, schoben die großen Torflügel zu und schlenderten zufrieden zum Haus. Jan sah sich um. "Alter, die werden Augen machen, daß wir wieder da sind!"

"Das glaub ich auch." Jörgs Aufmerksamkeit schwiff sinnierend in die andere Richtung. "Wir waren nämlich noch gar nicht hier!"

Die anderen beiden blieben abrupt stehen. "Was! Wie jetzt?!"

"Stehenbleiben. Keine Bewegung! Hände hoch!" japste wie als Antwort eine aufgeregte Stimme hinter ihnen. Die drei drehten sich ertappt um. Dort stand Heinz, der keuchend sein rostiges Weltkrieg I-Gewehr auf sie richtete. Hinter ihm stand ängstlich händeringend Elfriede. Heinz nahm seine ganze Puste zusammen. "Wer seid Ihr? Werwölfe? Stalinisten?" Ruckartig zeigte er mit dem Gewehr auf Jörgs Pullover und brachte es sofort wieder in Stellung. "Division Totenkopf? Elendes Pack!" Er stellte sich etwas breitbeiniger hin, um seinen Punkt zu unterstreichen.

So starrte man sich, schwer atmend, einige Momente in die Augen. Der Wind strich über die staubige Straße. Nur die Sonne blinzelte kurz hinter einer vorbeiziehenden Wolke.

Jan sammelte sich und trat einen Schritt vor, der Elfriede und auch Heinz eingeschüchtert zurückweichen ließ. "Heinz! Elfriede! Wir sinds doch!"

Die beiden Alten stutzten. "Wer hat euch unsere Namen verraten!" blaffte Heinz, dem Übles schwante.

Jörg legte nach. "Holen Sie einfach Karl raus, der kann alles erklären!"

Das beruhigte Heinz nicht im mindesten. "*Unser* Karl...?" frug Heinz wägend, als ginge er im Kopf alle Möglichkeiten durch, von denen ihm keine gefiel. "KARL!" rief er fast mißtrauisch.

Im Hintergrund trat Karl aus dem Haus. "Ja?"

"Hey! Karl! Wir sind Zwischenwesen!" rief Giovanni ihm gespielt freudig zu. "Wie du!"

"Genau! Temponauten!" stimmte Jörg ein.

"Wahrlich?!" rief Karl ohne zu zögern und hellauf begeistert zurück. "Endlich!" Er kam angelaufen und senkte den Gewehrlauf seines Großvaters mit der entschiedenen Behutsamkeit als verbiege er einen Löffel. "Und wo wollt Ihr hin?"

"Na zu euch. Komm, wir erklärens dir..." Die drei zogen Karl mit sich ins Haus, ließen Heinz und Elfriede etwas dumm stehen.

Giovanni drehte sich um. "Kommt Ihr?", und verschwand hinter den anderen im Haus.

Und wieder saßen Giovanni, Jörg und Jan nebeneinander auf dem zeitversehrten Sofa in dem beschaulichen Wohnzimmer, das zwei Weltkriege hinter sich hatte. Auf dem niedrigen Sofatisch standen die grauen Tassen mit kaltem Kaffee und der graue Teller mit Keksen.

Die drei Temponauten blickten die Einheimischen erwartungsvoll an, als müßten die sich irgendwann erinnern. Die wiederum saßen mit offenem Mund auf unsicher quietschenden Sesseln und starrten sie ungläubig an. Karl hockte mit wie vor der Bescherung glänzenden Augen daneben. "Ihr kommt aus der Zukunft?" sprudelte es aus ihm heraus.

"Also, aus eurer schon, ja," wagte Jörg sich wieder vor. "Aber nicht aus unserer. Wir kommen aus der Gegenwart, und sind jetzt in der Vergangenheit." Die Mienen seiner Zuhörer zeigten keine Regung. "Aber das soll keine Wertung sein, nur sozusagen technisch gesprochen! Wie auf der waagerechten Zeitachse in der Mathematik, da ist ja alles auf einer Höhe, nur nach links und rechts –"

"Jörg!" unterbrach ihn Jan mit dringenden Augen. "Machs nicht schon wieder unnötig kompliziert!" Freundlich wandte er sich wieder den anderen zu. Heinz und Elfriede starrten weiter, als wären sie abgestürzt. Karl konnte sein Glück kaum fassen. "Jedenfalls wollen wir wieder zurück nach Hause. In unsere Zeitebene."

"Und dafür kommt ihr zu uns?" frug Elfriede im Brustton des Zweifels.

"Ja, weil wir schon einmal hier waren. In ein paar Tagen, in eurer nahen Zukunft!"

Jörg hielt es nicht mehr. "Von hier aus, von euch aus sind wir damals schon mal zurück in die Zukunft gefahren! Aber dann in eine andere Zukunft als wir sie kannten, weil vorher etwas schiefgegangen war! In eine furchtbare dystopische Zukunft! Und deswegen haben wir in jener Zukunft an der Uhr gedreht und sind wieder zurück zu euch in die Vergangenheit, weil wir das irgendwie korrigieren müssen! Denn wir glauben, daß wir dann wieder zurück in unsere Zukunft kommen!" Jörgs mitgerissener Ausdruck korrespondierte wenig mit dem seiner Gastgeber, Karl dagegen mußte sehr drauf achten, auszuatmen.

"Also, man hört hier ja einiges übern Westen." Elfriede schüttelte den Kopf. "Aber nicht solche Räuberpistolen."

"Und das ist doch ein sicheres Zeichen dafür, daß ausnahmsweise Wahrheit strömt!" flehte Karl sie quasi an.

Elfriede sah verächtlich zu ihrem Enkel. "Red du nur dein dummes Zeug!"

"Aber sagt mal," wurde Karl wieder praktisch. "Was ist es denn, das Ihr korrigieren müßt, um wieder in eure wahre Zeit aufzufahren?"

Giovanni, der bisher graue Kekse gegessen und sich grübelnd umgesehen hatte, lenkte dagegen ab. "Bevor wir das besprechen, eine Frage noch... wo ist jetzt eigentlich unser Fernseher?"

Ein kleines verschlafenes graues Dorf in der prallen Sonne. Jonas stand an den Mercedes gelehnt am Straßenrand, beugte sich zu seinem KFS runter und suchte Anwendungen, die noch funktionierten. Seiner verzweifelten Miene zufolge waren es nicht viele. Philipp kam wieder zurück, Jonas sah nicht hoch. "Alter, so ein Scheiß! Ich wußte gar nicht, wieviele Anwis im Zwischennetz sein müssen! Laß uns die mal schnell krallen und wieder zurück!"

"Dein Wort in Kanzlers Ohr!" erwiderte Philipp ohne anzuhalten und stieg in den Wagen. "Dann los, steig ein. Ein Auto ist hier durchgefahren, aber die haben nicht gesehen was für eins." Er grinste. "Nur daß es schnell war, und wenn ich mir die Autos hier so vorstelle..."

"Und haben die gesagt wo sie hingefahren sind?"

"Äh." Philipp warf seine Stirn in Falten und hoffte, daß Jonas in Gedanken noch bei den Anwis war. "Ja. Da lang." Er nickte nach vorne.

"Dann würd ich sagen wir fahren da lang!" sagte Jonas in dem satten Gefühl, einen wertvollen Beitrag geleistet zu haben.

"Gute Idee..." Philipp hob die Augenbrauen und fuhr da lang.

Jan, Jörg und Giovanni saßen auf dem Sofa, als säßen Sie vor dem Schuldirektor, ihre Augen zuckten unsicher von einem zum anderen. Verbrochen hatten sie nichts, und letztes Mal hatten die anderen es auch verstanden, aber im Direktorenzimmer konnte immer alles passieren. Entsprechend warf Heinz die Stirn in Falten und schüttelte ungläubig den Kopf. "Wieso seid Ihr überhaupt so sicher, daß Ihr ins Endspiel kommt?"

Hä? Das war der erste unerwartete Schlag. Die Jungs sahen sich und Heinz fragend an. "Wie jetzt?" rang Jan heraus.

Jörg dämmerte es. "Okay... Als wir an der Deutschzeituhr losgefahren sind, war der 27. Juni. Und übernachtet haben wir seitdem nicht..."

"Und hier ist immer noch der 27. Juni," bestätigte Karl.

"Das heißt, daß in drei Tagen erst das Halbfinale ist?"

"Ja, gegen Österreich. Ihr habt gerade erst gegen Jugoslawien gewonnen," sagte Heinz.

"Und wie hoch...?" fragte Jörg vorsichtig.

"2:0"

"Okay. Gut. Schon mal ein Anfang." Jörg war beinahe erleichtert.

Jan dagegen wurde leicht panisch. "Das heißt das kann alles noch schiefgehen?? Das heißt wir hätten lieber noch drei Tage länger dableiben sollen?"

"Ihr könnt ja nochmal zurückfahren."

"Naja, jetzt will ich da ganz sicher nicht mehr hin," schluckte Giovanni. "Müssen wir halt noch gucken, das Spiel. Fußball ist ja auch langweilig, wenn man das Ergebnis schon kennt."

Jan blieb ängstlich. "War das Halbfinale denn auch so ein enges Höschen?"

"Nö," beruhigte Jörg. "6:1. Die Ösis haben ordentlich was auf die Backen gekriegt."

"Du meinst, wir können schon mal Bier kaufen gehen?"

Da lachte Heinz das erste Mal. "Haha. Und wenn Ihr dann im Endspiel wirklich vor den Ungarn stehen solltet? Die haben euch doch gerade schon mal den Hintern versohlt! Gegen die wollt Ihr gewinnen?!"

"Ach, der Herberger hatte da so einen Plan..." raunte Jörg verschwörerisch.

"Und wieso könnt Ihr das nicht bei euch zuhause sehen?" Elfriede waren ihre Besucher weiterhin unheimlich.

Karl nicht. Er gruff sich an den Kopf. "Omaaa! Das haben sie doch erklärt! Weil sie siebzig Jahre aus der Zukunft kommen, und da das Spiel längst verweht ist!"

"Aus der Zukunft! Pfff! Die wissen schon womit sie dich kriegen!" Sie machte eine wischende Bewegung, als wollte sie Fliegen verscheuchen. "Das sind doch bestimmt nur Westagenten, die sich umsehen, wen von uns sie umdrehen können!"

Karl ließ nicht locker. "Sieh dir doch deren futuristisches Auto an! Wär dir lieber, der Westen wäre wirklich so viel glänzender und weit voraus?"

Da meldete sich Heinz nochmal. "Ihr meint, in siebzig Jahren sehen unsere Autos auch so aus?"

"Oh, viel früher, ganz sicher!" beruhigte ihn Jörg, und Heinz lächelte zufrieden.

"Aber um zu der Grundfrage zurückzukehren," mischte Jan sich ein, der sich zusehends verspannte. "Um das Spiel zu sehen, brauchen wir einen Fernseher. Unserer ist, äh... irgendwie weg." Mit einer Geste illustrierte er das Offensichtliche. "Und hier ist keiner." Heinz und Elfriede schüttelten erstaunt den Kopf, als hätte er festgestellt, daß sie keine Warpkernspule hätten. "Also... wo kriegen wir einen Fernseher her?"

Stille umwölkte den Raum. Jörg wandte sich den Alten zu und hob an, "äh... die Frage war irgendwie an euch gerichtet..."

"An uns?" Elfriede glotzte als hätte er sie gefragt, wo sie wohl einen Phasendisruptor herkriegen könnten. "Keine Ahnung. Ich wüßte noch nicht einmal, wie sowas genau aussieht. Und was man damit machen kann." Sie sah Jörg unsicher an. "Wir haben irgendwo noch ein Fernglas, würde das reichen?"

Heinz schüttelte peinlich berührt den Kopf. "Elfriede, das ist doch Unsinn. Ein Fernglas reicht dazu nicht! Die müssen damit in den Himmel sehen, dazu brauchen die mindestens so ein langes Fernrohr wie damals in der Wochenschau!"

Die drei Zwischenwesen sahen sich verquält an. Das könnte mühsamer werden als erhofft. Karl bemerkte ihre Verzweiflung. "Vielleicht müssen wir das Spiel ja gar nicht selber sehen," sagte Jan vernünftig. "Vielleicht reicht es ja, einfach abzuwarten wie das Spiel ausgeht."

"Bist du bescheuert?!" Giovanni glaubte, er höre nicht richtig. "Dann können wir ja gar nichts machen! Das Spiel einfach so laufen zu lassen ist viel zu riskant!"

"Ich denke Herberger hatte einen Plan?" beschwichtigte Jan.

Doch Jörg war ähnlich entsetzt wie Giovanni. "Mag ja sein, aber wann haben Pläne schon mal funktioniert?! Das sind schließlich die Ungarn! Und Rahn diese Blindschleiche hat schon mal vorbeigeschossen! Wir können den Zeitenlauf nicht dem nackten Zufall überlassen! Und wir haben noch nicht mal einen Liveticker! Das wär ja so als würde man ganz ohne Vereinsklamotten ins Stadion gehen!"

"Ihr könntet das im Volksempfänger hören," meinte Heinz. "Sowas haben wir schon."

"Im Leben nicht!" entfuhr es Jörg etwas zu harsch, der sich daraufhin ertappt umsah. "Naja... Fußball im Radio?! Wenn man nicht sieht was auf einen zukommt und nur hören kann was der Typ sagt? Wenn der dann so atemlose Pausen macht und so? Alter, da geht es doch um was, das ist viel zu aufregend, und eingreifen kann man auch nicht." Er war überzeugt, daß diese Auffassung jedem unmittelbar einleuchten sollte. Vergebens.

"Fernseher sind für die Sicherheit bei Zeitreisen leider unerläßlich," faßte Giovanni das Dilemma nüchtern zusammen, konnte die eisige Stille aber nicht verscheuchen.

Karl schon. "*Ich* weiß aber was ein Fernseher ist!" Er machte eine Pause um zu gewährleisten, daß seine Großeltern auch genügend Aufmerksamkeit anhäuften. "Das ist so ein Kasten mit einer Scheibe vorne. Etwa so groß." Er zeigte wie groß. "Und diese Scheibe ist eine Art kleines Kino. Man kann man Filme sehen, Theater, Nachrichten, solche Sachen. Und eben Sportveranstaltungen, wie im Radio." Er sah sie extra dringlich an, in der Hoffnung, daß seine Erklärung etwas lostrat.

"Du meinst damit kann man Wochenschau zuhause sehen?" frug Heinz ungläubig, aber nicht uninteressiert.

"Und nicht nur das."

In Elfriedes Kopf rumorte es plötzlich. "Das kenn ich doch! Sowas hab ich schon mal gesehen! Die Eckhardts hinten in der Kastanienallee haben so einen bekommen! Woher auch immer, ich weiß gar nicht ob man die kaufen kann, aber ich hab gesehen wie die den ins Haus getragen haben! Ich dachte erst das wär ein..." Sie brach ab weil ihr dämmerte, daß das weder von Belang noch ihr wohl sonderlich schmeichelhaft wäre.

"Die Eckhardts? Seit wann haben wir Eckhardts im Dorf?" frug Heinz.

"Ach schon länger, in dem Haus zwischen Bergenroths und Bojungas! Das stand doch ne ganze Zeit leer, nachdem die –" Wieder unterbrach sie sich und sah abrupt in die andere Richtung. "Die könntet Ihr doch fragen, ob Ihr das Endspiel bei denen sehen dürft!" Elfriede witterte Morgenluft. Ihre Gäste waren ihr immer noch nicht geheuer.

"Auf keinen Fall!" stellte Heinz fest. "Ich kenne die Eckhardts zwar nicht, aber ich kenne Bergenroths und Bojungas, und die würde ich nicht fragen, ob ich bei denen Westsender hören darf! Und wenn die Eckhardts nicht völlig anders gestrickt sind, holen die euch rein, geben euch Kaffee und Kekse und rufen die Polizei! Oder sie lassen euch gar nicht erst rein und rufen trotzdem die Polizei! Wenn Ihr irgendwo sicher seid, dann bei uns!"

"Vor wem denn eigentlich?" frug Giovanni leutselig, der in deutscher Geschichte nicht so bewandert war, in deutscher Parallelgeschichte noch weniger.

"Vor denen!" brummelte Heinz plötzlich angepikst. "Vor den ganzen Deutschen hier! Egal welche Flasche mit welchem Etikett sie in die Finger kriegen, sie schlagen ihr den Kopf ab und machen eine Waffe draus!"

Jan, der sichtlich neutral bleiben wollte, wagte sich nochmal vor. "Vielleicht könnten wir uns den Fernseher ausleihen?"

"Ich weiß nicht warum sie das tun würden, aber Ihr könnt es versuchen." Er tauschte ein paar Blicke mit Elfriede aus und wurde kleinlaut. "Aber sagt denen bitte nicht, daß Ihr bei uns seid..."

Jan, Jörg und Giovanni sahen sich an. "Na los." Jörg nickte zur Seite. "Gehen wir rüber und fragen." Er lächelte schief. "Ich wüßte sogar schon einen Grund, warum sie das tun würden."

Nicht lange darauf standen die drei vor dem Haus der Eckhardts. Der Vorgarten war in der Hitze verdorrt, aber zumindest genauso sauber kurzgeschoren verdorrt wie die Vorgärten der Bergenroths und der Bojungas. Die Hecken warfen scharfkantige Schatten wie eine Gartenmauer, Apfelbäume waren derart kupiert, daß kein Zweig im fremden Luftraum hing. Keine der grau angestaubten Gardinen bewegte sich, keine Menschenseele war zu sehen. Die deutsche schon.

Sie faßten sich ein Herz und schritten auf die Tür zu. Jan streckte die Hand aus und zögerte. Jörg, der sicherheitshalber ein neutrales T-Shirt angezogen hatte, griff an ihm vorbei und klingelte. Er zwinkerte ihm zu, "vertrau mir!"

Erst hörten sie nichts, dann ein gedämpftes Schurren. Die Tür wurde einen Spalt breit geöffnet. Eine Frau lugte heraus. "Frau Eckhardt?" frug Jan freundlich.

"Lesen kann ich auch! Wer sind Sie? Was wollen Sie?" frug Frau Eckhardt zurück.

"Uns ist zu Ohren gekommen, daß Sie ein Fernsehgerät Ihr eigen nennen?"

"Ich glaub du kannst normal reden," zischte Jörg ihm zu. "Das ist 1954, nicht 1754!"

Frau Eckhardt starrte ihn erstmal an, als müßte sie im Geiste jedes Wort nachschlagen. "Nein!" sagte sie dann und hielt das Gespräch für beendet.

"Frau Eckhardt, keine Angst, wir sind nicht von der GEZ," sagte Jörg rasch und ölig. "Wir heißen Adolf, Hermann und Benito und wir wissen daß Sie einen Fernseher haben. Und wir möchten Ihnen ein Angebot machen, das Sie nicht ablehnen können." Er blinzelte sie zuversichtlich an. "Und wollen!"

Frau Eckhardt zögerte unsicher, drehte sich um, rief "Horst!" und verschwand. Drinnen hörte man sie angestrengt tuscheln, gefolgt von einem beruhigenden Brummen. Dann erschien ein Horst am Türspalt. "Was wollen Sie?"

"Wir, äh," stammelte Jan. "Wir wollten fragen ob Sie uns Ihren Fernseher ausleihen würden. Für ein paar Tage." Er grinste mechanisch kurz.

"Fernseher? Was ist das denn. Ham wir nich." Er hoffte wohl, allein sein Duktus würde die Fremden verjagen. Doch einfach die Tür zuzuknallen traute er sich nicht.

Wieder beugte Jörg sich vor, zeigte ihm ein paar grüne Scheine und lächelte. "Für hundert Dollar?"

Mit roten Köpfen hoben Giovanni und Jörg den großen Holzkasten mit dem lächerlich kleinen Bildschirm ächzend in den Kofferraum des Fiestas, den Jan hektisch freiräumte. Die beiden hatten ihre Beute schon ein paar verwaiste Straßen kreuz und quer geschleppt, wo Jan mit dem Auto wartete, um dann nochmal auf verschlungenen Pfaden zurück in die Scheune fahren. Sie wollten weder mit dem Fernseher, noch mit dem Auto, schon gar nicht mit beidem zusammen und damit auf keinen Fall vor Heinz' und Elfriedes Haus gesehen werden.

Als der Kasten verstaut war, schlug Giovanni erschöpft den Kofferraum zu. "Alter. Ganz schön schwer. Und ganz schön teuer."

"Ach komm, wofür haben wirs denn! Ist ja für einen guten Zweck," stöhnte Jörg.

"Das sagt sich leicht. Ist ja auch nicht dein Geld!"

"Deins aber auch nicht." Jörg konnte schon wieder grinsen.

"Sondern *seins*. Und dem hast du damit ganz schön eins ausgewischt!"

Giovanni mußte kurz denken und dann maliziös lächeln. "Stimmt!" Er hob die Augenbrauen. "Selber schuld. Diese komplett bescheuerte Bauernweste war echt das letzte!"

Nun schleppten die drei den Fernseher mit einer übergeworfenen Decke durch den Hintereingang der Scheune und durch den Hintereingang ins Wohnzimmer. Sie waren aus vielerlei Gründen ins Schwitzen gekommen. Drinnen erwartete sie Karl mit braunen gedrungenen Knollen in der Hand und hielt sie ihnen hin. "Weh dem, der an Zwischenwesen zweifelt," dichtete Karl anerkennend. "Habt Ihr nun Durst?"

"Was ist das denn?" frug Jörg vorsichtig, um die Vorfreude nicht zu enttäuschen.

"Bier. Oder gibt's das bei euch nicht mehr?"

"Doch, klar!"

"Kalt?"

Karl hielt sie nochmal hin, Jörg griff zu und stieß einen wohligen Schauer aus. "Alter! Ich fühl mich schon fast wie zuhause!"

"Wie habt Ihr die denn kalt gekriegt?" frug Jan ungläubig, und Karl stutzte erstmals. "Naja, ist ja auch egal."

Später am Abend saßen die drei Temponauten mit Karl auf einer rohgezimmerten Bank im hinteren Garten und verfolgten den Sonnenuntergang mit einer braunen Knolle in der Hand.

"Könnte irgendwie auch heute sein," meinte Jan mit gedämpfter Stimme. "Nur das Bier schmeckt irgendwie mehr nach Handwerker."

"Naja, dein schlabberiges Fernsehbier haben die früher als Fassbrause verkauft." Jörg nahm einen Schluck. "Schmeckt immerhin besser als das im Stadion." Grillen zirpten, Menschen sinnierten. Drei Möwen flogen am Horizont vorbei. Fast romantisch.

Jan starrte in die letzte Sonne über den Baumwipfeln in der Ferne. "Was sie wohl gerade macht?"

"Ihre Hochzeitsplanerin auspeitschen?" Giovanni nahm noch einen Schluck.

"Nein! Carmen! Was *die* gerade macht!"

Es blieb still. Allen fiel auf, daß auch das eine sehr interessante Frage war.

"Keine Ahnung. Die krault Schrödingers Katze?"

"Oder auch nicht," grinste Jörg.

Jan verdrehte seine inneren Augen und seufzte. Dann atmete er tief ein. "Was können wir denn diesmal richtig machen?" Sein Ton verriet, daß er gerade keinen Sinn für Rumgekasper hatte. "Ich meine, was wir vorher falsch gemacht haben?"

"Äh, das fragst du jetzt?!" fragte Jörg verblüfft und verzog das Gesicht. "Alter, da hab ich jahrelang auf dich eingeredet, aber du –"

"Nein! Letztes Mal! Beim Endspiel! Damit das diesmal richtig ausgeht!" Er stöhnte. "Sonst dreh ich echt durch!"

"Ach so... Hm. Wie sonst auch. Trikot anziehen? Rituale einhalten?" Jörg versuchte, nicht so hilflos zu wirken wie er sich fühlte.

"Kurz bevor Rahn schießen müßte aufs Klo gehen? Das sollte klappen, die wichtigen Tore verpaß ich ja immer!"

"Das ist doch zum kotzen, daß wir irgendwie nichts tun können!" Jan sah mit grimmiger Miene zu Jörg. Der grimmassiert, *was kann ich denn dafür??*

"Ihr könnt doch nach Bern fahren," wandte Karl ein. "Mir wüßte auch nichts, was Ihr da ausrichten könntet, aber den Weltenlauf lenkt man eher an seinem Angelpunkt als an seinem Arsch." Mit seiner Bierflasche in der Hand machte er eine ausholende Bewegung in Richtung der umliegenden Landschaft.

"Deswegen wollten wir ja wenigstens hierher zurück. Mehr Angelpunkt kriegen wir nicht." Jan seufzt. "An Bern hatten wir ja auch schon gedacht, aber sobald wir aus Mecklenburg rausfahren, landen wir nur wieder in der Zukunft, aus der wir weg wollten. Sagt Jörg..." Er drehte sich düster zu ihm, als sei der daran schuld.

"Aber wenn wir *vor* dem Spiel rausfahren?"

Jörg beugte sich vor, bevor irgendjemand sonst das Wort ergreifen konnte. "Dann, ähm, landen wir nur in *irgendeiner* Zukunft. Gott würfelt nun mal. Und die Chance, daß das besser ausgeht, naja... Die Ungarn haben schließlich zwei null geführt."

Karl verstund. "Die Welt muß schon durch ein langes Nadelöhr, damit alles so wird wie es ist."

"Wollte ich auch gerade sagen," sagte Giovanni und trank aus.

"Es bleibt also dabei, wenn wir unsere Zukunft wieder richtig machen wollen, müssen wir irgendwie dafür sorgen, daß die Deutschen gewinnen. Aber nach Bern können wir nicht? Also wie dann?" Ohne hinzusehen ploppte Jan vier neue Biere auf und verteilte sie.

"Wir haben doch immer noch den Brief von Gerda. Müssen wir nur abschicken. Wenn einer für etwas sorgen kann, dann sie!" Jörg drehte sich zu Karl. "Wie lange würde wohl ein Brief nach Zürich dauern?"

Karl tat freundlicherweise so, als würde er nachdenken. "Schon frankiert?"

"Äh. Nein."

"In den Westen?"

"Äh, ja."

Karl runzelte die Stirn. "Naja, bis der gesammelt, sortiert, von den einschlägigen Stellen gelesen, verstanden und wieder verschlossen wurde... Der Satzbau ist hoffentlich nicht zu kompliziert?" Er lächelte bedauernd und schüttelte den Kopf. "Das dauert fünfmal so lange wie ihn selber abzugeben." Er zögerte. "Aber da könnt Ihr, wenn ich euch recht folgen konnte, nicht hin."

Die drei quittierten ihr Dilemma mit demütigem Nicken.

Karls Miene dagegen belebte sich wieder. "Aber ich weiß wer."

"Wie, wer denn?" frug Jan ernsthaft erstaunt.

"Ich."

Vögel piepten. "Äh. Klar!" Jörg war als erster wieder da. "Hätt ich selber drauf kommen können! Er ist von hier, und alles was er braucht ist Vitamin D. Und das haben wir." Er kramte ein Bündel Dollarscheine aus der Tasche und überschlug die Summe. "Genug." Obwohl Karl davon wußte, machte er bei dem Anblick doch noch große Augen.

"Kommst du denn überhaupt hier raus? Ich weiß nicht genau warum, aber das war ja dann irgendwann nicht mehr so einfach..." wandt sich Giovanni, um es zu erfahren, ohne zu deutlich zu werden und damit die oberste Zeitdirektive zu verletzen. Jedenfalls spürte er Jörgs alarmierten Gesichtsausdruck im Nacken.

Karl bemerkte sein Zögern und ahnte den Grund dafür. "Ich weiß ja nicht was alles so kommt... aber es geht schon. Einfach ist es nicht, aber euer Vitamin D hilft definitiv!" Er wies, immer noch voller Respekt, auf das Geldbündel.

Der Abendwind strich leise murmelnd über die Wipfel. Obwohl die Sonne schon untergegangen war und nun den Himmel in zuversichtlich sehnende Ockertöne tauchte, war es noch einmal wärmer geworden. Grillen zirpten. Fast hörte man das Ostseerauschen in der Ferne.

Karl dagegen wurde wieder geschäftlich. "Also, ich nehme etwas Geld mit, fahre irgendwie nach Zürich und überbringe deiner Tante Gerda den Brief."

"Großtante." Jan fürchtete kurz, mangelnde Genauigkeit könnte den Plan gefährden, und fing sich dann wieder. "...Aaber das sah man ihr damals wohl sowieso nicht an."

"Das möchte ich hoffen."

"Und das würdest du für uns tun?"

"Klar. Wann sehe ich schon mal die Oberseite der Welt?"

"Naja, wenn es klappt, sind wir Weltmeister und fein raus," sagte Jan mit leicht schlechtem Gewissen. "Aber du hast noch 35 Jahre DDR am Hacken!" Seine Augen weiteten sich. "Oder wieviel auch immer, wer weiß...!"

"Aber wenn nicht, dann kommt der Wotan wieder aus dem Volkskörper gekrochen. Da ist mir ein rumpeliger Sozialismus wirklich lieber. Und wer weiß, vielleicht erliege ich ja den volatilen Verlockungen des Westens..."

Jörg grinste. "Und wenn *ein* Mensch Gerda die Situation verklickern kann, dann du."

Eine zeitlang tranken die vier still ihr Bier. Giovanni atmete tief ein und aus. "Und wir?"

Jan seufzte. "Tja, wie gesagt bleibt uns wohl nichts anderes zu tun als unter Hoffen und Bangen dem Weltenlauf zuzugucken."

"Na hör mal! Und was wir tun können! Wir sitzen auf dem Sofa, trinken Bier und beten, daß die Geschichte gut ausgeht!"

"Du meinst wie beim Fußball?"

"Genau. Wie beim Fußball."

Am frühen Vormittag stand Karl mit gepackter Tasche an der Scheune und umarmte Heinz und Elfriede innig. Als hätte er den Eindruck, es könnte länger dauern.

"Und du willst nicht doch noch abwarten, wie das Halbfinale ausgeht?" frug Jan vorsichtig. "Im Fußball gibt es Überraschungen..."

"Ach, ich werde schon noch erfahren wie das ausgeht." Karl schien schwer zu halten. "Und ins Ungefähre vorzustoßen ist immer besser als zu spät."

Da hast du wohl recht, nickte Jan defensiv.

"Vielleicht sind wir ja sowieso noch hier, wenn du wiederkommst..." versicherte Jörg gegen seine Überzeugung.

"Und gib uns irgendein Zeichen wenn du drin bist!" sagte Giovanni.

"Wie soll er das denn machen...?"

"Keine Ahnung. Er ist auch ein Zwischenwesen. Zwischenwesen können sowas."

Karl zwinkerte, *da hast du recht!* Er nahm Haltung an und reckte die linke Faust zum Gruße. Heinz und Elfriede auch. Jörg und Giovanni ebenso.

"Wir sehen uns in Havanna!" sagte Giovanni weihevoll.

"In dem Yankee-Bordell?!" frug Karl und ließ seine Faust leicht sinken. "Was sollen wir denn *da*?!"

"Och, wart noch ein paar Jahre." Jörg grinste. "Ich sag ja nichts, aber kannst dich schon mal freuen!"

Karl grinste interessiert. Dann sah er nochmal in beide Richtungen die Straße hinunter und machte ein Handzeichen.

Jan fuhr den Fiesta aus der Scheune, Karl warf seine Tasche auf den Rücksitz und stieg schnell und wortlos ein. Er hinterließ ein letztes Adieu in Richtung der etwas ungelenk Herumstehenden, dann rumpelte das Auto über die staubige Straße davon.

Jonas saß mit verschlafener Miene in der Vormittagssonne auf dem Beifahrersitz, mit einer Flasche Rohmilch in der Hand und kaute an einem weißen Brötchen. In der anderen Hand hielt er einen Zehnreichsmarkschein, den er so oft in der Hand gehabt hatte, aber erst jetzt ausgiebig studierte. Sah schon imposant aus. Mit Adlern und Männern mit kantigem Kinn oder Zwirbelschnauzern und so. Kein Wunder dass die Leute hier einem dafür alles gaben.

Die Fahrertür ging auf und Philipp ließ sich auf den Sitz fallen. "Also, hier hat keiner was mitgekriegt. Aber," grinste er, "der Vetter von dem einen hat zwei Dörfer weiter ein schnelles Luxusauto nach Norden fahren sehen."

"Das waren aber nicht wir, oder?" frug Jonas kauend.

"Wie, wir?" fühlte Philipp sich in seiner Brillanz gestört.

"Naja," Jonas schluckte runter. "Zwei Dörfer weiter kann ja auch zurück sein. Vielleicht hat der *uns* gesehen. Wann denn?"

"Idiot!" fluchte Philipp, stieg wieder aus und knallte die Tür zu.

"Ich mein ja nur..." maulte Jonas und biß ab.

In einem rustikal eingerichteten Zugabteil hatte Karl es sich bequem gemacht, saß gemächlich schaukelnd auf einem harten Lederpolster und begutachtete die mitgegebenen Dinge. Das mit Abstand Heranziehendste war ein Bündel Dollarscheine, den er entblätterte, um die Scheine einzeln mit den Fingern zu reiben, als könnten sie Sporen entlassen. Ein Benjamin Franklin, diverse Andrew Jacksons, Lincolns, Washingtons. Eine seltsame Pyramide mit einem Auge in der Spitze. Herrschaftliche Häuser. Eine seltsame Ferne, so nah sie auch sein mochte.

Dazu der Brief an Gerda Guinand, Spiegelgasse 14, Zürich. Mit dem Absender Gerda Guinand, Spiegelgasse 14, Zürich. Selten hatte Karl einen Stapel Papier in der Hand gehalten, der mit so wenig Gewicht eine solche Weite in Raum und Zeit aufspannte. Vom sanften Rattern und seinen entschweifenden Gedanken geschaukelt, dämmerte Karl langsam davon.

Und riß abrupt die Augen wieder auf.

Jörg, Giovanni und der vom Bahnhof zurückgekehrte Jan hingen auf Sofa und Sesseln und guckten archaisches Westfernsehen. Kinderstunde. Giovanni gähnte offensiv. "Alter Verwalter. Erst stundenlang Testbild, jetzt das. Ich dachte immer, Ihr wärt der peppige Teil Deutschlands gewesen! Schalt mal um auf DDR, langweiliger kanns echt nicht werden." Niemand rührte sich.

"Wann ist das Halbfinale?"

"Übermorgen," sagte Jan. Dauerte noch.

"Oh Mann," stöhnte Jörg. "Jetzt sollen wir sechs Tage hier rumsitzen und niemandem auffallen? Und es gibt noch nicht mal Netflix. Habt Ihr zufällig was zu lesen mit?" Die anderen verneinten, indem sie sich nicht rührten. Plötzlich ruckte er hoch und riß die Augen auf. "Scheiße!"

"Ne Streife?" frug Giovanni glasig.

Jörg sprang auf. "Nein! Scheiße!" Er drehte sich zu Jan. "Wann ist Karl losgefahren? Hält der nochmal irgendwo in Mecklenburg?!" japste er panisch.

Jan rappelte sich hoch, musste sich erst auf das neue Tempo einrichten. "Äh, bestimmt. Aber ich hab keine Ahnung wo der langfährt. Ich war ja nicht mit im Bahnhof. Wieso?"

"Dann müssen wir den Zug irgendwie auf der Strecke anhalten!" Jörg zog Jan quasi vom Sofa hoch. "Los komm! Auf dem Weg hierher sind wir doch über so einen Bahnübergang gefahren! Da muss er vorbeikommen."

Hektisch knarzend ruckte Karl eine Abteiltür auf, darin saß ein junger Mann. "Hast du Geld dabei?" verlor er keine Zeit. "Äh, wieso?" entgegnete der Jüngling überrumpelt und sah von seinem Buch hoch. "Egal," keuchte Karl. "Sag schon, wieviel!"

Der Jüngling war ausreichend perplex, um sich dem übergriffigen Gehabe des Fremden nicht zu versperren. Brav kramte er in seiner Tasche und zählte. "53 Mark und zwanzig."

Karl hielt ihm einen Zehndollarschein vor die Nase. "Tauschen?" Der Jüngling machte große Augen und klappte stumm mit dem Unterkiefer auf und zu, unternahm aber sonst nichts. "Das Angebot ist gleich vorbei, und ich will nicht stehlen!"

Der Jüngling nickte aufgeregt und hielt ihm das Geld hin. Karl griff zu und gab ihm den Schein, den er mit zitternden Fingern entgegennahm, sowas wie "danke" stammelnd. Karl sortierte das Geld in ein anwachsendes Bündel, das er bereits in der anderen Hand hielt.

Karl stolperte aus dem Abteil und wandte sich gerade zum nächsten, blieb aber doch kurz stehen und dachte. Dann kehrte er um, zog die Abteiltür noch einmal auf, zupfte einen Zehnmarkschein aus seiner Hand und warf ihn dem Jüngling hin, der nunmehr interesselos beobachtete, wie das Papiergeld zu Boden sank. "Umtauschkurs hat sich gerade geändert," sagte Karl sachlich und hob großzügig schmunzelnd die Augenbrauen. Dann war er flugs wieder verschwunden und riß die nächste Abteiltür auf.

Dort erschrak er ein ältliches Ehepaar in vornehmem Putz, das ihn nach einer Schrecksekunde misstrauisch beäugte. Die Dame klammerte sich reflexhaft an ein edles Täschchen vor ihrem Bauch, als wolle es ihr jeder entreißen. Karl überlegte schnell und kam zu dem Schluß, daß er, sollte er das Pärchen so forsch anreden wie nebenan den jungen Herren, es sicher umgehend in Ohnmacht sänke und wenn nicht, dann doch eine sprödere Verweigerungshaltung einnehmen könnte als jener. Und überdies sah es so aus, als berge es versteckte Schätze, die man nur einem verständigen und gewogenen Menschen gänzlich entlocken könne.

Also ließ Karl sich stumm in einen der hartgepolsterten Sitze fallen. Man grüßte sich knapp und fügte sich seiner Wege. Der Mann saß weiterhin in einer Habachtstellung, um sich notfalls auf Karl zu werfen, sollte dieser Unbill verbreiten. Der jedoch saß mit unbeteiligtem Gesicht auf seiner Scholle, zog den verbleibenden Packen Dollars aus der Tasche und zählte seelenruhig sein Guthaben. Dem ältlichen Ehepaar, zu keiner gespannten Contenance mehr fähig, liefen die Augen über. Das einzige, was sich an ihnen noch bewegte, waren die schaukelnden Klunker an den Ohren der Dame. Karl tat als bemerkte er beiläufig das Interesse. Er sah auf und lächelte leutselig. "Tjaja, damit hat man ganz schön was in der Hand in diesen Tagen."

Seine älteren Mitreisenden nickten blöde und wie ferngesteuert. "Hätten die Herrschaften vielleicht Interesse an solcherart Devisen?" Nach einer kurzen Verständnispause, in der die Herrschaften innerlich sortierten, ob der junge Mann tatsächlich gemeint haben könnte, was ihre Ohren vernommen haben, nickten sie hektischer. "Womit würden Sie das denn aufwiegen wollen?" Die Herrschaften sahen sich ratsuchend an. "Das alles, meine ich," unterstrich Karl mit einem öligen Grinsen, das in jener Zeit noch keine Alarmglocken läuten ließ. "Allerdings habe ich nicht viel Zeit, denn ich muss gleich aussteigen!"

Wie auf einen Pfiff ging ein Ruck durch das Ehepaar, und es kramte alles aus Taschen und Börsen hervor, was glänzte und nicht angewachsen war. Armbanduhren wurden abgelegt, Armreifen abgestriffen, Zigarettenetuis entleert, Manschettenknöpfe abgerissen, Ohrringe entfernt, Halsketten enthoben und auf einen glitzernden Haufen gestapelt, der dem Nest einer Elster zur Ehre gereicht hätte. Dazu wurde ein Bündel grauer Geldscheine gereicht.

Karl sog das Angebot ein, wog seinen Kopf, bang verfolgt von flehenden Augen. Wortlos wägend frug er noch nach dem mit Steinen besetzten Täschchen. Die Dame nickte schnell, klaubte die restlichen persönlichen Dinge heraus und schob es ihm hin. Dann nickte er wohlwollend und übergab das Dollarbündel erleichtert zitternden Händen, sortierte die Gegengaben in das Täschchen und legte gönnerhaft einen Zehnmarkschein zurück. Daraufhin verabschiedete Karl sich mit einem salopp angedeuteten militärischen Gruß, "eine Freude mit Ihnen Geschäfte zu machen," und war wieder verschwunden – was die Eheleute schon gar nicht mehr mitbekamen, denn sie waren offenen Mundes mit dem Zählen und Streicheln grüner Geldscheine vollauf beschäftigt.

Und wieder saßen die drei in ihrem Fiesta und düsten wie besengt eine Landstraße hinab. Deutlich angespannter als auf dem Hinweg.

"Wo sind wir denn wohl hergekommen?" fragte Jan hilflos.

"Hier ist schon richtig. Müsste da vorne bald kommen."

Jörg kniff die Augen zusammen und spähte über das platte Land. Satte grüne Wiesen zwischen herrschaftlichen Alleen. Am Horizont tuckerte gemächlich ein Zug.

"Da ist er!" schrie Jörg und zeigte in die Ferne! "Alter, guck, da ist er! Gib Stoff, wie du noch nie Stoff gegeben hast!" Geistesabwesend holte Jan alles aus dem Auto raus und überholte, ohne sich über das Aufsehen, das er erregte, Gedanken zu machen, einen einheimischen Wagen, der vor sich hin zuckelte.

Der Zug kam einigermaßen voran, die Jungs aber besser. Wie erwartet führte die Straße auf einen gemeinsamen Fluchtpunkt hin. Der Bahnübergang war schon in Sicht. Jan gab alles. "Und was mach ich wenn wir da sind?"

"Alter, wir haben genug Vorsprung! Der kann noch anhalten! Bleib einfach auf den Schienen stehen!" bellte Jörg intensiv wie ein Boxtrainer auf Jan ein.

"Naja, vielleicht mehr so knapp drauf," merkte Giovanni vorsichtig an. "Damit der nur vorbeischrammt wenns eng wird..."

"Da ist aber schon zu!" wagte Jan plötzlich einzuwerfen und ging instinktiv vom Gas.

"Was?!"

"Da ist eine Schranke. Und die ist unten."

"Scheiße!"

Jan hielt notgedrungen. Die Jungs sackten erschöpft in ihre Sitze und keuchten. Der Zug ratterte vorbei. An der Seite hing ein Schild, *Wismar – Berlin.* "Das ist er. Da sitzt er drin," stellte Jan nüchtern fest.

"Fuck! Fuck! Fuck!" fluchte Jörg und haute im Takt auf das Armaturenbrett.

Jan seufzte. "Pass auf den Airbag auf!"

Der Mercedes stand in der brütenden Nachmittagshitze an einer heruntergelassenen Bahnschranke. Philipp frug sich ungeduldig, ob sie tatsächlich in letzter Zeit heruntergelassen wurde, und ob sie sich entsprechend in absehbarer Zeit wieder heben würde. Jonas auch. Währenddessen zählte er Geld.

"Wieviel haben wir noch?" frug Philipp desinteressiert.

"Och, schon so knapp über hundert," sagte Jonas. "Nee, warte..."

"Das reicht für drei Wochen! Dicke!" zischte Philipp grimmig, den der Aufschub nicht gerade milder stimmte. "Egal wie lange es dauert!" Er zeigte drohend mit dem Finger voran. "Wir kriegen euch!"

In dem Moment kam gemächlich ein Zug angerattert.

Jonas' Kopf ruckte hoch! "Was? Sind die da drin?"

"Wer!"

"Na die drei..." Er suchte den passenden Ausdruck. "Verräter!"

"Wo?"

"Na in dem Zug."

"Was?" Philipp ließ sich nur mühsam aus seinem heiligen Groll reißen. "Quatsch!"

"Wieso sollen wir dann die im Zug kriegen?" frug Jonas vorsichtig wie jemand der ahnt, daß er selber derjenige ist, der etwas nicht versteht.

"Den Zug meine ich doch gar nicht, du Trottel!" fauchte Philipp wie jemand, der es leid ist, der Welt Erklärungen zu schulden. "Das war nur so allgemein... Ach, zähl weiter!" Jonas, der sich sowieso in der Aufregung verrechnet hatte, zählte weiter. Der Zug fuhr vorüber, die Schranke blieb unten. "Ob das hier mal irgendwann weitergeht?" nölte Philipp und guckte genervt in der Gegend herum.

Karl setzte sich wieder in sein sanft ratterndes Abteil, ein dickes Päckchen Ostmarkscheine und das edle Täschchen deponierte er neben sich. Nicht panisch, aber ohne Zeit zu verlieren und in zielgenauen Bewegungen zog er Gerdas Umschlag wieder aus seiner Tasche, dazu einen Stift und ein großformatiges Notizbuch mit Dünndruckpapier. Er schob den Stift sachte hinter den Klebestreifen des Umschlags, riß ihn vorsichtig auf und entnahm ihm einen zusammengefalteten Brief. Ein kleines, sehr vergilbtes Foto fiel heraus. Karl fing es gerade noch auf und betrachtete es. Gerda als etwa Zwanzigjährige. Hübsch! Er entfaltete den Brief und glättete ihn. Er war von einer zittrigen, aber durchaus geschwungenen, charakteristischen Handschrift erfüllt, in einem deutlichen Kontrast zur zeitgenössischen Kleinschnörkelei. Er schlug sein Notizbuch auf und blätterte etwa ein Drittel dichtbeschriebener Seiten durch, bis er eine leere Seite fand. Er legte den Brief darunter, daß er vage durch das dünne Papier schien, und begann ihn abzupausen, mitsamt der sanft geschwungenen Schrift.

Meine liebe Gerda...

Der Zug verschwand in der Ferne. Jörg hob den Kopf aus seinen Händen. "Wir sind solche Idioten!"

Giovanni und Jan sahen sich forschend an, dann wieder zu Jörg. "Was sollte eigentlich die ganze Aufregung?" frug Giovanni demütig.

Jörg setzte sich auf und beugte sich zur Erläuterung vor. "Versteht

Ihr denn nicht?! Der Brief! Die Dollars!" Noch verstanden sie nicht.

"Die hätten wir am Bahnhof gegen Ostgeld oder Schmuck oder so eintauschen müssen!"

"Ich dachte mit den Dollars kommt Karl besser durch? Vor allem dann im Westen?" frug Jan mit banger Stimme.

"Theoretisch, ja. Aber praktisch sind die nicht von *hier*! Wir haben das alles mitgebracht! Aus der Zukunft!" Jörg sah von einem zum anderen. Es sickerte ein. Die Mienen der Jungs bewölkten sich.

"Das heißt, Karl hat eigentlich nichts in der Hand?"

"Genau."

Giovanni stöhnte. "Und ich hatte gedacht, wir würden langsam an alles denken!"

Jonas fing nochmal von vorne an zu zählen, diesmal konzentrierter. Philipp stierte geradeaus! "Da sind Sie!"

"Was?"

"*Da sind Sie!*" schrie er spuckend und juckelte hilflos auf dem Fahrersitz vor und zurück. "Diese drei..." Er rang nach passenden Worten. "Kufnucken!"

Jonas sah hoch auf die andere Seite des Bahnübergangs, und tatsächlich! Dort stand das lang gejagte Auto der drei Verräter. Die sich anscheinend gerade angestrengt unterhielten, jedenfalls hatten sie die Brüder noch nicht bemerkt. "Du hattest recht, die kriegen wir!"

"Kann diese verdammte Schranke jetzt mal hochgehen?!" Philipp hielt es nicht mehr in seinem Sitz, hochroten Kopfes stieg er aus, marschierte zur Schranke und begann, sie per Hand hochzustemmen.

"Guckt mal der da! Dem dauert das auch zu lange." Giovanni zeigte beiläufig auf den Mann gegenüber, der die Schranke per Hand öffnen wollte.

"*Alter! Scheiße!*" blaffte Jan auf einmal. "*Das sind Philipp und Jonas!*"

"Verarsch mich nicht!" Jörg ruckte hoch. "Doch! Scheiße!"

"Wie kommen die denn auf einmal her?!" Jans Stimme schlingerte.

"Naja, ich denke mal wie wir."

Derweil rackerte Philipp sich ab. Die Schranke, die er durchaus gehoben bekam, wollte nicht oben bleiben. Vor Wut dampfend ließ er sie runterknallen und marschierte dann eben direkt rüber zum Fiesta, seinen Blick wie ein Laserpointer direkt auf Jans Stirn gerichtet.

"Und jetzt kommt er her! Schnell weg!" betete Giovanni.

Jan reagierte verzögert, aber dann koordiniert. Er ließ den Wagen an, haute während er kurbelte den Rückwärtsgang rein, setzte zurück, knallte gegen das Auto, das er vorhin überholt hatte, kurbelte andersrum, ließ den Motor aufröhren und brauste die Straße zurück.

Philipp, der seinen Schritt schon beschleunigt hatte und auf wenige Meter herangekommen war, fluchte und trat geifernd gegen das dort stehende Auto, das tatsächlich einen Schritt nach hinten rutschte.

Hinter ihm gingen die Schranken hoch. Er stampfte zurück, brüllte vor Zorn und schlug mit der Faust gegen eine aufrechtstehende Schranke. Er warf sich ins Auto und knallte die Tür zu.

"Was sollte das denn?! Nachher fällt die Schranke wieder vor uns zu..." ermahnte ihn Jonas. "Wärst du mal im Auto geblieben, dann hätten wir sie jetzt."

Philipp schnaufte. "Halt's Maul und fahr los!"

Jonas wies ihn mit einem defensiven Nicken darauf hin, dass nun mal er am Steuer sitze. Schmorend ließ Philipp den Motor an und jaulte los.

Mit deutlich entspannterem Schwung malte Karl die letzten Worte des Briefes nach. *Deine zukünftige Gerda.* Dann lehnte er sich endlich zufrieden gegen die hölzerne Lehne. Er betrachtete wieder das kleine Foto. Bis es verschwand. Zusammen mit dem Umschlag und dem Brief aus seinem Notizbuch. Er sah in die sanft wogende Landschaft hinaus, die wie ein schönes Bild in einer kargen Mönchsklause hing. Auf Wiedersehen in Mecklenburg. Man kann nicht immer an alles denken.

Auf einem von dornigem Gebüsch überwucherten ehemaligen Bahndamm flattern viele Dollarscheine in einem seltsamen Fahrtwind, der von nirgendwoher kommt. Ein kleines, sehr vergilbtes Foto einer hübschen Frau fällt schaukelnd auf den wildgewachsenen Boden.

Ein paar Abteile weiter durchsuchten die ältlichen Eheleute, mit denen Karl so gerne Geschäfte gemacht hatte, wie aufgescheucht und mit wilden Strähnen im Gesicht jede Tasche ihrer Jacken und jedes Fach ihrer Reisetaschen, prüften den Verschluss des Fensters, krochen wie blind und hilfesuchend auf dem Abteilboden herum, wo sie noch den hintersten Winkel unter den Sitzen mit bloßen Fingern sauberwischten, und jammerten bei alldem erbarmungswürdig. Doch nichts!

Wie einmal kräftig durchgeschüttelt rollte der Fiesta wieder die ewig menschenleere Straße entlang und verschwand in der Scheune. Die Jungs blieben noch kurz im Halbdunkel sitzen und verschnauften.

"Habt Ihr die noch mal gesehen?" fragte Jan.

"Nee." Giovanni klang zuversichtlich. "Ich hab die ganze Zeit hinten rausgeguckt. Die sind wir los!"

"Uff! – Und jetzt?"

"Jetzt sind wir wohl auf uns gestellt."

Wenige Stunden später stand Karl am Schalter eines größeren Bahnhofs und nahm eine Fahrkarte in Empfang, schob im Gegenstück ein schimmerndes Schmuckstück hinüber. Der Schalterbeamte stutzte kurz. "Da kann ick Ihnen aba nix für rausjem."

"Nein, nein, das hält sich schon die Waage," beschwichtigte Karl freundlich.

"Na, wat ooch imma," sagte der Schalterbeamte und ließ es in seine Tasche gleiten.

Bald darauf lehnte Karl auf einem Hocker in einer holzigen Bahnhofkneipe, trank hopfiges Vollbier und aß zufrieden ein regionales, ungewöhnlich üppig belegtes Wurstbrot. Wie die meisten der anwesenden Gäste hörte er mit halbem Ohr auf einen Volksempfänger hinter der Theke, aus dem gerade Sportnachrichten krächzten. "...trifft am Mittwoch auf den kleinen Nachbarn Österreich. Damit steht die BRD also wirklich im Halbfinale der Fußballweltmeisterschaft, wo die Entscheidung fällt, wer sich am Sonntag in Bern beim Finale gegenüberstehen wird..." Karl grinste schon mal.

Der Mercedes stand an einer Dorfstraße und Philipp sprach erstaunlich ruhig mit einer Einheimischen, die aufgeregt nickte. "Jaa, jaa, so ein Auto ist hier vorhin durchgefahren! Da lang!" Mit einem ausgestreckten Arm wild zitternd zeigte sie grob nach Norden. "So schnell und modern war das, ich dachte schon das muss von den Russen sein!"

Philipp bedankte sich höflich, wünschte einen schönen Abend und griente Jonas an. "Siehst du? Die können sich nicht vor uns verkriechen."

Die Abteiltür wurde aufgerissen, Karl schreckte jäh aus seinem Schlaf. Der Zug stand, halbverständliche Rufe klangen von draußen heran. Ein Schaffner baute sich vor Karl auf. "Räiseposs! Aüsreesegenehmigüng!" Routiniert hielt Karl ihm einen selbstgefalteten Umschlag hin. Der Schaffner ergriff ihn, linste kurz hinein. Ein Armband mit bunten Steinen funkelte darin, obwohl von keiner Seite Licht hineinfiel. Geschäftsmännisch steckte er den Umschlag in seine Uniformjacke, sagte "donkescheen!" und war wieder verschwunden. Karl wiederum fand langsam Gefallen an dieser Art zu reisen.

Am nächsten Morgen stieg Karl mit endgültiger Miene aus dem Zug und betrat erwartungsvoll den Bahnsteig. Der Bahnhof erschien ihm deutlich belebter und gepflegter als der in seiner mecklenburgischen Heimat, selbst als der in Berlin. Auch hier war Grau vorherrschend, aber hier war es farbiger. Er versuchte sein bewunderndes Staunen nur halbherzig zu vertuschen, als er wie ein träger Fisch durch die zappelige Menschenmenge glitt. Dann trat er ins Außen, und sog alles einmal tief ein. Zürich! Der See! Die Limmat! Die Brücken, die Kirch-türme, die winkeligen Gassen! Er atmete wieder aus. "Genosse Lenin, ich kann dich verstehen!"

Er schlenderte ziellos staunend durch die Stadt und hielt doch vor einem bestimmten Haus in einer kleinen abseitigen Straße. Er sah einmal die Fassade hoch und wieder herunter, drehte sich um, sondierte den kleinen baumbestandenen Platz, als würde er von einer mysteriösen Zeitvariantenpolizei verfolgt, die selbstherrliche Eingriffe in den Weltenlauf sühnt. Doch niemand da. Dann nahm er innerlich Haltung an und trat durch die offene Haustür ins Innere.

Er schlurfte zielstrebig zwei Stockwerke hoch, bis er die gesuchte Tür fand, dann doch noch kurz zögerte, aber schließlich klopfte. Eine junge Frau öffnete. Gerda. Und sie sah zu Karls Erleichterung tatsächlich aus wie auf dem Foto. Mit weltoffenen Augen musterte sie den Fremden.

"Ja...?"

"Guten Tag, äh, das soll ich Ihnen überbringen." Er lächelte, diesmal unbeholfen. "Zurückgeben, sozusagen." Er reichte ihr sein Notizbuch, aufgeschlagen auf der Seite mit dem handschriftlich kopierten Brief. "Die Kopie eines Briefes. Das Original und ein Erinnerungsstück sind leider im Zug der Ereignisse verlorengegangen."

Gerda nahm das Buch entgegen, ihre Aufmerksamkeit aber blieb an Karl haften. "Und was wird das...?" frug sie immer noch offenherzig und mit einem interessierten Schlag ins Schweizerische.

"Es ist kompliziert. Aber Sie müssen mit mir nach Bern," fiel Karl dann doch mit der Tür ins Haus. "Am Sonntag."

"Herzlich gern! Aber nach Bern? Die haben so einen furchtbaren Dialekt."

"Lesen Sie am besten erstmal den Brief!" Er hatte den Eindruck, als könne sie sich die Situation immer noch selbst am besten erklären. Sie hob das Buch und blätterte es interessiert durch, blieb hier und dort hängen. "Haben Sie das alles geschrieben? Sind Sie ein Schriftsteller?" Sie nagelte ihn mit einem herausfordernden Blick fest.

"Äh, ja, weiß nicht..." Fast lief er rot an. "Aber im Moment geht es nur um den Brief. Alles weitere –" ließ er versanden.

Sie blätterte wieder nach hinten und betrachtete den Brief. Dann noch konzentrierter, und warf ihre hübschen Augenbrauen in kokette Falten.

"Das ist ja meine Handschrift," sagte sie ernsthaft erstaunt und las weiter. "Kommen Sie am besten erstmal mit rein!" sagte sie ohne aufzusehen, und führte Karl herein. Die Wohnung war nicht groß, sparsam und unaufgeregt ausgestattet, doch hier und da mit einer kunstsinnig-plüschigen Ecke. Im Wohnzimmer standen ein Sofa, ein

Tischchen mit einer kleinen Jugendstil-Lampe, ein Sessel, ein Radio und ein Tisch für vier. An der Wand hing ein eher großformatiges Gemälde mit einem zurückgelassenen und halb verrotteten Holzpflug auf einem weiten Feld unter einem blauen Himmel. Sie deutete ihm, sich zu setzen, während sie zum Fenster ging und im Licht der Sonne, die für Karls Empfinden heute besonders wärmend hereinschien, weiterlas.

Die letzten Worte begleitete sie mit sich stumm bewegenden Lippen, überflog die Seiten nocheinmal, hob die Augenbrauen und sah kokett hoch. "Ich weiß nicht ob ich alles ganz rein verstanden habe, ein paar meiner Worte kann selbst ich nicht lesen...?"

"Ja, äh, ich musste den Brief ja kopieren, und die Zeit war knapp." Er lächelte defensiv. "Wie gesagt, es ist kompliziert..."

Gerda schien amüsiert. "Tja, wenn Sie mir schon den weiten Weg aus der Zukunft geschickt wurden, füllen Sie doch Ihre Zeit im schönen Zürich und erzählen mir einfach nochmal diese Geschichte, die ich *nie glauben würde, wenn ich jemand anderes wäre!*" Sie legte den Kopf leicht schief, damit das rückwärtige Sonnenlicht ihr Haar wie eine Aureole umkränzen konnte. "Und falls es etwas länger dauern sollte, bis ich sie endlich glaube, haben wir ja bis Sonntag Zeit."

Einige Tage später, am anderen Ende der Welt, bereiteten Jörg, Giovanni und Jan alles für das Endspiel vor. Sie rückten das Sofa zurecht, stellten den Fernseher auf, suchten westdeutsche Sender. Allerdings nicht etwa erwartungsvoll, sondern in deutlich belegter Stimmung. Man war sich der Schwere des Augenblicks bewusst.

Nicht wirklich angestrengt, sank Jörg doch erschöpft auf das Sofa. "Alter, ich fühl mich wie damals vor dem Spiel in Darmstadt! Das war echt scheißknapp."

Giovanni sah sich um. "Und Bier?"

"Hey, das ist jetzt verdammt ernst hier." Jan war nicht ausschweifend zumute.

"Das ist mir klar. Aber ist doch immer noch Fußball!"

Philipp und Jonas, inzwischen deutlich ungewaschener wirkend, fuhren langsam durch ein gefühlt menschenleeres, sonnendurchtränktes, staubiges mecklenburgisches Dorf. Ihre Flamme war jedoch noch nicht erloschen. Mit beinahe fiebrigen Augen suchte Philipp beide Straßenseiten ab, während Jonas versuchte, aus einer alten Straßenkarte Deutschlands schlau zu werden. Er sah hoch. "Wo wollen wir nochmal hin?"

"Die Alte hatte gesagt, irgendwo in dieser Straße wohnen die Leute, die einen Fernseher bekommen haben. Und die haben wohl erzählt, dass drei komisch aussehende und redende Leute ihnen viel Geld dafür geboten haben, ihn ein paar Tage auszuleihen."

"Und was wollen wir bei denen? Wir können das Spiel dann doch gar nicht bei denen gucken!"

Philipp blieb gefasst. "Nein, können wir nicht, aber sicher wissen die, wo die drei komischen Leute sich mit ihrem Fernseher nun aufhalten könnten."

Er prüfte im vorbeifahren weiter die Hausnummern, wo denn welche an den Häusern hingen. Dann blieb er vor dem Haus der Eckhardts stehen.

Karl und Gerda verließen ausgelassener Stimmung ein Juweliergeschäft am Bahnhof, mit dem Täschchen der Dame aus dem Zug über den Arm gehängt. Karl zählte erregt Geldscheine, etwas linkisch, weil er in einem Arm zwei mannshohe mit Stoff umwickelte Holzstäbe trug. "Also, als ich in Zürich ankam, haben die mir für so eine Kette gerade mal die Hälfte gegeben..." schüttelte er freudig den Kopf.

"Siehst du?" stolzierte Gerda neben ihm her. "Jetzt bist du ja auch mit mir unterwegs." Ihr Gesicht verbitterte sich. "Aber die haben wirklich einen grusigen Dialekt hier."

Karl sah sich um. "Und wo müssen wir jetzt lang?"

Ihre Miene zuckte mit den Schultern. "Ich bin auch nicht von hier. Aber ich würde sagen –" Sie hielt an und ihn mit sich, um ihn auf das Umfeld aufmerksam zu machen. "Wir folgen dem Strom!" Dann zog sie ihn in eine anwachsende Menschenmenge, die vor ihnen die Straße hinunterkroch und Karl alles abverlangte, damit die Holzstäbe in keinem Bein hängenblieben. Der Strom trug sie um eine Straßenecke und dort stand –

Das Wankdorfstadion! Karl blieb unvermittelt stehen, ließ die Prozession links und rechts an sich vorbeistreichen, war kurz entrückt von der Gravität des Geschehens. Er dachte an die Verzweiflung der Jungs, und fast wäre ihm ein kleiner Schauer über den Rücken in die Schuhe gelaufen. Soviel Anstrengung bei allen An- und Abwesenden, soviel Frust und Pein und Unwägbarkeit und Hoffnung. Und nun stand die Entscheidung direkt vor seinem Antlitz an, als Einziger im ungeahnt fragilen Gefüge aus Welt und Richtung hatte er es selbst in der Hand, die Schrunden der Vergangenheit und Zukunft zu kitten und zumindest einen Strang der Zeitläufte zum Guten zu wenden. Als Einziger?

"Wir müssen schon noch reinkommen!" erdete ihn Gerda, der seine Levitation keineswegs entgangen war. Sie zog ihn zurück in die Welt und direkt in den Trubel hinein. Rund ums Stadion war nämlich schon einiges los. Gesetzte Herr- und Damenschaften allen Alters, mit Hut und ohne, mit Dialekt und ohne, tummelten sich in banger Vorfreude auf dem Vorplatz. Gerda griff beherzt zu und hielt einen Mann fest. "Sagen Sie, haben Sie eine Eintrittskarte?"

"Ja, hob iach," freute der sich sichtlich.

"Würden Sie die möglicherweise verkaufen?"

Der Mann lachte. "Um kchein Gelld dr Wellt!"

Gerda ließ ihn ziehen und grimassierte, *war einen Versuch wert!* Karl nickte mit kleinem Verzug, er hatte deutlich mehr Adaptionsreibungen mit der unvermittelten Menge. Sie zeigte auf ein biederes Ehepaar, das etwas abseits stand und anscheinend ähnliche Reibungen verspürte. "Die beiden! Die sehen deutsch aus!" Sie zog ihn mit sich und stellte sich vor den beiden auf, die gelinde erschruken. "Sagen Sie, wo kommen Sie denn her?!"

"A-auus Schtuergert!" haspelte der Mann wahrheitsgemäß.

"Perfekt. Würden Sie Ihre Karten weiterverkaufen?"

"Niemals!" stellte er fest, als witterte er eine Art Test.

"Sehr gut!" Ohne Umschweife hielt sie ihm ein Bündel Fränkli hin. Die beiden realisierten, guckten sich kurz und staunend an, griffen dann ohne zu zögern oder sich weiter abzusprechen in ihre Taschen, holten jeder seine Eintrittskarte heraus und tauschten sie gegen das Geld, das die Frau wortlos einsteckte. Karl verabschiedete sich mit einem salopp angedeuteten militärischen Gruß, Gerda reichte ihm seine Karte und strahlte ihn an. "Ich liebe die Deutschen!"

Dem Volkswillen entsprechend nun doch mit Bier ausgestattet, saßen Jan, Jörg und Giovanni auf dem Sofa. Es lief wieder die Vorberichterstattung, die die drei wörtlich genauso vor tausend Jahren schon einmal gesehen hatten, nur diesmal ohne das süffisante Grinsen im Gesicht. Das war auf der Strecke geblieben. Stattdessen stierten sie geradezu auf den Fernseher. Nein, in den Fernseher, als könnten sie ihn mit reinem Starren durchbohren und durch die perforierte Rückwand einen messianischen Lichtstrahl hereinfallen lassen. Klappte aber nicht.

Heinz und Elfriede guckten von der Seite aus zu, sie spürten ebenfalls die Brisanz der Stunde, wenn sie auch nicht wussten warum. "Sind wir jetzt eigentlich auch für die BRD?" frug Heinz.

"Kommt schon!" Jan sah nicht mal nach hinten. "Wenn Ihr jetzt nicht die Daumen drückt, kriegt Ihr auch kein Hamburg '74!" Nach einer Pause spürte er die fragenden Gesichter in seinem Nacken und drehte sich doch kurz um. "WM '74! Die DDR schlägt die BRD eins null nach einem Tor von Walter Spahrbier!" Heinz und Elfriede sahen sich an. Aha. Jan grimassierte *Ups* und wand sich, "sowas soll man ja eigentlich nicht tun, aber dann könnt Ihr beim Ost-Fußballtoto eure Rente saftig aufbessern!"

Gerda und Karl bahnten sich ihren Weg durch das Stadion, wobei ihre Entschlossenheit die Menge wie das Rote Meer teilte. Zu seiner Erleichterung hatte Karl den Eindruck, auf die Art könnten sie sich jeden beliebigen Platz aussuchen. "Wir müssen da rüber! Direkt hinters Tor." Sie zeigte über wogende Köpfe hinweg in eine Richtung, die Karl nicht sah.

Er stellte sich auf die Zehenspitzen. Die Mannschaften hatten bereits ihre Aufstellung genommen. "Hinter das deutsche?!" frug er entsetzt. "Aber nein! Was sollen wir denn da?!"

"Genau. Hinter das deutsche," bestätigte Gerda amüsiert. "Und in der zweiten Halbzeit das ungarische, du Dackel!" Sie nahm die eingepackten Holzstäbe, die er in den Händen hielt, und schlug ihm damit mittelsanft auf den Kopf. "Los komm, wir haben einen engen Zeitplan!"

Die Jungs saßen stocksteif auf dem Sofa, im Hintergrund plärrte der Kommentator. Es ging los.

"Deutschland im Endspiel der Fußballweltmeisterschaft. Das ist eine Riesensensation, das ist ein echtes Fußballwunder. Ein Wunder, das allerdings auf natürliche Weise zustandekam, und das wir dem Fußballverstand unserer Spieler und der Vollkommenheit ihres Spiels verdanken..." dozierte der Kommentar in gedämpft quäkendem Ton, und die Jungs rückten näher. "Und dieses Spiel hier hat bereits vor einer Minute mit sieben Minuten Frühzündung begonnen, und zur Feier dieses aufregenden Fußballduells richten einige lokale Fußballfreunde wohl einen Gruß in die ferne Karibik..."

Jan schüttelte den Kopf. "Was erzählt der...?" Die Jungs beugten sich noch näher zum Fernseher und blinzelten. Hinter dem deutschen Tor entdeckten sie ein zwischen zwei Stäben aufgespanntes, selbstgemaltes Transparent. "Das war aber letztes Mal nicht. Was steht da...?"

Jörg kniff die Augen zusammen. *"Wir... sehn... uns... in... Havanna!"*

Giovanni verstand als erster und stöhnte fassungslos: "Er ist da! Er ist drin!" Die anderen beiden gafften mit offenen Mündern ins Leere, dann brachen alle in Jubel aus, als hätten sie schon gewonnen.

"Karl, du bist ein Teufelskerl!" keuchte Jörg schreiend.

Elfriede verfolgte den Trubel eher verwirrt. "Aber... das hatte er euch doch versprochen!"

Das Spiel war weiterhin in gestrecktem Lauf, Karl und Gerda sahen gespannt zu, hatten das Transparent vorerst wieder eingewickelt. So transparent war es allerdings doch nicht, und so erregten sie Unmut von vielen Seiten. "He! Nehmen Sie mal die Stangen runter! Haben Sie denn noch alle Tassen im Schrank! Rollen Sie das sofort wieder ein! Sonst mach ich Kleinholz draus! Und dann aus Ihnen! Und ich zeig Ihnen, wo Bartel den Most holt! Na endlich! Sowas wie Sie hätten wir früher usw." pöbelte ihnen ein ideeller Gesamtzuschauer mit einem beeindruckenden Strauß zeitgenössischer Drohgebärden in den Nacken. Doch die beiden ficht das nicht an, denn gerade fiel ein Gegentor vor deren Nase. "Na toll, jetzt konnt ich nix sehen, da ist gleich wegen Ihnen ein Tor jefallen!" jammerte der Gesamtzuschauer von hinten.

"....dribbelt nach links hinüber und erzielt das zweite Tor für Ungarn!" fieberten die Jungs zeitgleich mit. "Ungarn führt mit zwei zu null, eine unerhörte Nervenbelastung für unsere Mannschaft.

Unsere Hintermannschaft ist nervös, sie macht sich gegenseitig Vorwürfe, das sollte sie nicht, sie sollte ruhig versuchen, ihr Spiel aufzuziehen, es steht zwei zu null für die Ungarn, und das gibt ihnen eine tolle Sicherheit..."

"Ist das nun gut oder schlecht?" frug Giovanni, das erste Mal in seinem Leben ernsthaft besorgt um die deutsche Mannschaft.

"Du meinst ob ein Zweinull für uns nicht vielleicht sicherer wäre?" wog Jan. *Das meine ich*, mimte Giovanni mit besorgt gerunzelten Augenbrauen.

Glücklicherweise schüttelte Jörg den Kopf und wusste bescheid. "Nachher drehen noch *die Ungarn* das Spiel. Nee, lieber keine Experimente! Alles muss genau so laufen wie es war!"

Die Jungs bangten weiterhin stumm mit dem Fernseher. Zwischenzeitlich war der Anschlußtreffer gefallen, doch das hatten die drei nur mit einem kurzen erleichterten Zusammensacken quittiert. Wenigstens hatten sie danach die Luft, weitere Biere zu öffnen, die sich dann weitgehend unbemerkt leerten. Nun sah Jan auf die Uhr. "Du müsstest jetzt mal aufs Klo gehen!" Ecke. Jan und Jörg beugten sich vor, spannten alle Muskeln.

"...heute ist es keine B-Mannschaft, heute spielt Deutschlands stärkstes Aufgebot – Torr! Torrr! Eckball von Fritz Walter, Tor von Rahn!"

Die Tribüne schrie vor Freude auf, Karl und Gerda jubelten vor Erleichterung, die unterschwellige Pöbelei von hinten war vorübergehend ausgesetzt, selbst als Karl die Stangen im Überschwang kurz aus der Hand kippten. Im Taumel des Ausgleichs bekamen die beiden einen unverhofften doch hochverdienten Aufschub.

Der Jubel bei Jörg und Jan war verhaltener, mehr erleichtert als freudig überrascht. "Genauso war es. Deutschlands A-Mannschaft, der großartige Sieger gegen Österreich, hat aus null zu zwo zwo zu zwo gemacht!" Giovanni kam zurück ins Zimmer, vorsichtig erwartungsvoll. "Na? Tor...?" Die anderen nickten nur stumm. Giovanni ließ sich fallen. "Sag ich doch! Ist immer so."

Der Jubel auf der Tribüne hatte sich gelegt, die Stimmung war zwar gelöster, aber die anderen Zuschauer wie auch Karl und Gerda sahen nun deutlich mitgenommener aus. Karl sah auf die Uhr und signalisierte Gerda bedeutungsschwer, dass es bald soweit sei. *Dann los*, bedeutete sie ihm. Sie nickten sich zu, und beinahe verschämt begannen sie, das Transparent wieder zu entrollen.

"...Sechs Minuten noch im Wankdorfstadion in Bern, keiner wankt, der Regen prasselt unaufhörlich hernieder, es ist schwer, aber die Zuschauer, sie harren aus, wie könnten sie auch, eine Fußballweltmeisterschaft ist alle vier Jahre, und wann sieht man ein solches Endspiel..." Seit dem Ausgleich hatten Jan, Jörg und Giovanni sich nicht mehr bewegt, und der war schon lange her. Doch plötzlich zeigte Jan auf den Bildschirm. "Guckt mal da! Karl hat noch was geschrieben!"

Die drei wurden gedämpft euphorisch, beinahe hibbelig. Jörg las vor, "Rahn links unten!", und grinste anerkennend. "Könnte klappen! Könnte klappen!"

Gerda, Karl und die ganze Nation starrten von ihrem Platz hinter dem nun ungarischen Tor aufs Spielfeld. Und, wie zu erwarten, gefiel das zwar durchhängende, doch aufgerichtete Transparent nicht jedem. "Jetzt nehmen Sie endlich das Banner runter! Passen Sie bloß

175

auf! Wenn ich Sie erwische! Sie hat man wohl vergessen! Sie können sich auf etwas gefasst machen!" und die Volksseele hatte noch gar nicht ausgeredet, da wurde den beiden schon das Transparent aus den Händen gerissen und, ein leichtes Bettlaken, wie von einer Horde Piranhas in Fetzen zerrupft.

Die beiden gerieten in Panik. "Ihr Riesentrolle wißt nicht, was Ihr anrichtet!" schrie Karl außer sich und flehte schweißgebadet Gerda an, dann seine Uhr und das Spielfeld. "Es läuft genauso ab wie sie es mir beschrieben haben!" stöhnte er mit den Nerven am Ende. "Es ist soweit!" Die 84. Minute war angebrochen, und József Bozsik verlor den Ball an Hans Schäfer, der ihn mit nach vorne nahm und in den ungarischen Strafraum flankte. "Mach was!" stammelte Karl.

"Da haben es einige Fußballfreunde wohl zu gut gemeint," fasste der Kommentar das Drama nüchtern zusammen, "und ihren Kameraden im Geiste das Sichtfeld versperrt." Das Transparent war für alle Welt sichtbar zerrissen, und die Euphorie im Wohnzimmer gefror binnen Sekunden. Atemloses Entsetzen griff um sich. Selbst Heinz und Elfriede begriffen, daß es nicht so lief wie es sollte.

"Was machen die Idioten denn da?! Es ist jetzt jede Sekunde soweit!"

"Houston, wir haben ein Problem!"

"...so ausgeglichen, so packend, jetzt Deutschland am linken Flügel... und Bozsik, immer wieder Bozsik, der rechte Läufer der Ungarn, am Ball..." Aber so richtig hörte niemand mehr zu.

"Jetzt wäre der ideale Zeitpunkt für ein Wunder..." jammerte Jan.

Schäfer flankte vor das ungarische Tor, wo Ottmar Walters Kopfballversuch geblockt und in den Rückraum abgewehrt wurde. Zum völlig freistehenden Helmut Rahn.

Rahn nahm den Ball an und zog zum Tor. Karl war zu Stein erstarrt und registrierte nur ganz am Rande, dass Gerda irgendwas an ihrem

Rücken nestelte. Rahn ließ drei Abwehrspieler stehen und setzte zum Schuß an.

Plötzlich richtete Gerda sich ruckartig auf, zog Bluse mitsamt Büstenhalter mit beiden Armen über den Kopf und präsentierte ihren blank strahlenden Oberkörper dem Spielfeld.

Ein Schreck durchzuckte wie ein Stromstoß das Stadion. Alles blieb wie schockgefrostet stehen und hielt den Atem an. Deutsche wie ungarische Spieler sowie alle Ränge starrten ungläubig auf diese Erscheinung hinter dem ungarischen Tor. Die Erde hatte aufgehört sich zu drehen, kein Vogel piepte. Eine unwirklich kühle Stille wie im Kernschatten einer Sonnenfinsternis lag über der Szenerie.

Der ungarische Torwart Grosics, der einzige mit dem Rücken zum Weltgeschehen, hielt verstört inne und sah hinter sich um zu erfahren, was alle so erschreckte.

Ohne zu atmen oder zu blinzeln gafften die drei Jungs auf den Fernseher, aus dem gerade kein Laut drang. Selbst dem Kommentator hatte es die Sprache verschlagen.

"*Worauf wartet der denn...?!*" wimmerte Jan.

Nach ewig scheinenden Sekunden hatte Karl sich gefangen, reagierte als erster, holte tief Luft und verzerrte sein Gesicht in einem erbitterten Schrei.

"*Schiiiiiiiiiiiiiiiiiiiiiiiiiiiiiiieß!*"

Rahn schüttelte sich kurz, und ohne den Blick abzuwenden trat er wie ferngesteuert gegen den leblos vor seinem Fuß liegenden Ball. Eine gefühlte Ewigkeit lang kullerte er knapp am geistig abwesenden Grosics vorbei und blieb kurz doch in vollem Umfang hinter der Torlinie liegen.

Wie der erste Sonnenstrahl, der nach einer Finsternis wieder hinter dem Mond hervorlugt, pfiff William Ling und zeigte auf den

Anstoßpunkt. Es dauerte noch wenige Sekunden, bis alle den Verlauf der Dinge registriert hatten, dann brandete umfassender Jubel auf. Die Bluse noch stramm über den Kopf gezogen konnte Gerda zwar nichts sehen, doch der plötzliche Lärm war unmissverständlich. Mit Karl und allen anderen um sie herum, die ihnen eben noch einen grausamen Tod gewünscht hatten, schrie sie vor Erleichterung auf, riß die Arme hoch, und erfand damit nebenbei eine symbolische Form abendländischer Fußballkultur.

Die Jungs gingen an die Decke und krischen wie von Sinnen. Und nicht nur die. "Toor! Toor! Toor! Tooor! ... Tor für Deutschland! Linksschuss von Rahn! Schäfer hat die Flanke nach innen geschlagen, Schäfer hat sich gegen Bozsik durchgesetzt! Drei zu zwei für Deutschland fünf Minuten vor dem Spielende!" Sie hüpften durch den Raum und verpassten allen eine Bierdusche. Selbst Heinz und Elfriede konnten sich dem nicht entziehen und jubelten leicht linkisch wie einst Angela Merkel.

"Halten Sie mich für verrückt, halten Sie mich für überge-schnappt, ich glaube auch Fußballlaien sollten ein Herz haben und sollten sich an der Begeisterung unserer Mannschaft und an unserer eigenen Begeisterung..."

Da regte sich im anliegenden Haus, das nach außen menschenleer schien, an einem Fenster unbemerkt ein Vorhang. Ein knöchriger Finger schob ihn einen Spalt zur Seite und gab die Sicht frei auf die Silhouetten der drei Jungs, die in durch Gardinen gedämpftem Jubel durch das Wohnzimmer hüpften.

Dann fiel der Spalt im Vorhang abrupt zu.

Der Mercedes rollte gemächlich über eine andere staubige Dorfstraße. "Also, die drei haben den Fernseher da abgeholt, den Bewohnern dafür einen Packen Scheine gegeben, ihn weggetragen, in der Lindenallee in ihr Westauto geladen, dann sind sie kreuz und quer um den Block und dann da reingefahren!" Philipp zeigte voran. "In die Scheune!" Er sog die Sommerluft ein. "Ich liebe das Landleben!"

Jonas horchte auf. "Hast du das gehört?"

In der Kurve atmete langsam wieder alles in abgesackter Zufriedenheit. Gerda ordnete ihre Kleidung, Karl kämmte seine widerständigen Haare mit den Fingern. Sie sahen sich zufrieden an. *Wir waren super!*

"Wars das?" fragte Gerda vorsichtig.

Karl schüttelte den Kopf. "Gleich kommt noch ein Tor mit Abseits." Seine Stirn zerquälte sich. "Hoffentlich."

Im fernen Mecklenburg war auch wieder aller Atem angehalten. Nur einer quasselte sich die Anspannung von der Seele. "...für Deutschland, ich bin auch schon verrückt, Entschuldigung. Drei zu zwei für Deutschland."

"Jetzt noch zwei Dinger..." presste Jörg heraus.

"Und die Ungarn, wie von der Tarantel geschochen, -stochen, lauern die Pusztasöhne... drehen jetzt den siebten oder zwölften Gang auf. Und Kocsis flankt, Puskas abseits, Schuß –"

Innehalten.

"– aber nein, kein Tor! Kein Tor! Kein Tor! Puskás abseits!" Sehr lange Sekunden vergingen. "Eindeutige Abseitsstellung von Major Puskás."

Ermattete Erleichterung.

Im Stadion erschollen Pfiffe und Wutausbrüche von ungarischen Zuschauern. Die deutschen waren derweil aschfahl. Gerda, die immer noch ihre Hände vor den Augen hatte, blinzelte durch die Finger. Der nächste ungarische Angriff rollte.

"...die ganze deutsche Mannschaft setzt sich ein, mit letzter Kraft, mit letzter Konzentration, Ottmar Walter fällt hin, Bozsik am Ball..."

Heinz hustete. Niemand hörte es. Jörgs Hände klammerten sich an der Bierflasche fest, seine Lippen bewegten sich schnell und stumm.

"...jetzt haben die Ungarn eine Chance, spielen ab zum rechten Flügel, Czibor jetzt ein Schuß, gehalten von Toni! Gehalten! Und Puskas, der Major, der großartige Fußballspieler aus Budapest, er hämmert die Fäuste auf den Boden..."

Hastig sah Jan zu Jörg. Der verstummte, löste eine Hand von der Flasche. Alle drei wirkten jetzt wieder sehr mitgenommen.

Gerda und Karl hatten, wie alle Umstehenden, weiterhin den blanken Schrecken im Gesicht. Reflexhaft ergriff Gerda Karls Hand und zerquetschte sie. Toni hielt. Uuuff!

Jetzt oder nie. Die Jungs waren paralysiert.

"...ein Nachspiel von einer Minute sein, Deutschland führt drei zu zwei im Endspiel der Fußballweltmeisterschaft. Aber es droht Gefahr, die Ungarn auf dem rechten Flügel..."

Sie glotzten auf den Bildschirm, es rann der Schweiß. "Pfeif ab, du Arsch!" fluchte Jan.

"Jetzt hat Fritz Walter den Ball über die Außenlinie ins Aus geschlagen, wer will ihm das verdenken, die Ungarn erhalten einen Einwurf zugesprochen. Der ist ausgeführt, kommt zu Bozsik –"

Wer jemals erlebt hat, wie sehr ein Vorsprung von nur einem Tor die Zeit zu dehnen vermag, weiß, was Karl und Gerda nun jungfräulich durchlebten. Sie bangten, aber wankten nicht.

Dann *endlich!* William Ling pfiff ab, zeigte mit beiden Armen auf die Seitenauslinie!

"Aus! Aus! Aus! Aus! Das Spiel ist auus! Deutschland ist Weltmeister!"

Im Wohnzimmer explodierte die Stimmung, als hätte jemand im Gasometer ein Streichholz gezündet. Die Jungs gingen an die Decke und schrien wie von Sinnen.

"Schlägt Ungarn mit drei zu zwo Toren im Finale in Bern!"

Heinz und Elfriede hüpften auch, irgendwie, schienen aber doch etwas ferngesteuert.

Karl und Gerda lagen sich in den Armen, inmitten der wogenden Menge, herzten sich mit Freudentränen, sahen sich in die Augen und – warum eigentlich nicht? – küssten sich.

Und blieben erstmal dabei.

Die Jungs wiederum kugelten sich in einer Jubeltraube über den Boden, Jörg grölte, "niiiemand siegt am Millerntoooor!"

Auch der Kommentator atmete inzwischen in eine Tüte. "...das populärste Spiel, das die Welt kennt. 86 Nationen gehören der Fifa, dem Weltfußballverband an, und Deutschland hat in diesem Welturnier, das alle fünf Jahre ausgetragen wird, heute den Weltmeistertitel 1954 errungen..."

Die beiden Alten dagegen hatten sich längst beruhigt, lauschten dem sprudelnden Kommentar und ließen die Eindrücke sacken. Da horchte Heinz doch noch einmal auf und fragte verwirrt mehr vor sich hin, "wieso eigentlich *Deutschland...*?"

In den Freudentaumel hinein klopfte es plötzlich an der Tür! Alle im Haus erstarrten, wo sie gerade waren, und lauschten bang. Heinz und Elfriede sahen sich an, dann stellte Heinz den Ton aus, ging wachsam zur Tür und rief vorsichtig, "jaaa?"

"Aufmachen!" antwortete eine Männerstimme barsch.

Heinz biss sich vor Anspannung auf die Lippen. "Wer ist denn da?"

Von draußen hörte er ratloses Geflüster und Getuschel. Dann eine andere Männerstimme. "Äääh... Hermes!" Dann wieder zackiges Geflüster der ersten Stimme, deutlich schärfer.

Elfriede sah vorsichtig an den Vorhängen vorbei nach draußen. "Polizei...?" fragte Jan ängstlich.

Doch Elfriede drehte sich freudig zu ihm. "Nein, da steht so ein Auto wie Ihr es habt! Das sind Freunde von euch! Die kommen euch abholen!"

Die Jungs warfen sich fragende Blicke zu, dann dämmerte es ihnen... und gleichzeitig grimassierten sie krampfhaft flüsternd "Naaain!"

Doch zu spät. Heinz öffnete bereits ahnungslos die Tür, da platzten die Brüder in den Flur, stürzten an Heinz vorbei ins Wohnzimmer und warfen sich ohne groß zu sondieren mit einem Brunftschrei auf die überrumpelten Jungs. Die wiederum konnten sich nicht rechtzeitig entknoten und waren ausgeliefert, was die Brüder sich nicht nehmen ließen. Sie traten, boxten und würgten nach Herzenslust, die drei Jungs dagegen versuchten nach Kräften sich zu entwinden oder zumindest den Angreifern in die Augen zu pieken, was jedoch misslang. Als einziger versuchte Jan, mit verständiger Ansprache den Furor der Angreifer zu lindern. "Halt! Wartet!" rief er zwischen Schlägen. "Guckt doch, im Fernsehen! Wir sind Weltmeister!"

Philipp und Jonas hielten mit erhobenen Fäusten kurz inne und sahen zum Fernseher. "Da ist er ja!" griente Philipp, der sich bei der Gelegenheit nicht nehmen lassen wollte, seinen Sieg zu zelebrieren. "Ihr hattet wohl gedacht Ihr seid uns los, was?! Aber das Ding hat uns direkt zu euch geführt! Der Buschtrommel sei Dank! – Aber was war das mit Weltmeister?" Er drehte sich wieder zum Fernseher. Dort sah man allerdings nur noch redende Menschen und damit nichts mehr, was die Behauptung unmittelbar hätte belegen können. "Verarschen oder was?!" schrie Philipp und raufte weiter. Die beiden Alten konnten dem Spektakel nur fassungslos zusehen wie das Kaninchen der Schlange beim Hinterunterwürgen eines Zwergschweins. Nach kurzem weiteren Handgemenge klamm Philipp sich Jans lädierten Kopf unter den Arm, der kräftigere Jonas die anderen beiden, und sie zerrten die drei zur Tür. "So Ihr Scheiß-Hottentotten, jetzt wird zurückgeschossen!" keuchte Philipp und zog die Tür auf.

Doch vor dem Haus blieben die Brüder wie angeschossen stehen, die drei Jungs mit ihnen – und starrten in eine von mehreren Einsatzwagen umrahmte Traube von Volkspolizisten, die mit vielen Gewehren auf sie zielten. Und die ein vielstimmiges Klickkonzert entließen, als sie nun entsichert wurden. Mehrere lange Sekunden lang stand man sich in einem lebenden Bild gegenüber. Dann blinzelte Jan durch ein dickes Auge und zischte, "na super, das habt Ihr nun von euren Scheiß-Zitaten!"

Ein Obervolkspolizist in der vorderen Reihe erhob eine der brisanten Situation seltsam unangemessene Fistelstimme. "Käine Bewegüng! Wachsome Nachborn haben pflichtbewüsst gemeldet, dass in diesem Haüs ab 18:32 lautstork die Fußballnationalmannschaft der B-oR-D zum Endspielsieg angefeuort worde!"

Heinz und Elfriede standen da wie versteinert. Jonas strahlte ungläubig. "Was fürn Endsieg?!"

"Festnäähmen! Alle!" Der Obervopo ruckte seinen dünnen Arm samt Zeigefinger hoch und machte eine Bewegung, als wollte er mehrmals zustechen.

Philipp versuchte derweil, sich einen Reim zu machen, spürte jedoch, dass ihm die Zeit davonschwamm. "Halt! Das waren die!" rief er aufgelöst und bog wie zum Beweis Jans Kopf nach oben, der überrascht röchelte. "Wir haben die doch schon festgenommen!"

Jörg, weiterhin festgezurrt in Jonas' Schwitzkasten, drehte mühsam seinen Kopf und flüsterte angestrengt, "Ihr müsst erstmal grüßen!"

Philipp nahm jeden Strohhalm dankbar an. "Ach so, klar!" Er nickte seinem Bruder zu, der wog kurz ab, weil er dazu Giovanni loslassen müsste, entschied sich dann aber doch für die weitsichtige Variante. Beide hoben einen Arm zum Gruße — "Grüß Höcke!" — und Giovanni plumpste wie ein hustender Sack zu Boden.

Die Volkspolizisten schalteten einen Anspannungsgrad zurück und sahen ihren Obervopo ungeduldig an.

"Neiiin, nicht Höcke! Wir sind in der Vergangenheit!" zischte Jörg aus seiner Bedrängnis heraus.

"Äh, stimmt." Philipps Stirn kräuselte sich. "Wer war denn da nochmal Reichskanzler?" fragte er halblaut zu Jan runter.

"Na der größte den wir je hatten!"

Ach so, ja, grimassierten die Brüder, hoben nochmal einen Arm zum Gruße und belferten "Heil Hitler!"

Da waren die Wolken des Zweifels vertrieben, das Gesicht des Obervopos erstrahlte in einem Haifischgrinsen. "Noh ei verbibsch!"

Mit seinem dünnen Arm gestikulierte er zackig *Zugriff*! Umgehend umspülten die Volkspolizisten die baffen Brüder, nahmen sie fest und zerrten sie weg. "Zum Verhöör!" erhob er noch einmal seine Fistelstimme. "Aüfs Revior nach Röstöck!"

Noch während die Brüder halb weggetragen wurden, wandt sich Jonas herum und schrie mit vor Rachsucht verzerrtem Gesicht, "wir kriegen euch trotzdem, Ihr Kaffer! Und dann Gnade euch Höcke!" Dann wurden sie in die Einsatzwagen gestopft und abtransportiert.

So sie noch nicht dort waren, sackten unsere Jungs erleichtert zu Boden. Doch zu früh. Der Befehlshabende zeigte vor Erregung zitternd auf die drei und ihre beiden Gastgeber. "Und die auch festnäähmen! Alle! Aüch nach Röstöck mit däänen!"

Das war der endgültige Abstieg! Den dreien fiel das Gesicht herunter, nicht nur aufgrund der Aussicht, mit den Brüdern eine Sammelzelle zu teilen. Aber auch.

Die verbliebenen Volkspolizisten griffen zu, klaubten die drei vom Boden auf, nahmen sie buchstäblich fest und setzten sich gerade in Bewegung, als Giovanni sich unter Aufbietung aller Kräfte noch einmal aufrichtete, woraufhin die ihn festklammernden Beamten kurzzeitig in der Luft hingen, er sein verbeultes Gesicht in Form brachte, Luft holte und aus der Tiefe seines Brustkorbs losgrollte. "Har har! Ihr Erdlingsgewürm wisst ja gar nicht, mit wem Ihr es zu tun habt! Wir sind die Vorhut der intergalaktischen Imperialistengilde, und in unseren Hirnen tragen wir die genauen Aufmarschpläne der NATO! Wir haben uns über die (hä-hä) *Zonengrenze* materialisiert, um diese beiden linientreuen Sozialisten zu foltern indem wir sie zwangen, den Sieg der BRD mitanzusehen und dabei für den Klassenfeind zu jubeln! Und jetzt werden wir euch sowas von dermaßen windelweich imperialisieren, dass euch Hören und Sehen vergeht!"

Jan und Jörg grimassierten *Bist du wahnsinnig?! Halt sofort deine bescheuerte Klappe du kompletter Vollidiot!!* und noch Deutlicheres, doch der Befehlshabende hatte für seinen Blutdruck schon genug gehört.

"Meine Güüde, ich hab ja gewüsst, dass Kapitolisten brütal sind, aber söö grausam..." stammelte er erschrocken.

"Genau! Und jetzt bring uns zu eurem Anführer!"

"F-festnäähmen! Züm hochnötpeenlichen Verhöööor!" krächzte der Obervopo mit puterrotem Kopf und schäumendem Mund. "Noch Beorliiin, Haüptstodt der D-D-eoR!"

Die drei konnten Heinz und Elfriede, die in weiser Deckung hinter dem Vorhang hervorlugten, eben noch einen dankbaren Abschiedsblick zuwerfen, als die Volkspolizisten sie noch entschlossener davonschliffen als die Brüder. Doch Giovanni, ewig rätselhaft, grinste zufrieden.

Die Kolonne von Vopowagen rumpelte nun die Dorfstraße hinunter. Heinz und Elfriede kamen einen Schritt aus dem Haus und sahen ihr erleichtert nach. Und etwas wehmütig?

"Tut mir ja schon leid für die," meinte Heinz nach einer Weile.

"Für die Jungs?" fragte Elfriede sorgenvoll, die sie am Ende fast ins Herz geschlossen hatte.

Heinz schmunzelte ihr zu. "Nein, für die armen Vopos die sie nach Berlin bringen sollen. Sind ja irgendwo auch nur Menschen..." Sie lachten vorsichtig. "Ach, Elfriede..." seufzte Heinz.

"Ja, Heinz?"

"Ich glaube ab jetzt wird unser Leben nur noch langweilig."

"Stimmt, Heinz." Elfriede unterdrückte ein Lächeln. "Mit diesem Kasten den ganzen Tag nur Westfernsehen gucken!"

Heinz ging ein unsicheres Licht auf. "Und die Eckhardts?"

"Die werden sich nicht melden. Die haben doch mit Staatsfeinden Geschäfte gemacht, das hat anscheinend jeder im Dorf gesehen!" Sie guckte kokett. "Und wir haben die Staatsfeinde ausgeliefert und eine Belohnung bekommen."

Lachend umarmte Heinz seine Frau.

Die Polizeikolonne holperte über eine Landstraße. An einer Kreuzung bogen alle Wagen ab, laut den Schildern nicht nach Rostock, sondern in Richtung Berlin. Die Straße war augenblicklich besser, die Wagen beschleunigten, sodass die Alleebäume nur so vorbeiflogen.

Plötzlich hielt der zweite Wagen der Kolonne quietschend und schlingernd an. Der vordere stoppte ein Stück weiter, die hinteren knirschten einer nach dem anderen in den stehengebliebenen. Die Tür des vorderen Wagens wurde aufgerissen, der befehlshabende Obervolkspolizist stampfte zurück und schrie "Warüm halten Sie denn an?!" Dann starrte er entsetzt in den Wagen. Er riß die Beifahrertür auf, zerrte den Beamten aus dem Auto und krisch ihm ins Gesicht. "Wööö! Sind! Die! Gefongenäään?!"

Der Beifahrer konnte vor Angst nur stammeln. "Ddie hamsich so pling in Luft uffjelöst, wieda nach drübm." Er atmete schwer. "Se wissen doch, wat die im Westen allet –"

Der Obervopo wußte es und brüllte mit sich überschlagender Fistelstimme, "Sabötaaage! Festnäääähmen!", woraufhin die anderen Volkspolizisten sich gehorsam auf ihre Kollegen stürzten.

Futur III

Dasselbe Stück Landstraße, nur in deutlich besserem Zustand, auch die Bäume reichen höher. Jan, Jörg und Giovanni kugeln über den Asphalt und bleiben stöhnend liegen. Ein Vogel piept. Angeschlagen setzen sie sich auf, kucken auf ihre Hände, an sich runter, um sich rum. Alter Schwede! Wenigstens ist schon mal sonst keiner mehr da. Die drei signalisieren sich vorsichtige Erleichterung.

"Also die Vopos wären wir schon mal los," keucht Jörg. "Mal sehen wen sonst noch."

Giovanni zeigt auf ein Schild hinter ihnen. *Willkommen in Mecklenburg-Vorpommern, Land der tausend Seen!* "Sieht doch vielversprechend aus." Er überlegt kurz. "Aber waren das vorher auch schon tausend, oder sind noch welche aus Polen dazugekommen?"

"Scheiße!" stöhnt Jan plötzlich und zerrt die beiden sackartig von der Straße. Von hinten rollt ein Auto heran und surrt in einem Affenzahn vorbei. Giovanni rappelt sich hoch und sieht ihm nur hinterher. "Alter! Den hat man ja gar nicht gehört!"

"Habt Ihr gesehen was für ne Marke das war?" fragt Jörg, während er sich aufsammelt.

"Nee. Aber irgendwas Schnittiges."

"Meint Ihr wir können die Handies wieder anschalten?" fragt Jan.

"Wieso nicht," meint Jörg und sieht sich um. "Ich hab ein beinahe gutes Gefühl."

Jan schaltet sein Handy an, und alle drei starren gespannt drauf während es anspringt. "Also Datum und Uhrzeit kommt schon mal hin," seine Miene hellt sich auf. "Und da ist ein Foto von Carmen und nicht von Hildegard!"

"Das war doch die ganze Zeit da. Ist schließlich dein Handy," verdirbt Giovanni die aufkeimende Euphorie. Jan muss erkennen dass er recht hat und verliert etwas Luft. "Sonst kuck doch mal bei *Kicker* die Abschlusstabelle der zweiten Liga! Die lügt nicht."

"Oder wir fragen einfach jemanden," schlägt Jörg nüchtern vor und winkt ein Auto heran. Ein halbneuer Audi hält am huppeligen Straßenrand, am Steuer sitzt ein dicker kahlgeschorener Hobel. Die Jungs sehen sich wägend an. Die Marke sagt noch nichts, der Fahrer gibt Anlass zur Ernüchterung.

Der lässt das Beifahrerfenster runter und beugt sich rüber. "Wollt Ia mitfahrn oder wat?!"

"Im Prinzip gern..." wagt Jan sich vor, vorsichtig freundlich.

Jörg drängelt sich entschlossen vor. "Sagen Sie mal, wer ist eigentlich grad Kanzler?"

"Oder etwa Kanzlerin?"

Der Fahrer ist von der Frage ernsthaft überrascht, um nicht zu sagen überfordert. Fühlt sich aber irgendwie trotzdem nicht verarscht. "Hehe, 16.000er-Frage oder wat?" Seine sehr hohe Stirn versetzt sich in Denkerfalten. "Naa, det war doch diesa, wie heeßta noch... Irjendwat mit H..."

Die Augen der drei Jungs weiten sich im Schrecken.

Die Züge des Mannes entspannen sich. "Nee, doch nicht, det war dieser Scholz! Jenao! Olaf Scholz." Er kuckt zufrieden, also hätte er damit gewonnen. Hat er anscheinend auch.

Die Jungs jedenfalls brechen in Jubel aus, als wären sie nochmal Weltmeister geworden. Der Mann im Auto verfolgt es zunehmend kopfschüttelnd. "Also nee, da seid ihr aber die eenzijen im janzen Land!" Er braust davon. Den Jungs ist det ejal.

Es ist langsam Abend geworden, als Jan vorsichtig die Wohnungstür aufschließt. Er lugt nach links und rechts. "Hallo...? Ich bin Zuhause!"

Nichts.

"Ca-.... Schatz...?" Er traut sich ein paar Schritte hinein.

Da kommt ein weibliches Wesen angerauscht und fliegt ihm in die Arme. "Jahaaa! Ich fliege, ich eile, nach bangen Stunden des Wartens dem Gatten an die Brust!"

Jan verzieht schon panisch das Gesicht und hält das Wesen prüfend von sich fern, doch...

Angerauscht kam Carmen! Bunte Kleidung, lange blonde ungebändigte Haare! Und das Drumherum stimmt auch. Alles hängt voller bunter Plakate und Aufrufe zu historischen Demonstrationen. Auf einem Sockel an der Wand steht kein Heiliger St. Georg mehr, sondern wieder die antike Replika von Joschkas Turnschuh, den er trug, als er schwörenden Gesichts vor Holger Börner stand. Alles ist gut.

Carmen grinst ihn an. "Oder was wolltest du sonst hören?!" Und als fiele ihr urplötzlich alles wieder ein, ziehen dunkle Wolken auf. "Schon wieder, du Penner! Ihr wolltet doch längst hier sein! Noch so'n Ding, und ich kürz deinen Unterhalt um -"

Jan starrt sie nur an, unterbricht sie gar todesmutig. "Carmen! Bist du es wirklich?!"

"Wer soll ich schon sein?!" Und bleibt kratzig. "Mit wem habt Ihr Schweine denn sonst so rumgemacht...?"

"Carmen, es war so schrecklich..." jammert Jan und heult fast.

Sie schlägt wieder um ins tadelnd Mitfühlende. "Na, das hätt ich dir gleich sagen können, dass eurer Iron-Boy-Rennen n Griff ins Klo wird! Saufen, kiffen, und was war das dritte?"

"Carmen, willst du mich heiraten?" Er muss ihr lauthals grimassierendes Gesicht festhalten, um ihr ganz tief in die Augen zu sehen.

Carmen ist plötzlich butterweich. "Super gern mein Stierchen, aber..." Sie verfällt in den mild bedauernden Ton einer Altenpflegerin. "Das tun wir doch schon...? Deshalb warst du doch unterwegs, weißt du noch?"

"Eben. Und deswegen bin ich ja so glücklich!" Er überrascht sie mit einem dankbaren Kuss. Dann wird er nachdenklich. "Nur eine Sache. Nenn mich bitte nie mehr Stierchen!"

Bang sieht Giovanni sich im langen Flur um. Leer und vermüllt zugleich. Aber kein Umberto-Aufsteller! Dafür diverse Schuhe und Jacken. Giovanni stöhnt erleichtert auf, geht gemessenen Schrittes in sein Zimmer, nimmt eine E-Gitarre vom Ständer und küsst sie. Dann knipst er diverse große Kisten an und rockt genüsslich in Fluglärmstärke los.

"Sachma Giovanni du Vollidiot, hast du sie noch alle?!" schreit jemand aus dem Nebenzimmer. Giovanni wirft ein Küsschen zur Wand und grinst zufrieden.

Auch Jörg betritt respektvoll seine Wohnung. Oberflächlich betrachtet sieht alles aus wie früher. Historische Poster, seine Bücher, seine Fanutensilien. Auf dem Boden neben dem Sofa liegen noch die beiden leeren Flaschen Astra. Und Giovannis Gitarre. Er streicht einmal mit dem Finger über das Holz, wundert sich, und dann doch nicht. Er hatte eine Staubschicht erwartet, aber sie waren ja nur ein paar Stunden weg.

Er lässt sich aufs Sofa fallen, holt sein Handy raus, wischt und tippt hektisch darauf herum. Dann atmet er ein und liest mit düsterer Miene halblaut zu sich, "zweite Liga, 34. Spieltag... Wiesbaden – St. Pauli 1:2."

Jörg sackt erleichtert noch tiefer ins Sofa hinein. Alles ist wie es war. Alles ist gut. Scheiß auf Abstieg. Nie wieder FC Germania!

Jan, Jörg und Giovanni sitzen an dem kleinen Strand am holsteinischen See. Es ist ein welker Nachmittag im Sommer. Alles ist ruhig, das Wasser plätschert träge vor sich hin. In den Händen halten sie warmwerdendes Bier und sehen aufs Wasser.

"Das war ja mal n enges Höschen..." seufzt Jörg.

"Alter Schwede." Giovanni stimmt ihm zu.

Jan ist noch ganz erfüllt. "Und es ist alles wie früher! Carmen ist Carmen! Das Bier schmeckt wie es soll! Und am Automaten hab ich Euros gekriegt."

"Ich nicht." Giovanni streckt strahlend einen Daumen hoch. "Bis zum Hals im Dispo! Fick dich, Umberto!" Dazu macht er eine eindeutige italienische Bewegung mit den Armen.

"Und sonst so? Schon Fußball gecheckt?"

"Alles wie es war." Jörg spult ab. "WM 54, 66 nicht, 74, 90, 2014. EM 72, 80, 96." Er zieht die Augenbrauen hoch. "Und zweite Liga Platz 1. Immer noch."

"Dann ist die Welt ja in Ordnung."

Das stimmt. Die drei sahen wieder sinnierend übers Wasser. Jörg setzt sich aufrecht hin. "Ich glaub ich weiß, was der Fehler war. Und du hattest recht!"

Er meint Jan. Der fühlt sich geehrt. "Echt? Endlich! Danke!"

"Nein! Nicht damit!" *Du Dummerchen.* "Mit Bismarck! Das Zitat sagt gar nicht, dass in Mecklenburg alles *siebzig* Jahre später passiert, sondern nur *fünfzig* Jahre. Hab ich jetzt mal gegoogelt."

"Siehst du? Ist doch viel runder," sagt Jan tatsächlich zufrieden. "Und was hätten wir uns erspart..."

"Was war denn vor fünfzig Jahren...?" plant Giovanni weiter.

"Naja, 74?" Jörg tut so, als würde er überlegen. "WM-Endspiel in München... Deutschland – Holland."

"Und wann?"

"7. Juli."

Giovanni schürzt die Lippen. "Also, ich hätte übermorgen nix weiter vor..."

"Seid Ihr bescheuert?!" Jan fasst es nicht. "Ihr wollt schon wieder los?! Und was, wenn das wieder schiefgeht?! Ich heirate am Freitag!"

Jörg beruhigt ihn. "Schmidt wird schon nicht Holland überfallen. Selbst Erhard hat '66 England verschont. – Denk ich jedenfalls..." Er setzt einen pieksenden Ton auf. "Also, Karl würde fahren!" Er hebt sein Bier. "Auf Karl."

Da hat er recht. Versonnen stoßen alle auf Karl an und trinken aus.

"In welcher Subraumspalte der wohl hängengeblieben ist..."

"Ohne Fernseher wird das aber sowieso nichts. Und dein Fernseher ist ja jetzt... irgendwo. Und ein Auto bräuchten wir auch!", wischt Jan alle Optionen vom Tisch.

Giovanni dreht sich um, runzelt die Stirn, dreht sich dann wieder zum See. "War das eigentlich alles echt? Ich meine, Ihr wart doch auch da?" Die anderen beiden sehen ihn fragend an. "Naja, da im Osten? In die Zukunft und hin und zurück und so?"

"In dieser Reichsrepublik Deutschland? Ey, und wie!" platzt es aus Jörg. "Was hast du denn geraucht?!"

"Naja, das gleiche wie du..."

"So eine Scheiße würde ich niemals träumen!" Jan schüttelt erschüttert den Kopf.

"Ich mein ja nur." Giovanni bleibt nüchtern. "Das mit dem Auto wär jedenfalls kein Problem. Wir nehmen einfach wieder deins." Er nickt zur Seite. "Das steht da hinten!"

Jan und Jörg sehen sich ungläubig um. Und er hat recht! "Du hast recht!" Da hinten am Ende der Stichstraße zum Strand steht es! "Genau wo wir ihn letztes Mal geparkt hatten."

Entgeistert starren sie wieder über den See. "Das... kann doch nicht sein. Aber wir sind doch vorhin zu Fuß gekommen... oder?" Jan zweifelt ernsthaft an sich. "Oder waren wir die ganze Zeit hier, seit gestern abend?" Er prüft aufgeregt den Sand. "Aber wo sind dann unsere Sachen? Unsere Schlafsäcke?"

"Naja, wer weiß. Konsumiert haben wir ja alle das gleiche."

Da erst bemerken sie den alten brüchigen Mann, der über den Sand zu ihnen gewackelt kommt. "Hallo. Seid gegrüßt!" sagt er mit fragiler Stimme freundlich und fast erleichert, dass er es bis hierhin geschafft hat. Mit einem dünnen knöchrigen Arm zeigt er hinter sich. "Das Auto..."

"Ach ja, hallo." Jan kennt das. "Versperren wir Ihre Ausfahrt?" "Jetzt nicht mehr," sagt der alte Mann grinsend. "Da habt Ihr ihn wieder." Er wirft Jan etwas hin, der reflexhaft fängt. Es klimpert in seiner Hand. Es ist etwas angerostet. Aber es ist sein Autoschlüssel.

Die Jungs versuchen verzweifelt, hinterherzukommen. Sie drehen sich nochmal um. Da steht eindeutig Jans alter Fiesta, und er sieht tatsächlich etwas angeranzt aus.

Und daneben steht Gerda und winkt.

Der alte Mann wiegt verwundert seinen Kopf. "Der stand nach der Wende immer noch in unserer Scheune." Er zuckt die Achseln. "Das Haus wollte vorher niemand haben. Im Dorf ging die Mär, dass dort der Geist eines toten Außerirdischen umgehe." Er schmunzelt. "Der Fernseher von den Eckhardts war aber nicht mehr da."

Noch immer wortlos starren die drei den alten Mann an.

Der lächelt. "Wir sehen uns dann auf der Hochzeit!"

Grinsend entbietet er den Höcke-Gruß, dann kehrt er um und wackelt zurück zu Gerda. Die Jungs glotzen nur hinterher, wie Gerda und er Hand in Hand die Straße hochgehen und hinter Bäumen verschwinden.

Stilles Verdauen. Die Aufmerksamkeit gleitet über den See.

"Vielleicht kommt er ja wirklich mit," erhebt Jan das Wort und sieht auffordernd in die Runde. "Denn ich bitte euch... zwei zu eins gegen die Käseroller war schon damals nicht genug!"

Das stimmt. Jörg holt drei neue Biere aus einer Kühltasche und verteilt sie. Die drei ploppen die Flaschen auf und stoßen an.

"Frau Antje, schnall dich an!"

Sie trinken. Die tiefe Sonne scheint warm durch ihr Bier.

Paralog

Ein kräftiger und muffig verschwitzter Gefängniswärter schob Hildegards Brüder an dreckigen Zellen vorbei, deren Insassen ihnen mehr oder minder vor sich hinschaukelnd keine Beachtung schenken. Ein dünnerer ging voran und schloß eine weitere Zellentür auf. Der kräftige schubste die beiden mit einem Grunzen hinein, der dünnere schloß ab, und ohne sich umzusehen schlurften die beiden zurück in ihren Aufenthaltsraum und spielten Mau Mau.

Die beiden von der Befragung deutlich beanspruchten Brüder rappelten sich auf und versuchten, sich im Halbdunkel zu orientieren. Da ertönte aus der hinteren Ecke eine ungläubige, aber nicht unerfreute Stimme. "Adolf? Hermann? Was macht Ihr denn hier?!"

Die Angesprochenen blinzelten und erkannten grob Jan, Jörg und Giovanni, die auf einer Pritsche saßen. Nach und nach fügten sich ihre Erscheinungsmerkmale im Sichtbaren zusammen. Jan erschien ihnen mit gegeltem Haar und einem schnittigen Thor Steinar-Polohemd. Jörg mit Raspelkurzhaarschnitt, fiesem Oberlippenbart, Springerstiefeln und über allem eine Weste mit *Eisern HSV*-Aufnähern. Giovanni trug ein T-Shirt mit dem Aufdruck *Duce il dolce* unter einem tropfend grinsenden Berlusconi, darüber eine Schafwollweste, auf dem Kopf einen Strohhut.

"Ein Glück! Ich denk Ihr wolltet nicht mit!" Jan klang sehr erleichtert.

Den Brüdern jedoch, von den Entbehrungen der letzten Tage vernebelt, entging, dass die drei Jungs auf einmal wieder aussahen wie früher. Sie stutzten nur kurz, stürzten sich dann unter Wutgeheul auf ihre Zellengenossen und verprügelten die überrumpelten Freunde nach Strich und Faden, bis die Zelle nicht mehr schön aussah.

In ihrem Aufenthaltsraum lauschten die Wärter dem fernen Tumult. Der kräftige warf seine Karten auf den Holztisch und schüttelte hämisch grinsend den Kopf. "Immberiohlisten!"